Ouvriers de la Vie éternelle

Chico Xavier

Ouvriers de la Vie éternelle

La vie dans le Monde Spirituel

Par l'Esprit
André Luiz

Traduction du portugais : Irene Audi

FEB

1ère édition – 1/2020

ISBN 978-85-9466-387-0

Titre de l'original en portugais :
OBREIROS DA VIDA ETERNA
(Brésil, 1946)

FEDERAÇÃO ESPÍRITA BRASILEIRA – FEB
SGAN 603 – Conjunto F – Avenida L2 Norte
70830-106 – Brasília (DF) – Brasil
www.febeditora.com.br
editorial@febnet.org.br
+55 61 2101 6198

Commandes de livres auprès de la FEB
Secteur commercial :
Tel. : +55 61 2101 6155/6177 – comercial@febnet.org.br

DONNÉES INTERNATIONALES POUR LE CATALOGAGE AVANT PUBLICATION
(CATALOGING IN PUBLICATION - CIP)
(Federação Espírita Brasileira – Biblioteca de Obras Raras)

L953o Luiz, André (Esprit)

Ouvriers de la vie éternelle / par l'Esprit André Luiz; [psycographié par] Francisco Cândido Xavier; [traduction de Irène Audi]. – Brasília, DF (Brasil): FEB, 2020.
332 p.; 21 cm - (Collection La vie dans le monde spirituel, nº 4)

Traduction de: Obreiros da vida eterna
ISBN 978-85-9466-387-0

1. Spiritisme. 2. Écrits spirites. I. Xavier, Francisco Cândido, 1910-2002. II. Federação Espírita Brasileira. III. Titre. IV. Collection.

CDD 133.93
CDU 133.7
CDE 00.06.02

Table des Matières

Voiles déchirés

À l'heure où il se trouve au seuil de la mort, l'homme moderne, ce chercheur de la stratosphère et du sous-sol, est assailli par le même sentiment d'affliction que le furent les Égyptiens, les Grecs et les Romains des temps anciens. Les siècles qui ont balayé les civilisations et refondu les populations n'ont pas changé l'image mystérieuse de la sépulture. Point d'interrogation millénaire, la mort blesse toujours les sentiments et torture les intelligences.

Dans toutes les écoles religieuses, la théologie, qui représente les lignes directrices des patriarches vénérables de la foi, cherche à contrôler la vie émotionnelle des croyants en conciliant les intérêts immédiats de l'âme incarnée. Pour cela, elle a créé des régions déterminées afin de réglementer les desseins divins par des décrets royaux au Moyen Âge basés sur une audacieuse naïveté.

À l'évidence, il existe des zones d'angoisse punitive et de douleur réparatrice dans toutes les dimensions de l'univers, tout comme des consciences obscures et terribles vibrent dans différentes conditions sociales ; cependant, l'œuvre théologique, quoique respectable, attentive au dogmatisme traditionnel et aux intérêts du sacerdoce, établit le « nec plus ultra » qui ne répond pas aux exigences de l'intelligence ni aux aspirations du cœur.

Pourquoi envoyer directement en enfer la misérable créature qui s'est livrée au mal du simple fait de son ignorance ? Qu'en sera-t-il de l'homme primitif assoiffé de domination et de chasse, que recevra-t-il au nom de la sagesse divine ? La malédiction ou la connaissance ? Pourquoi pousser dans l'abîme obscur l'esprit malheureux qui n'a été en contact avec la vérité qu'à l'heure de l'abandon de son corps ? En s'appuyant sur le même raisonnement, comment envoyer définitivement au Ciel, le disciple du bien qui s'initie à peine à la pratique de la vertu ? Quel type de tâche sera donnée aux âmes rédimées, une fois introduite à la cour céleste ? Formerait-on des apôtres rien que pour une retraite compulsive ? Comment garder au paradis un père aimant dont les enfants sont livrés à Satan ? Quelle joie sera celle de l'épouse dévouée et fidèle dont le mari serait la proie des flammes de l'enfer ? Au-delà du plan charnel, l'autorité divine, parfaite et illimitée, serait-elle si dépourvue de moyens au point de priver la créature du bénéfice de la coopération légitime, alors que les autorités du monde, faillibles et déficientes, encouragent et protègent ? Des possibilités d'évolution en pleine vie supérieure seraient-elles niées à ceux qui traversent la porte de la tombe, quand sur la sphère terrestre, malgré toutes les limitations existantes, il est des chemins évolutifs pour toutes les formes et tous les êtres ? Le mot « travail » serait-il inconnu dans les cieux, alors que la nature terrestre distribue des missions qui sont claires à toutes les créatures de la terre depuis le ver jusqu'à l'homme ? Comment justifier un enfer où les âmes gémiraient sans espoir, quand les hommes imparfaits, sous l'influence rénovatrice de l'Évangile de Jésus-Christ, ont de nos jours des prisons qui sont de grandes écoles de régénération et de cure psychique ? Comment admettre un Ciel où l'égoïsme serait triomphant dans la jouissance infinie de ceux qui sont contemplés par la grâce, sans la moindre compassion pour les disgraciés tombés naïvement dans les pièges de la souffrance si, dans les collectivités de l'ombre les plus lointaines, dans les zones charnelles, des légions d'assistance fraternelle se rassemblent pour aider les ignorants et les malheureux ?

Voilà des questions opportunes pour les théologiens sincères de l'actualité. Non pour ceux qui cherchent à conjuguer leurs efforts pour résoudre le grand et insondable problème de l'humanité.

Le spiritisme a entamé la tâche inestimable d'affirmer la continuité de la vie après la mort, phénomène naturel sur la voie de l'ascension. Des sphères multiples d'activité spirituelle s'interpénètrent dans les divers secteurs de l'existence. La mort n'interrompt pas la collaboration fraternelle, le soutien mutuel, l'intervention réconfortante, le travail évolutif. Les dimensions vibratoires de l'univers sont infinies, comme le sont les mondes qui peuplent l'immensité.

Nul ne meurt. Le perfectionnement se poursuit de toute part.

La vie renouvelle, purifie et élève les multiples circonstances vécues par ses serviteurs pour les conduire à l'union suprême, victorieuse et belle avec la Divinité.

À la présentation de ce nouvel ouvrage où André Luiz comparaît pour déchirer les voiles, l'inoubliable codificateur nous revient en mémoire. À plusieurs reprises, Allan Kardec fait référence dans son œuvre à l'erraticité où s'attarde un nombre considérable de créatures humaines désincarnées. Il faut savoir qu'être transféré de la sphère charnelle à l'erraticité ne signifie pas manquer d'initiative ou de responsabilité, ni errer tourbillonnant dans l'air sans consigne particulière. Selon le même principe, nous pouvons considérer que ceux qui renaissent sur le plan physique, en tant que personnes transférées de la vie spirituelle à la matérialité, ne sont pas le symbole d'une quelconque immersion inconsciente et stupide dans les courants charnels. Comme les êtres qui arrivent sur la croûte terrestre, ceux qui la quittent, trouvent également des sociétés et des institutions, des temples et des foyers où la progression vers le Haut se poursuit.

Au seuil de ce livre, il nous incombe de déclarer qu'André Luiz cherche à fournir, à travers ces lignes, quelques observations sur les zones de l'erraticité qui enveloppent de toute part la croûte terrestre. Il commente les cadres émotionnels qui sont transposés de l'environnement obscur aux sphères avoisinant les cogitations et les passions humaines. Une fois de plus, il élucide qu'il y a une suite à la mort, qu'elle ne fait pas de miracle, qu'ici ou dans l'au-delà l'homme est le fruit de lui-même, et que les lois divines sont d'éternels dispositifs de justice et d'ordre, d'équilibre et d'évolution.

Naturellement, les compagnons moins avertis éprouveront un sentiment d'étrangeté et un sourire ironique apparaîtra sans doute sur les lèvres d'incorrigibles impénitents. Peu importe. Jésus, qui est le Christ de Dieu, reçut, à son heure, les manifestations des sarcasmes de l'ignorance et de l'indifférence… Pour quelle raison, nous qui ne sommes que de simples collaborateurs de l'« autre monde », en serions-nous épargnés ?

Continuons, donc, au service de la vérité et du bien, optimismes et pleins d'entrain, le chemin vers Jésus, avec Jésus.

EMMANUEL
Pedro Leopoldo, le 25 mars 1946

1
Invitation au bien

Avant d'entamer les travaux concernant notre expédition de sauvetage, Jérôme, notre collaborateur nous conduisit au Temple de la Paix, dans la zone consacrée au service d'assistance où un instructeur averti devait faire des commentaires sur les secours dont les entités souffrantes avaient besoin dans les cercles inférieurs de la vie spirituelle aux alentours de la croûte terrestre.

La merveilleuse nuit déversait de divines inspirations.

Au loin, les constellations étincelantes ressemblaient à des perles soigneusement disposées sur un immense couvre-lit de velours bleu. Le paysage lunaire offrait des détails charmants. Malgré la distance considérable, des pics et des cratères se profilaient devant nos yeux dans un éblouissement de précieux filigrane. La Croix du Sud étincelait comme un symbole sublime dessiné dans l'indigo du firmament. Canopus, Sirius, Antarès brillaient à l'infini, on aurait dit des signes radieux balisant le ciel. La Voie lactée nous donnait l'impression d'un prodigieux nid de mondes, elle ressemblait à un déluge de pièces de monnaie resplendissantes qui se déversaient d'une gigantesque corne d'abondance, invisible, nous invitant à méditer sur les illustres secrets de la nature divine. De douces brises nocturnes, qui effleuraient notre esprit en extase, passaient à toute vitesse en nous murmurant des pensées grandioses avant de se diriger vers les sphères lointaines...

Construit en contrebas d'une gracieuse colline, le temple avait un aspect festif grâce à un éclairage féerique qui projetait de singuliers effets sur les sentiers adjacents. Comme des aiguilles brillantes, les tours s'étiraient vers le ciel et contrastaient avec le bleu indéfinissable de la nuit claire, tandis qu'ici-bas, les fleurs dans des figurations variées en forme de coupes lumineuses offraient leur lumière et leur parfum, tout en oscillant légèrement au vent qui soufflait sans cesse dans les feuillages.

Nous n'étions pas les seuls intéressés par la conférence qui allait se dérouler dans la soirée. De nombreux groupes de frères entraient dans le temple pour prendre place dans l'enceinte. Des entités de tous genres nous laissaient appréhender l'intérêt général suscité par les leçons à venir.

L'assistant Jérôme, le prêtre Hippolyte, l'infirmière Luciane et moi-même les suivions. Nous formions une petite équipe d'assistance et d'études chargée d'opérer sur la croûte planétaire pendant une trentaine de jours pour le développement spirituel de chacun.

Jérôme, qui était le guide de nos activités en vertu de sa condition élevée, perçut ma curiosité quant aux conversations animées engagées autour de nous. Aimablement, il me fit :

– L'attention portée au sujet en question est parfaitement justifiée. Je dois admettre que la quasi-totalité des intéressés et des chercheurs qui affluent en ces lieux font partie des commissions et des groupes de secours prêté aux régions les moins évoluées.

Puis, il laissa son regard s'attarder sur les files de jeunes et de vieillards qui se dirigeaient vers l'intérieur, et ajouta :

– La parole de l'instructeur Albin Metelo mérite l'exceptionnelle considération qui lui est témoignée ce soir. Il s'agit d'un champion des œuvres qui viennent au secours des ignorants et des souffrants présents dans les cercles immédiats à la terre. Nous sommes entourés de différents groupes d'apprentis, et son expérience nous fera le plus grand bien.

Quelques minutes s'écoulèrent et nous pénétrâmes, à notre tour, dans l'enceinte lumineuse.

De douces mélodies berçaient l'air en attendant la parole conseillère. Les fleurs parfumées, qui décoraient la salle, embaumaient la vaste nef.

Après une attente très agréable de quelques minutes, l'émissaire apparut à la simple tribune magnifiquement illuminée. C'était un vieil homme à l'allure respectable. Des cheveux blancs couronnaient sa tête lumineuse. Ses yeux calmes, profondément lucides, dégageaient des forces sympathiques qui dominèrent immédiatement nos cœurs. Après avoir tendu vers nous sa main amicale en signe de bénédiction, on entendit le chœur du temple entonner l'hymne « Gloire aux fidèles serviteurs ».

Ô Seigneur !
Bénis ceux qui te servent fidèlement,
Messagers de ta paix,
Semeurs de ton espérance.

Dans l'ombre de la douleur
Allume-leur la lampe de la joie ;
Là où domine le mal menaçant l'œuvre du bien,
Ouvre-leur la porte occulte de ta miséricorde ;

Là où surgissent des épines de haine,
Aide-nous à cultiver les fleurs bienheureuses
De ton amour sacro-saint !

Seigneur ! Ce sont eux
Tes héros anonymes
Qui assèchent les marais et arrachent les ronces,
En coopérant à ta divine semence…
Accorde-leur les joies intérieures,
De la clarté sacrée où baignent les âmes rachetées.
Remplis leur cœur de l'harmonie céleste
Que tu réserves à l'oreille sanctifiée ;
Révèle-leur les visions glorieuses
Que tu gardes pour les yeux des justes ;
Orne leur poitrine des étoiles de la vertu loyale…

Remplis leurs mains de dons bénis
Pour qu'ils partagent en ton nom
La loi du bien,
La lumière de la perfection,
Le pain de l'amour,
L'habit de la sagesse,
La joie de la paix,
La force de la foi,
L'impulsion du courage,
La grâce de l'espoir,
Le remède rectificateur !...

Ô Seigneur !
Inspiration de nos vies,
Maître de nos cœurs,
Refuge des siècles terrestres !

Fais briller tes divins lauriers
Et tes dons éternels,
Sur le front lucide des bons
Tes fidèles serviteurs !

L'instructeur écoutait en silence. Ses yeux émus et larmoyants laissaient transparaître sa joie profonde, tandis que l'assemblée dans sa majorité déguisait discrètement les larmes arrachées du cœur de chacun par les élans harmonieux du cantique. Alors que les dernières notes de la sublime mélodie se perdaient dans l'espace, Metelo, d'un geste sobre, avec une grande simplicité, nous salua en nous souhaitant la paix du Seigneur, et ajouta :

– Je ne mérite pas, mes amis, un tel témoignage d'affection. Je n'ai pas servi fidèlement à mes débuts Celui qui nous aime. Par conséquent, votre hymne me déconcerte. Je ne suis qu'un simple soldat des luttes évangéliques qui œuvre encore à sa propre rédemption.

Il fit une courte pause, nous fixa d'un regard paternel et continua :

– Mais... ma personnalité est sans intérêt. Je viens vous parler de nos humbles travaux dans les régions spirituelles liées à la croûte terrestre. Ô mes frères ! Nous devons faire appel à nos forces les plus secrètes. Les zones purgatoriales se multiplient à une vitesse effrayante autour des hommes incarnés. Loin des théâtres de l'angoisse, liés aux réalisations édifiantes de notre colonie spirituelle qui détient de précieuses réserves de vie infinie pour cette même humanité qui se débat dans la souffrance et dans l'obscurité, nous n'avons pas toujours une idée exacte de l'ignorance et de la douleur qui tourmentent l'esprit humain quant aux problèmes relatifs à la mort. Heureusement, c'est ici que naissent les sources inépuisables de l'espérance. Ceux qui se préparent aux grands vols de l'éternité ont les yeux tournés vers la sphère supérieure dans la contemplation de l'avenir illimité. Tandis que ceux qui s'efforcent de mériter la bénédiction de la réincarnation sur la croûte terrestre concentrent leurs plus fortes aspirations à l'intention souveraine de rédemption en s'organisant face à l'avenir, audacieux dans la sollicitation de leurs tâches et courageux dans leur enjouement. Tous les détails de la vie, dans cette ville, parlent fort de nos objectifs d'équilibre et d'élévation. Non loin de nous, commencent à briller les rayons de l'aube radieuse de mondes meilleurs qui nous invitent à la vision béatifiante de l'univers et à la glorieuse union avec le divin. Mais... – à cet instant, l'orateur fit une pause significative, car il lui semblait entendre les voix et les appels des paysages lointains, puis il poursuivit : – et nos frères qui ignorent toujours la lumière ? Monterions-nous jusqu'à Dieu en cercle fermé ? Comment vivre dans l'isolement égoïste et partir vers notre Père aimant et loyal qui fait briller le soleil pour les saints et les criminels, pour les justes et les injustes ?

Metelo laissa percevoir une étincelle de zèle sacré dans son regard pénétrant et s'exclama après une brève réflexion :

– Nous, qui cherchons la sainteté et la justice, saurions-nous atteindre par hasard une telle orientation, si les conjonctures qui nous ont menés jusqu'ici avaient été différentes ? Constructeurs de notre destinée par délégation naturelle du Créateur, où serions-nous à présent sans les circonstances favorables et la prévoyance des bienfaiteurs dévoués ? Sans aucun doute, des occasions d'élévation sont données à toutes créatures. Cependant, il faut se dire que la bénédiction de la source peut se convertir en eau stagnante empoisonnée, si nous l'enfermons dans un puits impénétrable. Les grâces que nous recevons sont innombrables, et les dons qui nous sont distribués immenses... Mais notre joie serait-elle complète si nous laissions couler des larmes derrière nous ? Comment entonner les hymnes d'hosanna au bonheur quand gémit le chœur des sanglots ? Toute impulsion pour atteindre les sommets est très noble, mais que verrons-nous après l'ascension ? Dans la joie de quelques-uns, nous identifierions la ruine et la misère des foules incalculables !...

À cet instant, porté par les vibrations suscitées par l'intérêt profond des auditeurs, il donna une nouvelle inflexion à son verbe enflammé et leur fit avec une indéfinissable mélancolie :

– En d'autres temps, moi aussi, j'étais en proie à l'obsession d'atteindre au plus vite la montagne. La lumière céleste me fascinait, pour elle j'ai rompu tous les liens qui me retenaient ici-bas, c'est ainsi que j'ai commencé mon parcours avec difficulté. Au début, je me suis blessé aux épines pointues qui jonchaient en chemin, j'ai souffert d'atroces désillusions... Malgré tout, je réussis à surmonter les obstacles immédiats, exultant d'allégresse, je gagnai un peu d'élévation. Mais au moment de me retourner, la vision terrifiante de la vallée m'épouvanta : la souffrance et l'ignorance dominaient les ténèbres. Désincarnés et incarnés luttaient les uns contre les autres dans des combats gigantesques. Ils se disputaient des faveurs, dominés par leur instinct bestial. La haine engendrait des maladies répugnantes, l'égoïsme enrayait de nobles impulsions, la vanité provoquait une horrible cécité... J'en arrivai même à être heureux de me trouver dans une position qui me tenait éloigné d'aussi grandes angoisses. Mais alors que je me réjouissais le plus, bercé par la perspective de traverser de plus hauts sommets, voilà qu'une nuit, je remarquai que la vallée était saisie d'une fulgurante lumière. Quel soleil miséricordieux visitait l'antre obscur de la douleur ? Obéissant au pouvoir d'attraction de la clarté bénie, des êtres angéliques descendaient rapidement de radieux pinacles et se dirigeaient vers les régions inférieures. Que se passe-t-il ? – demandai-je carrément en interpellant un des envoyés célestes. – « Jésus, notre Seigneur, rend visite aujourd'hui à ceux qui errent dans les ténèbres du monde pour libérer des consciences asservies. Puis, il se tut. Le messager du plan divin ne pouvait m'accorder plus de temps. Il était pressé de descendre collaborer avec le Maître de l'amour pour diminuer les ravages des chutes morales, minimiser les souffrances, panser les blessures, sécher les larmes, atténuer le mal, et surtout pour ouvrir de nouveaux horizons à la science et à la religion afin de dissiper la nuit multimillénaire de l'ignorance. À nouveau seul, dans ma pérégrination vers les hauteurs, je me mis à reconsidérer l'attitude qui faisait que j'étais si pressé. À vrai dire, vers où allait mon Esprit indifférent à l'immense famille humaine auprès de qui j'avais fait mes plus riches acquisitions pour la vie immortelle ? Pourquoi avais-je un sentiment d'aversion pour la vallée, si Jésus lui-même, qui était le centre de mes aspirations, œuvrait avec sollicitude pour que la lumière du ciel pénétrât les entrailles de la terre ? N'étais-je pas en train de pratiquer le crime exécrable de l'usure en oubliant ceux avec qui j'avais acquis l'itinéraire destiné à ma propre ascension ? Comment monter seul en organisant un ciel exclusivement consacré à mon âme lamentablement dépourvu de valeurs de coopération que le monde m'avait prodiguées avec générosité et abondance ?

L'instructeur semblait vraiment ému.

– À cet instant, je m'arrêtai – continua-t-il – pour finalement faire demi-tour. Certes, le chemin vertical et purificateur de la supériorité est notre sublime destiné à tous. La cime riche de splendeur solaire est toujours un défi bénéfique pour ceux qui errent sans but dans la plaine. Les hauteurs polarisent naturellement les espoirs suprêmes de ceux qui sont encore en bas... Toutefois, au fur et à mesure que nous pénétrons dans le domaine de l'élévation, notre esprit et notre cœur s'imprègnent des lois sublimes de la fraternité et de la miséricorde. Les grands orienteurs de l'humanité donnent la mesure de leur grandeur par leur capacité à retourner aux cercles de l'ignorance pour donner l'exemple de l'amour et de la sagesse, de la résignation et du pardon à leurs semblables. Pour cela, nous devons modérer toute impulsion d'élévation en faisant preuve de compréhension, et en évitant de nous précipiter dans les précipices fatals de l'égoïsme et de la vanité.

Metelo se tut un instant, car l'émotion avec laquelle nous accompagnions son discours était très grande, puis il reprit la parole sur un autre ton :

– Autrefois, quand nous étions plus impliqués dans les fluides de la chair terrestre, nous supposions, à tort, que la vanité et l'égoïsme seuls pouvaient porter préjudice aux hommes incarnés. Malgré le ministère respectable de sa charge, la théologie emprisonnait notre esprit dans des conceptions fantaisistes sur le royaume de la vérité. Nous pensions trouver un paradis facile à conquérir par la faiblesse humaine, et nous craignions un enfer difficile pour nous régénérer. Nos idées concernant la mort se bornaient à ces ridicules limitations. Aujourd'hui, nous savons qu'après la tombe, la vie ne fait que continuer. Le ciel et l'enfer résident en nous. La vertu et le vice, la manifestation sublime et l'impulsion animale, l'équilibre et la disharmonie, l'effort de l'élévation et la probabilité de la chute persistent ici, après le transit de la tombe, nous forçant à la sérénité et à la prudence. Nous sommes à peine dans un champ de matière distinct, dans d'autres domaines vibratoires de la planète où nous avons eu des expériences presque innombrables. Par conséquent, comment notre cœur ne s'équilibrerait-il pas en s'exerçant à la solidarité ? Naturellement, nous n'exhortons personne à replonger dans la boue ancestrale. Nous ne souhaitons pas que les compagnons prévoyants retournent à la condition d'enfants prodigues, volontairement distants du Père éternel, ni ne prétendons interrompre la marche laborieuse des serviteurs de la bonne volonté en voie vers les cimes de la vie. Nous faisons juste appel à la coopération pour réaliser les tâches secouristes dans les sphères obscures. Vous êtes libres et vous avez le temps d'accomplir les nobles devoirs qui vous incombent dans notre colonie spirituelle. Rien n'est plus raisonnable que de profiter de l'occasion pour planifier l'ascèse. Mais en tant que vieux collaborateurs des tâches d'assistance, nous osons susciter l'intérêt général pour ceux qui errent « dans la vallée de l'ombre et de la mort ». Nous attendons une possible aumône de votre temps pour le bien de nos semblables qui affrontent actuellement des situations moins heureuses, non en vertu des desseins divins, mais en raison de leur insouciance. Au fond, qui parmi nous n'a pas un jour été imprévoyant ?

L'orateur fit une pause un peu plus longue et poursuivit :

– De la part de nos amis incarnés, nous ne pouvons attendre, pour l'instant, un plus grand concours, plus efficace. Enfermés dans les geôles des sensations, ils progressent lentement dans l'apprentissage des lois qui régissent la matière et l'énergie. Quand ils sont invités à visiter nos cercles d'édification en dehors de leur instrument physiologique, ils retournent à leur corps, hantés par les visions rapides qu'ils ont pu garder en mémoire. C'est ainsi que lorsqu'ils transmettent leurs souvenirs à leurs contemporains, ils colorent l'eau simple et pure de la vérité de leur « point de vue » et leurs préférences personnelles sur le terrain de la science, de la philosophie et de la religion. Le romancier Bernardin de Saint-Pierre revint à sa sphère d'activité et décrivit des aspects qu'il affirmait appartenir à la planète Vénus après avoir été guidé par des amis dans les régions voisines de la croûte terrestre. L'astronome Huygens reçut mentalement des informations sur nos cercles de lutte. À la suite de cela, il élabora des théories afférentes à la vie dans d'autres mondes, et affirma que les processus biologiques dans les orbes lointains sont absolument analogues à ceux de la terre. À la contemplation du paysage lors de son passage sur notre plan où les âmes souffrantes se lamentent sur leur sort, une fois de retour dans son corps charnel, Thérèse d'Avila, la religieuse sanctifiée, décrivit l'enfer à ses auditeurs et lecteurs. Le grand médium, Swedenborg, après avoir parcouru certaines de nos zones d'activité, dépeignit les coutumes des « habitations astrales » du mieux qu'il put, en imprimant ses narrations des fortes caractéristiques de ses conceptions personnelles. Presque tous ceux qui vinrent momentanément visiter notre terrain d'action retournent à l'effort humain en dépeignant l'expérience qu'ils ont vécue des nuances de leurs inclinations et de leurs états psychiques. Comme ils sont profondément enracinés au « champ inférieur » de leur « moi », ils croient voir les autres mondes dans des conditions semblables à celles de la terre ; ce merveilleux temple dont les dépendances ne se limitent pas à la sphère terrestre sur laquelle les hommes incarnés posent leurs pieds. La terre est aussi notre mère, ses bras accueillants s'étendent à travers l'espace nous offrant d'autres possibilités de perfectionnement et de rédemption.

Puis, modifiant l'inflexion de sa voix, il continua :

– Les créatures traversent donc une courte période d'existence dans le monde charnel. La majorité s'attarde dans les régions expiatoires du rachat difficile et se confond dans les vibrations perturbatrices de la souffrance et de la peur. Elles font de la mort une sinistre déesse. Elles présentent le phénomène naturel de la rénovation sous les couleurs les plus sombres. Attachées aux sensations du jour qui passe, elles ignorent comment dilater l'espoir et transforment la séparation provisoire en une terrible nuit d'amers adieux. Victimes de l'ignorance dans laquelle elles se complaisent, elles s'enferment dans des forêts d'ombres où elles perdent leur paix pour se convertir en proies délirantes des enfers de l'horreur qu'elles ont elles-mêmes créés dans leurs délires passionnels. Comment espérer d'elles la collaboration nécessaire avec toute l'étendue requise si, par indifférence pour leur propre destin, elles plongent quotidiennement dans les fleuves des ténèbres, du désenchantement et de la terreur ? Unissons-nous pour les aider conformément aux préceptes évangéliques en leur révélant de nouveaux horizons et en éclairant leur chemin évolutif.

Peut-être en raison des tableaux sur les sphères obscures qu'il venait d'évoquer, mais que nous ne pouvions connaître, son regard fulgurant était voilé de larmes. Metelo resta en silence pendant un long moment, puis il reprit sur un ton suppliant :

– Souvenons-nous du divin Maître et ne dédaignons pas l'honneur de servir, non pas en raison de nos caprices personnels, mais conformément à ses desseins et à ses lois. Des champs immensurables de labeur attendent notre coopération fraternelle et la semence du bien produira notre bonheur infini !...

Ému, il poursuivit encore pendant quelques minutes, puis lorsqu'il invoqua les forces divines, il nous arracha des larmes d'une joie intraduisible.

Des rayons de clarté d'un bleu étincelant se déversèrent sur l'enceinte nous transmettant ainsi la réponse du plan supérieur.

Après quelques instants de méditation, Metelo nous présenta sur un grand globe constitué d'une substance laiteuse, exposé dans la partie centrale du temple, plusieurs tableaux vivants de son champ d'action dans les zones inférieures. Il s'agissait d'une photographie animée qui présentait tous les sons et tous les détails anatomiques inhérents aux scènes qu'il avait observées lors de son ministère de bonté chrétienne.

Dans des précipices de douleur, de malheureux désincarnés imploraient la pitié. Des monstres de différentes espèces, défiant les anciennes descriptions mythologiques, surgissaient horripilants au pied de leurs malheureuses victimes.

Analysés d'aussi près à travers ce procédé avancé de fixation d'images, les paysages nous émouvaient, mais nous inspiraient aussi la terreur. Dans l'intimité de la masse laiteuse où ils étaient projetés, ils acquéraient des expressions d'une vivacité indescriptibles. De lugubres processions d'êtres humains dépouillés de leur corps apparaissaient sous des cieux brumeux et menaçants frappés par des cataclysmes de nature magnétique.

Pour la première fois, je contemplais une telle démonstration sans cacher mon émotion. Vers où se dirigeaient ces files immenses d'Esprits souffrants ? Quel serait le sort de ces groupes d'âmes découragées et semi-inconscientes qui étaient devant mes yeux horrifiés, de ces âmes enlisées dans des puits noirs de boue et grouillants de souffrances ?

À cet instant, la voix de l'instructeur brisa le silence.

Devant ce tableau extrêmement pénible, il s'exclama d'une voix ferme :

– Bon nombre d'entre vous savent que dans ces zones expiatoires subsistent ceux qui furent les parents bien-aimés de ma dernière expérience vécue dans la chair, ils restent prisonniers de souvenirs torturants. Néanmoins, croyez-le bien, il n'y a aucune intention égoïste dans les tâches d'assistance que je réalise, parce que nous avons appris avec le Seigneur que notre famille se trouve partout.

Je perçus que personne n'osait regarder Metelo qui témoignait de son humilité. J'étais moi-même très ému par la démonstration d'entendement évangélique à laquelle j'assistais. Mais une fois l'exposition animée et sonore achevée, je remarquai le regard expressif que l'assistant Jérôme m'adressa. Immédiatement, je cherchai à me défaire de l'envie de connaître le drame particulier de l'orienteur, dissipant ainsi mes impulsions inférieures de pure curiosité.

Dès que les travaux, qui avaient duré un peu plus de deux heures avec la conférence instructive, furent achevés, plusieurs groupes furent présentés à l'instructeur par les dirigeants du temple.

J'eus l'impression que l'assemblée était presque entièrement constituée de participants véritablement intéressés par les travaux spontanés de secours fraternel. À leur façon de saluer et aux paroles qui étaient les leurs, je m'aperçus que des groupes de serviteurs, grands et petits, se trouvaient rassemblés dans l'enceinte pour réaliser différentes missions ayant des objectifs multiples. Certains soutenaient des criminels désincarnés, d'autres se consacraient au secours des mères angoissées recueillies inopinément par les rénovations de la mort. D'autres encore prenaient soin des athées, des consciences dévorées par les remords, des malades dans la chair, des agonisants sur la croûte terrestre, des fous sans corps physique, des enfants en difficulté sur le plan invisible aux hommes, des âmes tristes et découragées, des déséquilibrés en tout genre, des missionnaires perdus ou déviés de leur chemin, des entités liées à des viscères cadavériques, des travailleurs de la nature en manque d'inspiration et d'affection.

Pour tous, le mentor avait une phrase généreuse d'encouragement et d'admiration.

Quand notre tour arriva, Jérôme nous présenta gentiment :

– Metelo, voici trois compagnons qui vont me suivre en mission de secours.

– Très bien ! Très bien ! – s'exclama l'interpellé – que le divin Serviteur vous inspire.

Il nous étreignit avec simplicité, et demanda :

– Partez-vous avec une mission spécifique ?

– Oui – lui fit notre orienteur –, au cours des trente jours à venir, nous devons aider cinq collaborateurs dévoués, prêts à désincarner sur la croûte terrestre. Ils ont fidèlement œuvré à la cause du bien, et nos autorités nous ont chargés d'eux personnellement.

– Je présage déjà de votre succès – déclara Albin Metelo, tout en fixant sur nous son regard serein.

Démontrant une joie spontanée aux paroles qu'il venait d'entendre, Jérôme ajouta avec délicatesse :

– Je fais confiance au dévouement de mes compagnons. Je suis accompagné d'un ex-prêtre catholique, d'une infirmière et d'un médecin. Nous serons quatre serviteurs à agir activement.

– Je comprends – reprit l'instructeur.

– Nous avons la permission d'effectuer des expériences, des études et d'apporter notre aide le cas échéant. Selon les circonstances, la nature de notre travail nous donnera l'occasion de faire différentes observations.

Metelo eut un sourire réconfortant d'optimisme et de confiance. Il nous félicita individuellement et après avoir étreint notre directeur avec une certaine intimité, il s'exclama :

– Que le Maître vous illumine et vous guide.

Ce furent des mots d'adieu. Un autre groupe de secouristes s'approcha de lui, alors que nous sortions du Temple de la Paix avec le désir salutaire de servir nos semblables au nom de Dieu.

Dehors, la nuit merveilleuse et silencieuse était en fête, l'arôme des fleurs était une invitation au banquet céleste de la lumière.

2
Au Sanctuaire de la Bénédiction

À la veille de notre départ, Jérôme, notre assistant, nous conduisit au Sanctuaire de la Bénédiction, situé dans la zone réservée aux services d'aide où, selon ses explications, nous recevrions la parole de mentors éclairés résidant dans des régions plus pures et plus heureuses que la nôtre.

Notre guide ne souhaitait pas partir sans avoir fait une prière au sanctuaire, comme il en avait l'habitude avant de se consacrer aux travaux d'assistance qui relevaient de sa responsabilité.

Plus tard dans l'après-midi, en vertu du programme établi, nous étions tous réunis dans un vaste salon, singulièrement disposé. Au fond étaient installés de grands appareils électriques qui attirèrent notre attention.

La petite assemblée avait été triée sur le volet.

L'administration de la maison ne recevait pas plus de vingt expéditionnaires à la fois. En fonction de cette règle, seuls trois groupes de secours, prêts à partir vers les régions inférieures, allaient profiter de cette occasion.

Un groupe de douze collaborateurs, présidé par une sœur à l'allure vénérable, prénommée Sempronie, allait apporter son soutien aux foyers d'enfants abandonnés ; un groupe dirigé par Nicanor, un digne assistant, très cultivé, qui serait chargé pendant un certain temps de collaborer aux tâches d'assistance aux malades mentaux de l'ancien hospice, et notre groupe qui allait aider quelques amis dans leur processus de désincarnation ; ce qui complétait un total de vingt participants.

Alors qu'il avait été reçu par un assesseur, l'instructeur Corneille, à la tête de l'institution, vint échanger avec nous quelques paroles sur un ton empreint d'une grande simplicité, de distinction, de magnanimité et de compréhension.

– Dès le départ, dans le cadre de notre administration – nous expliquait-il – à la moindre occasion qui se présentait, nous avons cherché à profiter au maximum du temps qui nous était imparti. Afin de mettre cette mesure en pratique, nous sélectionnons d'abord les groupes secouristes que nous recevons. Nous réunissons les groupes de service en fonction des situations qui seront les leurs. Le jour où l'on reçoit ceux qui vont offrir leur aide sur terre, nous ne recevons pas les collaborateurs chargés d'opérer exclusivement dans les zones de désincarnés, comme le sont les régions purgatoriales et celles qui sont classées comme franchement ténébreuses. Il faut organiser les discours et les sélectionner pour créer l'atmosphère favorable aux objectifs à atteindre. La conversation influence l'ambiance et concourt définitivement au succès ou à l'échec. En outre, comme ce lieu est consacré à l'aide sublime de nos gouverneurs qui habitent sur des plans plus élevés, il ne serait pas juste de relâcher notre attention. De toutes nos forces, nous devons plutôt consolider les bases spirituelles pour que nos gouvernants nous envoient les ressources dont nous avons besoin. Dès lors que l'on appréhende l'extension des tâches à réaliser et le respect que nous devons à ceux qui nous aident, il nous semble que nous devons épurer les vieux déséquilibres des intromissions verbales inutiles, très souvent perturbatrices et déprimantes.

Alors que nous écoutions ses fascinantes pondérations, il ralentit légèrement le rythme de ses explications et poursuivit :

– D'ailleurs, le prophète ne nous a-t-il pas annoncé, il y a des siècles de cela, que la parole prononcée opportunément est une pomme en or dans un panier d'argent ? Par conséquent, si nous sommes vraiment intéressés par l'élévation, notre devoir inaliénable est de connaître exactement la valeur « temps » en estimant combien il est précieux, et en définissant chaque chose et chaque situation de manière adéquate pour que le verbe, dont le pouvoir est divin, collabore avec le Père à travers nos actes.

Nous sourîmes satisfaits.

– Rien de plus raisonnable et constructif – fit courtoisement Sempronie qui allait diriger pour la première fois une expédition de secours aux petits orphelins incarnés.

Peut-être parce qu'il perçut notre besoin d'explication sur l'usage de la parole, le directeur du sanctuaire continua :

– De nos jours, sur terre, il est regrettable que les hommes portent aussi peu d'attention au pouvoir du verbe si méprisé. Dans les institutions les plus respectables du monde charnel, d'après les renseignements dignes de foi qui nous sont fournis par les autorités qui nous guident, la moitié du temps est gaspillée inutilement en conversations oiseuses et inopportunes. Pour ne parler que des « plus respectables ». Nos frères incarnés ne sont pas prévenus que la parole crée des images vivantes qui se développent sur le terrain mental où elles sont projetées, dont les conséquences, en fonction de leur origine, sont bonnes ou mauvaises. Ces formes vivent et prolifèrent naturellement. Vu l'expression inférieure des désirs et des aspirations des créatures humaines, de telles créations temporaires ne servent qu'à des fins destructrices dues à de formidables frictions, quoiqu'invisibles.

L'intérêt que ses propos éveillaient chez les auditeurs était évident ! À cet instant, il fit une longue pause, et reprit en pesant ses mots :

– Toute conversation prépare des événements en conformité avec sa nature. Dans les lois vibratoires qui nous entourent de toute part, il est une force indirecte d'un pouvoir inconnu et vigoureux qui sert toujours les desseins voilés de celui qui en est l'auteur. Chargés d'assumer la direction de cette maison, nous avons reçu l'instruction émanant de nos supérieurs de supprimer tous commentaires tendant à la création d'éléments contraires aux joies de la bénédiction divine. C'est pour cela que, grâce à l'amour providentiel de Jésus, nous avons réussi à maintenir un institut où nos illustres mentors se font sentir. L'absence de toute parole manquant de dignité et la présence continuelle de facteurs verbaux édifiants facilitent l'élaboration de forces subtiles dans lesquelles les orienteurs divins trouvent des outils pour s'adapter, d'une certaine manière, à nos besoins d'édification en commun.

Le narrateur eut un geste comme s'il venait de se souvenir d'un détail important et nous fit :

– Le début de notre modeste tâche a été marqué par des réactions appréciables. À l'époque, on se rendait au sanctuaire sans la moindre préparation intérieure. Nos amis répétaient sans cesse le scénario de la croûte terrestre où les dévots fréquentent les temples comme les négociants vont à leurs affaires. Nous devons gérer les dons spirituels, comme on dirige un entrepôt de biens sujet au personnalisme inférieur. Par conséquent, du fait de la délégation de pouvoir qui nous a été accordée, depuis le premier jour, nous combattons sans cesse cette vieille habitude. Pendant quelques jours, nous prenons le temps d'enseigner la révérence due au Seigneur, le besoin d'assainir nos pensées intérieures et de perdre la mauvaise habitude de soudoyer la Divinité avec de fausses promesses. Lorsque nous sommes convaincus que les leçons sont comprises, nous entamons l'application de mesures rectificatives.

Des capteurs vibratoires sont installés pour signaler la nature des paroles prononcées. Dès lors, il est très facile d'identifier les infracteurs et de leur interdire l'entrée de l'enceinte d'illumination où nous réalisons nos prières...

Peut-être, parce qu'il remarqua que certains parmi nous faisaient des considérations mentales, il nous fit observer avec un sourire sur les lèvres :

– Nous pensons que toute allusion faite à l'impératif de n'émettre que des pensées édifiantes est inutile. Quiconque entre dans un lieu consacré à la bénédiction, ne peut abriter la haine ou la malédiction dans ses pensées.

Nous comprîmes immédiatement la raison de l'enseignement indirect et délicat qui nous était adressé et nous nous tûmes, prévenus quant à la nécessité de préserver notre esprit contre les vieilles suggestions du mal.

Désireux de nous voir abandonnés à la joie et à la cordialité, Corneille fixa du regard une grande horloge dont le cadran avait la forme symbolique d'un œil humain de grandes proportions, où deux rayons lumineux indiquaient les heures et les minutes, et nous fit sur un ton fraternel :

– Conformément à la notification reçue depuis plusieurs jours, nous aurons aujourd'hui la visite d'un messager de très haut niveau. Mais avant cet événement exceptionnel, nous disposons encore d'un peu de temps. Étant donné l'amour respectueux que nous devons à ceux qui nous guident du plan supérieur, il ne convient pas d'émettre notre invocation de bénédictions, ni avant, ni après l'horaire établi. En conséquence, mettez-vous à l'aise, chers collaborateurs...

Puis il fixa du regard les trois assistants, et ajouta après un temps de réflexion :

– Tandis que je m'entretiendrai en particulier avec les chefs de missions, il vous restera presque une heure pour échanger des idées constructives.

Pendant que Corneille s'adressait de manière confidentielle à nos orienteurs, nous nous étions séparés en différents petits groupes pour bavarder amicalement.

Répondant à ma demande, le père Hippolyte, comme nous l'appelions dans l'intimité, me présenta l'assistant Barcelos, de l'équipe des serviteurs chargés d'assister les débiles mentaux. Lors de sa dernière incarnation, ce fut un excellent professeur et il était particulièrement attiré par la psychiatrie sous un nouveau prisme.

Il me salua très aimablement, puis il me demanda :

– C'est la première fois que vous prenez part à une expédition de secours ?

– En effet – lui fis-je –, c'est la première fois. J'ai suivi plusieurs missions d'aide sur la terre, mais en tant qu'étudiant avec des possibilités réduites de coopération. À présent, l'assistant Jérôme a accepté mon aide et c'est avec plaisir que je le suis.

Il m'adressa un regard expressif laissant apparaître de la satisfaction, mais de la surprise aussi, et ajouta :

– Le travail est toujours bénéfique.

Intéressé par ses informations et ses éclaircissements, humblement, je lui fis :

– Alors que j'accompagnais des expéditions de secours comme apprenti, j'ai eu, plusieurs fois, l'occasion de visiter deux anciens sanatoriums d'aliénés de taille importante se trouvant dans notre pays. J'ai pu voir de près l'extension des services réservés aux employés de bonne volonté dans ces maisons de purification et de douleur. Les activités relevant de l'infirmerie y sont, à mon avis, les plus méritoires.

– Effectivement – acquiesça-t-il, appréciant mon attention –, la folie est un douloureux domaine de la rédemption humaine. J'ai des raisons particulières de me consacrer à cette branche de la médecine spirituelle et je vous assure qu'il est difficile de trouver ailleurs autant de drames angoissants et de problèmes aussi complexes.

– Et vos efforts ont-ils été fructueux ? – demandai-je un peu curieux.

– Oui, j'en viens à tirer des leçons encourageantes, somme toute, car j'en conclus, qu'à de rares exceptions près, toutes les anomalies d'ordre mental proviennent des déséquilibres de l'âme. Nous sommes loin d'avoir suffisamment de serviteurs prêts à secourir efficacement ceux qui sont incarcérés dans la prison des obsessions terribles et amères. Le nombre de malades est si grand dans ce domaine qu'il ne nous reste que la résignation. De sorte que nous continuons à soigner, bien que superficiellement, en nous en remettant surtout à la Providence divine. En ce qui concerne les harcèlements systématiques d'entités vindicatives et cruelles qui se trouvent sur un plan inaccessible aux perceptions de l'homme ordinaire, nous sommes toujours confrontés à une tragédie qui débute au présent en raison de la négligence des intéressés, ou qui vient du passé proche ou lointain du fait de lourdes compromissions. Si les psychiatres modernes pénétraient le secret de tels faits, ils initieraient l'application d'une nouvelle thérapie à base de sentiments chrétiens, avant de recourir à l'hormonothérapie et à l'électricité.

Je me souvins à cet instant des soins administrés à des obsédés que j'avais attentivement suivis, et j'alléguai :

– J'ai examiné quelques cas torturants d'obsession et de possession qui m'ont beaucoup impressionné, vu la liaison mentale presque complète existante entre les bourreaux et les victimes.

Barcelos esquissa un geste significatif, et souligna :

– C'est l'histoire vivante et terrifiante des crimes perpétrés en permanence. Les complices et les personnages de ces drames silencieux, bien souvent ignorés de leur entourage, précèdent leurs comparses sur le chemin de la mort et reviennent à la convivialité de leurs proches, épouvantés par les sinistres conséquences qu'ils affrontent outre-tombe... Instinctivement, ils s'accouplent à l'organisation magnétique des compagnons encore incarnés sur terre, vicient leurs centres énergétiques en détendant leurs nerfs et en écourtant le processus d'extinction de leur tonus vital, assoiffés des compagnies avec qui ils se sont lancés dans l'abîme. Ce sont toujours des tableaux tristes et sombres où l'on distingue la pitié de nombreuses âmes rédimées qui, avec compassion, viennent du Ciel pour intercéder en leur faveur et leur apporter une aide urgente.

Il fit une courte pause, puis poursuivit :

– Cependant, j'observe plus particulièrement de nos jours un autre domaine relatif à cette question. Avant mon retour au plan spirituel, assoiffé d'informations touchant au psychisme de la personnalité humaine, j'ai étudié attentivement la doctrine de Freud. Impressionné par les variations psychologiques des caractères juvéniles sous mon observation directe, et exalté à l'idée de trouver la solution aux profondes énigmes inhérentes à la créature humaine, j'appréhendai dans la psychanalyse un nouveau monde. Même si j'ai longuement étudié la fabuleuse collection des effets, je n'ai jamais été totalement convaincu de l'investigation des causes dans le cadre des phénomènes en question. Disciple spontané et distant de l'éminent professeur de Freiberg, ce n'est qu'ici que j'ai pu reconnaître les liens qui manquent au système de validation des origines des psychoses et de divers déséquilibres. Les « complexes d'infériorité », le « refoulement », la « libido », les « émergences du subconscient » ne sont pas des facteurs acquis au cours d'une existence terrestre à peine, mais révèlent plutôt une personnalité issue d'expériences passées. L'inconscient est, en fait, le coin dilaté de nos souvenirs, le dépôt de nos émotions, des désirs, des impulsions et des tendances qui ne se sont pas projetées sur l'écran des réalisations immédiates. Il va bien au-delà de la zone limitée du temps où se meut le corps physique. Il représente la stratification de toutes les luttes avec les acquisitions mentales et émotives correspondantes, du fait de l'utilisation de plusieurs corps. Ils manquent, donc, aux théories de Sigmund Freud et de ses disciples la notion des principes de la réincarnation et la connaissance de la vraie localisation des troubles nerveux, dont l'origine se trouve rarement au niveau biologique ordinaire, mais presque invariablement dans le corps périspirituel préexistant, porteur de sérieuses perturbations congénitales en vertu des déficiences de nature morale cultivées dans des existences passées avec un acharnement effréné par celui qui réincarne. Les psychoses de nature sexuelle, les tendances innées à la délinquance, si bien étudiées par Lombroso, les désirs extravagants, l'excentricité, bien souvent lamentable et dangereuse, représentent les modalités du patrimoine spirituel des patients. Un patrimoine qui ressurgit, de très loin, à cause de l'ignorance ou du relâchement volontaire de la personnalité dans les cercles du déséquilibre.

Un moment de silence s'installa dont je profitai pour remettre de l'ordre dans mes idées sur le sujet, en fonction des arguments constructifs que l'assistant avait énoncés pour accroître mes connaissances.

Je me souvins à cet instant de mes quelques notions relatives à la doctrine freudienne et c'est ainsi que mentalement je retournai au cabinet de consultation où, bien souvent, des amis souffrant de maladies mentales étranges et inconnues venaient me voir pour faire appel à mes pauvres notions de médecine, vu mon manque de spécialisation dans un tel domaine. Il s'agissait de maniaques, d'hystériques et de schizophrènes en tout genre, mais suffisamment éclairés pour se plonger dans des livres scientifiques. D'ailleurs, ils avaient dévoré les enseignements de Freud, et quoique ses théories fussent précieuses quant aux éléments d'analyse, elles n'offraient pas d'aide substantielle et efficace au malade. Elles découvraient la blessure sans apporter le baume curatif. Elles indiquaient le douloureux kyste, mais cachaient le bistouri de l'intervention bénéfique. Si les médecins chrétiens de la terre pouvaient profiter des explications de Barcelos, ils pourraient compléter le travail méritoire que la thèse freudienne a apporté aux milieux académiques. Toutefois, avant d'avoir eu le temps de formuler de nouvelles considérations personnelles, il reprit :

– J'ai mes attributions auprès des déséquilibrés mentaux, mais dernièrement, je redouble d'efforts dans la région d'inspiration des médecins humanitaires pour que les candidats involontaires à la perturbation soient assistés à temps. Après avoir constaté l'état de folie, à proprement parler, dans la majorité des cas le processus de disharmonie psychique est terminé. Il est très difficile de rendre à ceux qui sont reconnus comme étant aliénés une parfaite santé mentale, bien que notre bataille pour le rétablissement intégral du plus grand nombre soit permanente. Avant le déséquilibre complet, il y a une longue période pendant laquelle l'aide du psychiatre pourrait être providentielle et efficace. Par conséquent, orienter indirectement le médecin bien intentionné à aider à temps l'éventuel aliéné en employant la parole réconfortante et l'affection restauratrice, ne devrait pas être si difficile ! Un nombre incalculable de personnes vivent sur le plan charnel à chercher une solution aux profonds problèmes qui concernent leur être. D'après les conclusions des spécialistes humains dont les points de vue divergents sur les détails, nous avons, dans la sphère de perfectionnement terrestre, cinq classes de psychoses : celles de nature paranoïaque, perverse, mythomane, cyclothymique et hyperémotive, comprenant respectivement, la manie des persécutions et la folie des grandeurs, les déséquilibres et les faiblesses d'ordre moral, l'hystérie et la mythomanie, les crises de mélancolie, les phobies et les crises d'angoisse.

L'interlocuteur sourit, fit une pause et continua :

– C'est la définition scientifique de nos collègues qui, comme nous dans le passé, ne peuvent que diagnostiquer et analyser les détails anatomiques. Des arabesques en or sur le sable du Sahara ne rendraient pas le désert moins aride. Ainsi en est-il de la brillante terminologie sur le sombre tableau de la souffrance. Nous devons divulguer dans le monde le concept moralisateur de la personnalité congénitale en processus d'amélioration graduelle, en répandant de nouvelles déclarations qui traverseront la zone de raisonnement faillible de l'homme et pénétreront son cœur, lui rendant ainsi ses espoirs dans le futur éternel, revigorant les bases fondamentales de son être. Les notions de réincarnation renouvelleront le paysage de la vie sur la croûte terrestre. Elles conféreront à la créature non seulement les armes avec lesquelles elle doit combattre ses propres tendances inférieures, mais aussi elles lui fourniront le remède efficace et qui lui sera salutaire. Plusieurs siècles en arrière, Plotin affirma que toute l'Antiquité acceptait comme avérée la doctrine selon laquelle l'âme qui commet des fautes est condamnée à les expier par la souffrance dans des régions ténébreuses, puis en retournant dans d'autres corps afin de reprendre ses épreuves. Malheureusement, nos compagnons humains n'ont pas connaissance du caractère transitoire du corps physique, de l'éternité de la vie, de la dette contractée et du rachat nécessaire dans diverses expériences et récapitulations.

Barcelos se tut, un moment, alors que je réfléchissais à l'étendue de ses compétences. Son titre d'assistant était parfaitement justifié, car ce n'était pas un simple frère auxiliaire, mais un spécialiste compétent dans le domaine qui était le sien et auquel il se consacrait avec ferveur. Sa conversation valait un cours rapide de psychiatrie sous un nouvel aspect, dont je devais profiter dans mon propre intérêt pour réaliser les tâches marginales du service courant.

Désireux de manifester mon admiration et ma satisfaction, je lui fis sur un ton reconnaissant :

– Devant de telles considérations, je reconnais qu'où qu'il se trouve le missionnaire du bien est toujours un semeur de lumière.

Mais il feignit de ne pas entendre mon compliment et poursuivit sur un autre ton après une longue pause :

– Mon ami, vous avez examiné quelques cas d'obsession entre des entités invisibles et des êtres incarnés, et vous avez été impressionné par le magnétisme mental existant entre eux. Nous foulons là un autre terrain. Nous faisons référence ici au besoin d'explications qu'ont les hommes, face à leurs compagnons du plan évolutif. Dans le cycle des souvenirs imprécis qui se traduisent par de la sympathie et de l'antipathie, nous voyons le paysage des obsessions transposé sur le plan charnel où, obéissant aux souvenirs vagues et innés, les hommes et les femmes, unis les uns aux autres par des liens de consanguinité ou des compromissions morales, se transforment entre eux en persécuteurs et en bourreaux inconscients. Les antagonismes domestiques, les tempéraments apparemment irréconciliables entre parents et enfants, maris et femmes, frères et sœurs, résultent des chocs successifs de l'inconscient conduit aux récapitulations rectificatives d'un lointain passé. À nouveau, réunis dans la lutte expiatoire ou réparatrice, les personnages des drames du passé se mettent à sentir et à voir sur leur écran mental, en eux-mêmes, les situations compliquées et scabreuses d'une autre époque, malgré les contours obscurs de leur souvenir, ils portent en eux les lourds fardeaux de l'incompréhension, actuellement définis comme des

« complexes d'infériorité ». Lorsqu'il identifie en lui-même des questions et des situations intimes, imperceptibles aux autres, l'Esprit réincarné qui voit ressurgir des souvenirs même imprécis de son lointain passé est inévitablement candidat à la folie. Dans cette catégorie, mon ami, nous avons sur la croûte planétaire un pourcentage chaque fois supérieur d'éventuels aliénés qui requièrent l'aide de psychiatres et de neurologues qui, à leur tour, conservent une position contraire à la vérité, car ils sont enfermés dans des concepts académiques et dans les conventions rigides des règles officielles. Ce sont les patients qui m'intéressent le plus dans mes études personnelles. Ce sont les victimes anonymes de l'ignorance du monde, des malheureux complètement incompris qui, de fous naissants, avancent peu à peu vers l'hospice ou se retrouvent alités avec des maladies inconnues. Il ne leur manque en fait que l'eau vive de la compréhension et la lumière mentale pour leur indiquer le chemin de la patience et de la tolérance propice à leur rédemption.

– Et des cas angoissants de ce genre sont-ils nombreux ? – demandais-je, faute d'argument à la hauteur des considérations entendues.

L'assistant sourit et me dit :

– Oh ! Mon cher, l'extension de la souffrance humaine dans ce domaine se confond aussi avec l'infini.

Barcelos allait continuer, quand une singulière sonnette retentit nous invitant aux préparatifs de la prière.

Il fallait y aller.

3
Le visiteur sublime

Alors que nous étions réunis dans un petit salon bien éclairé, je remarquai qu'un léger parfum embaumait l'atmosphère.

Corneille nous recommanda de prier avec ferveur et de remplir notre esprit de saines pensées.

Alors que notre instructeur nous devançait, il s'arrêta devant une petite pièce constituée d'une substance analogue à celle du verre pur et transparent.

Je la regardai attentivement. Il s'agissait d'un cabinet cristallin qui pouvait facilement abriter deux à trois personnes.

Le directeur de la maison qui se distinguait par sa tunique très blanche tendit sa main droite dans notre direction et s'exclama sur un ton grave :

– Les émissaires de la Providence ne doivent pas répandre la lumière sans raison ; ce serait une faute grave que de recevoir vainement la Grâce divine. En venant à notre rencontre, les messagers du Père font preuve de sacrifice et d'abnégation, ils souffrent des chocs vibratoires de nos plans inférieurs, ils reprennent la forme qu'ils avaient abandonnée depuis longtemps, témoignent de leur humilité. Pour que nous puissions nous élever à leur niveau, ils daignent ignorer nos faiblesses afin que nous nous associions à leurs glorieuses expériences…

Il interrompit le cours de ses propos, nous regarda en silence et poursuivit sur un autre ton :

– Nous savons qu'à l'extérieur du sanctuaire, vu les liens moraux qui nous retiennent encore aux sphères charnelles, la réception à distance des réminiscences du passé est presque inévitable. Le souvenir fait vibrer les cordes de notre sensibilité et nous entrons en syntonie avec le passé inférieur. Mais ici, dans le Sanctuaire de la Bénédiction, il est indispensable d'observer une attitude ferme, sereine et respectueuse. L'ambiance offre les bases nécessaires à l'émission d'énergies pures. Par conséquent, si le moindre détail dissonant vient à surgir dans la tâche à réaliser, nous tiendrons pour responsables les compagnons ici présents. Formulons, donc, les pensées à notre portée les plus élevées qui soient, inspirés par la vénération que nous devons au Père Très-Haut !…

À d'autres observateurs, l'instructeur Corneille pourrait paraître excessivement méthodique et rigoureux ; mais pas pour nous qui sentions combien il était sincère et son amour marqué pour les choses sacrées.

Après un long intervalle qui nous permit de nous préparer mentalement, il reprit sans affectation :

– Projetons nos forces mentales sur la toile cristalline. Le tableau créé sera constitué d'un paysage symbolique où des eaux calmes évoquant la paix nourriront l'arbre vigoureux qui représentera la vie. J'assumerais la responsabilité de la création du tronc, tandis que les chefs de missions uniront leurs énergies créatrices et se concentreront sur le lac tranquille.

Puis s'adressant à nous en particulier, les collaborateurs les plus humbles, il ajouta :

– Vous formerez l'écorce de l'arbre et la végétation qui entourera les eaux paisibles, tout comme ce qui caractérise la partie du firmament qui devra couvrir la peinture mentale.

Après une courte pause, il conclut :

– C'est le tableau que nous offrirons au visiteur exceptionnel qui, dans quelques instants, viendra nous parler. Mais répondons au signal.

Deux assistants se postèrent à côté de la petite pièce, prêts à servir, et au retentissement harmonieux du signal, nous nous plongeâmes tous dans une profonde concentration afin d'émettre le potentiel de nos forces les plus intimes.

Je sentis, à la pression de l'effort que je fis, que mon esprit se déplaçait vers le cabinet en cristal, où je crus pénétrer pour placer des touffes d'herbe près du dessin du lac qui devait surgir… En utilisant les vigoureuses énergies de mon imagination, je me souvins du type de plante que je désirais voir apparaître dans cette création temporaire. En cette heure sublime, je la fis remonter de mon passé terrestre.

Je structurai chaque détail caractéristique aux racines, aux feuilles et aux fleurs, et je travaillai intensément mon intimité pour revivre le souvenir en question et le fixer dans le tableau avec le plus de fidélité possible…

À cet instant, le signal d'arrêt sonna, je repris ma position naturelle d'observateur afin d'examiner le résultat de l'expérience, et je pus contempler. Oh ! Merveille !… Le cabinet était profondément transformé. Des eaux d'une beauté indéfinissable et d'un bleu céleste magnifique reflétaient un coin du firmament, et baignaient les racines d'un arbre vénérable dont le tronc évoquait en silence toute sa grandeur. De prodigieuses miniatures de cumulus et de nimbus suspendus dans le ciel semblaient planer très loin de nous… Mais les bords du lac étaient presque nus et les branches du tronc n'étaient recouvertes que de quelques feuilles.

Sans tarder, l'instructeur reprit la parole et s'adressa fermement à nous en ces termes :

– Mes amis, vous n'avez pas accompli intégralement votre devoir. Soyez attentifs aux détails incomplets et extériorisez votre pouvoir de manière efficace ! Vous avez encore quinze minutes pour terminer l'œuvre.

Nous comprîmes, sans plus d'explications, ce qu'il voulait dire et nous reprîmes notre concentration pour ajouter les détails dont le paysage devait être revêtu.

Je redoublai d'énergie pour améliorer ma création mentale, et rapidement, tout en me souvenant de mon activité de jardinier dans le foyer aimant que j'avais laissé en arrière sur la terre, je cherchai à placer des fleurs minuscules sur les fragiles ramures. Dans ma prière, je demandai à Jésus de m'enseigner à accomplir le devoir de ceux qui désirent la bénédiction de son divin amour dans ce sanctuaire et, lorsque le signal retentit une nouvelle fois, je dois avouer que j'étais en larmes.

Le dessin vivant du gazon, que mon épouse et mes enfants aimaient tant quand nous étions ensemble sur terre, ornait les bords du lac d'un vert merveilleux, et de délicates fleurs bleues, ressemblant à des myosotis sauvages, étaient apparues en abondance…

L'arbre était couvert de feuillage épais et une végétation singulièrement belle complétait le tableau qui me parut digne d'un artiste d'excellence sur terre. Corneille sourit, manifestant ainsi sa satisfaction, et demanda aux deux assistants de conserver leur dextre jointe au cabinet. Dès lors, ce fut comme si une opération magnétique inconnue s'était mise en marche. Notre peinture collective se mit à donner des signes de vitalité temporaire. Quelque chose de léger et d'impondérable ressemblant au souffle caressant de la nature agita délicatement l'arbre respectable, balança les arbustes et l'herbe qui se reflétaient dans les eaux très bleues qui frémissaient doucement de temps à autre…

Mon gazon était, à présent, aussi vif et aussi beau que l'angoissante nostalgie de mon ancien foyer qui avait brusquement troublé mon cœur encore fragile. N'était-ce pas là les petites fleurs que mon épouse plaçait quotidiennement dans la pièce isolée qui me servait de bureau ? N'était-ce pas les mêmes qui étaient présentent dans les délicats bouquets que mes enfants m'offraient le dimanche matin ?

Brusquement, je fus envahi par de vigoureuses réminiscences qui opprimèrent mon âme. À cet instant, je me demandais par quel mystère l'Esprit riche d'observations et de valeurs nouvelles, respirant à des niveaux d'intelligence plus élevés, avait besoin de retourner au petit cercle du cœur, comme la forêt luxuriante et imposante ne renonce pas à la simple goutte d'eau pour abreuver ses racines... Je ressentis le désir impulsif et mal déguisé de les ravir à la croûte terrestre pour les avoir auprès de moi, désireux que j'étais de les réunir à mes côtés dans mon nouveau nid, sans séparation et sans mort, pour leur faire goûter les joies de la vie éternelle...

J'étais sur le point de verser des larmes. Mais à cet instant, un rapide clin d'œil de Jérôme suffit pour que je me reprenne.

Je chassai de mon esprit toute idée angoissante et réussis à retrouver ma condition de coopérateur déterminé à œuvrer aux édifications du moment.

Debout, devant le paysage vivant, alors que nous restions assis, Corneille tendit les bras au Ciel et supplia :

– Père de la Création infinie, permets, une fois encore, par miséricorde, que tes illustres messagers soient porteurs de ton inspiration céleste en ce lieu consacré aux joies de ta bénédiction !... Seigneur, source de toute sagesse, dissipe les ombres toujours présentes dans nos cœurs, gênant la glorieuse vision de l'avenir que tu nous réserves. Fais vibrer parmi nous la pensée auguste et souveraine de la confiance sans amalgame et laisse-nous percevoir le courant bénéfique de ta bonté infinie qui lave notre esprit à peine éveillé et encore contaminé par les sombres souvenirs du monde charnel !... Aide-nous à recevoir dignement tes émissaires dévoués !...

Puis, l'esprit focalisé sur nos travaux, l'instructeur continua avec une autre inflexion de voix :

– Mais par-dessus tout, Père, bénis tes enfants qui partent vers les cercles inférieurs pour semer le bien. Partage avec eux, humbles représentants de ta grandeur, tes dons d'amour infini et d'inépuisable sagesse, afin qu'ils puissent accomplir tes desseins sacrés... Mais au-delà de toutes concessions, donne-leur un peu de ta divine tolérance, de ta complaisance sublime, de ta compréhension illimitée pour qu'ils mènent à bien, sans désespoir et sans découragement, les devoirs fraternels qui leur incombent envers ceux qui ignorent encore tes lois et subissent les conséquences de cruels dérèglements...

L'orienteur du sanctuaire se tut. Alors qu'un calme imposant régnait dans la pièce, nous vîmes le paysage formé de substance mentale s'illuminer inexplicablement dans ses moindres contours.

J'eus l'impression qu'un petit soleil apparut devant nos yeux dans le coin de ciel du singulier tableau. Des rayons fulgurants pénétrèrent le fond émeraude et vinrent se refléter dans les eaux.

Les mains tendues vers le Ciel, mais sans la moindre expression ritualiste vu la simplicité spontanée de ses gestes, il s'exclama :

– Bienvenu soit celui qui porte en lui notre Père aimant !

À cet instant, sous nos yeux stupéfaits, quelqu'un apparut dans le cabinet entre le ciel et la végétation. Vêtu d'une tunique blanche, il ressemblait à un prêtre d'un culte inconnu. La physionomie sympathique de l'ancien était auréolée d'une lumière indescriptible, alors que nous restions extasiés et captifs de son regard, dans un mélange de vénération et d'enchantement, sans qu'il nous soit possible de fuir mentalement sa présence sublime.

Seul son buste apparaissait entièrement. Il me semblait que ses membres inférieurs étaient naturellement cachés dans le feuillage abondant. Malgré tout, nous pouvions voir les moindres détails anatomiques de ses bras et de ses mains. D'un grand geste, nous fûmes bénis de sa main droite, dans l'autre, il tenait un petit rouleau de parchemins brillants. Nous pouvions aussi percevoir qu'il portait un cordon doré tout autour de sa taille.

Visiblement ému, le directeur de la maison le salua :

– Vénérable Asclèpe, sois le bienvenu !

D'une voix claire et agréable, l'émissaire nous souhaita la paix du Christ, puis il nous adressa la parole sur un ton sans pareil dans le langage humain (je m'abstiendrai ici de toute traduction incomplète et imparfaite, répondant ainsi à mon devoir de conscience).

Pris d'une émotion infinie nous l'écoutâmes sans que quiconque parmi nous réussît à contenir ses larmes. Le verbe de l'admirable messager, qui arrivait des sphères supérieures nous apportant la bénédiction divine, s'engouffra dans notre âme d'une manière intraduisible et éveilla notre esprit éternel à la gloire infinie de Dieu et de la vie immortelle.

Je ne pourrais décrire ce que je ressentis. Jamais, je n'avais entendu quelqu'un avec ce mystérieux et fascinant pouvoir magnétique de fixation des enseignements dont il était l'émissaire.

Une fois qu'il eut terminé sa merveilleuse allocution, à l'instant où il en vint à nous bénir, sa dextre extrêmement blanche dégagea de minuscules foyers de lumière sous forme de petites étoiles qui se projetèrent sur nous, envahissant notre thorax et notre front, tout en nous faisant goûter la joie indicible d'absorber des élans de vie heureux, vigoureux et rénovateurs.

Nous aurions souhaité que ces minutes divines se prolongent indéfiniment, mais tout laissait croire que le messager était sur le point de prendre congé.

Se faisant l'interprète de la pensée de la majorité, Corneille lui adressa la parole et lui demanda humblement s'il accepterait de répondre à quelques questions des frères présents.

Souriant, le héraut céleste acquiesça d'un geste calme qui nous mit à l'aise, et me donna l'impression qu'il s'attendait à une telle requête.

La sœur Sempronie, qui dirigeait pour la première fois l'équipe de secours au service de l'accueil aux orphelins, fut la première à le consulter :

– Vénérable ami – dit-elle avec une sincérité évidente –, nous avons quelques coopératrices sur la croûte terrestre qui attendent de nous un mot d'ordre et de réconfort pour poursuivre les services auxquels elles se consacrent fidèlement. Depuis longtemps, elles passent par des persécutions déclarées et endurent les sarcasmes continuels venant d'ennemis injustifiés qui blessent leur esprit sensible en critiquant leurs meilleurs efforts avec des méchancetés sans nom. Sans pareil, elles résistent aux fantômes de l'ombre et mobilisent toutes leurs énergies au travail de résistance chrétienne... En tant que collaboratrice dans cette expédition de secours que je dirige pour la première fois, je connais le dévouement que nos amies témoignent à l'œuvre sublime du bien. Cependant, je n'ignore pas qu'elles souffrent, héroïques et loyales face à l'attaque d'adversaires implacables et cruels, depuis bientôt trente ans.

Après un court silence, que nul n'osa interrompre, la consultante en vint à conclure en demandant :

– Que devons-nous leur dire, respectable ami ? Avec quelles paroles encourageantes et réconfortantes pouvons-nous les soutenir dans un si long combat ? L'âme tournée vers notre devoir, généreux émissaire, nous attendons un conseil opportun.

Sous nos yeux, l'inattendu se produisit à cet instant. Patient et bienveillant, le messager qui était resté à l'écouter révélait à son expression physionomique un grand intérêt et beaucoup de bonté. Une fois que Sempronie eut mis fin à sa consultation, il retira une feuille d'un des parchemins blancs qu'il avait avec lui et l'ouvrit devant nous. Il se mit à nous lire le verset quarante-quatre du chapitre cinq de l'Évangile de l'apôtre Matthieu :

« Mais moi, je vous dis : aimez vos ennemis, bénissez ceux qui vous maudissent, faites du bien à ceux qui vous haïssent, et priez pour ceux qui vous maltraitent et vous persécutent. »

La manière de clarifier les choses et l'information transmise ne pouvait être plus directe, ni plus éducative.

Après quelques instants de réflexion, Sempronie déclara humblement :

– Je comprends, vénérable ami !

Sans l'affectation de ceux qui enseignent par amour-propre, l'émissaire fit le commentaire suivant :

– Quand ils sont bien compris et s'ils sont reçus de manière chrétienne, les adversaires sont une aide précieuse pour notre chemin qui mène vers l'union divine.

La synthèse prononcée était un condensé d'explications qui venait remplacer un long discours.

À mon avis, vu la beauté et le caractère édifiant de l'enseignement recueilli, la méthode dispensait toute autre question de notre part, mais le frère Raymond, du groupe secouriste voué à l'assistance prodiguée aux fous, prit l'initiative de lui poser la question suivante :

– Cher ami bienveillant, que faire face aux difficultés que je dois affronter dans les services relatifs à ma tâche ? Dans le cadre de notre travail auprès des déséquilibrés mentaux de la croûte terrestre, j'aide un groupe de frères incarnés qui n'interprètent pas les obligations évangéliques comme ils le devraient. En fait, en prononçant de belles paroles, ils nous demandent de collaborer spirituellement, mais dans la pratique ils restent distants de toute attitude verbale de croyance consolatrice. Ils apprécient les discussions injurieuses, fomentent le sectarisme, valorisent l'individualisme inférieur qui méprise l'effort d'autrui aussi noble soit-il. Ils se livrent sans cesse à des disputes interminables et passent leur temps à chercher comment faire valoir leurs limitations. Plus nous leur enseignons l'humilité en prenant pour exemple éternel le Christ, plus ils s'élèvent en critiques impitoyables, non seulement les uns contre les autres, mais aussi à l'égard de domaines et de situations, de personnes et de choses qui ne les regardent pas, stimulant ainsi la malice et la discorde, la jalousie et la négligence spirituelle. Malgré tout, ils se réunissent méthodiquement et font appel à notre coopération dans leurs travaux. Que faire, pourtant, respectable orienteur, pour que de plus grandes perturbations ne s'installent pas ?

Le messager attendit que le consultant eût terminé ses questions. Puis, très calmement, il répéta l'opération précédente, et nous eûmes devant les yeux, un autre parchemin portant l'inscription du verset onze, du chapitre six, de la première épître de l'apôtre Paul à Timothée :

« Mais toi, homme de Dieu, fuis ces choses et suis la justice, la piété, la foi, la charité, la patience, la douceur. »

Raymond resta à attendre ; nous nous figurions qu'il n'avait pas interprété l'avertissement comme il le devait, mais l'explication synthétique du visiteur ne tarda pas :

– Le disciple, qui suit les vertus du Maître en les appliquant à lui-même, fuit l'inutilité sur le plan extérieur, il se recueille dans son sanctuaire, et aide nos frères imprévoyants et perturbés, querelleurs et ingrats, sans être contaminé.

Alors qu'il enregistrait les paroles sages d'Asclèpe, Raymond sembla soudain percevoir la vérité et murmura un peu désappointé :

– Je profiterai de la leçon.

À nouveau, le silence s'imposa.

Puis, la sœur Luciane qui faisait partie de notre petit groupe prit la parole pour demander :

– Mentor éclairé, c'est la première fois que je vais sur terre pour réaliser une tâche particulière de secours. Pourriez-vous, par hasard, me donner l'orientation dont j'ai besoin ?

L'émissaire, qui semblait avoir apporté les réponses bibliques préparées à l'avance, déplia une nouvelle feuille et nous pûmes lire, admiratifs, le verset neuf du chapitre quatre de la première épître de l'apôtre des Gentils aux Thessaloniciens :

« Sur l'amour fraternel, vous n'avez pas besoin qu'on vous écrive, car vous avez personnellement appris de Dieu à vous aimer les uns les autres.»

Quelque peu déroutée, Luciane fit observer sur un ton marqué d'un profond respect :

– Je comprends, je comprends…

– Dès lors que nous appliquons l'Évangile – commenta le messager délicatement –, il nous enseigne à improviser les ressources du bien dans les situations les plus difficiles.

Un calme profond se fit à nouveau dans la pièce. Peut-être en raison de notre mauvaise habitude acquise sur terre de prolonger les conversations sans fin, nous ne trouvions pas grand enchantement à ces réponses franches et directes qui ne flattaient pas notre personnalisme dominant.

Des instants pesants s'écoulèrent, alors que nous pouvions observer la gentillesse et la sensibilité du directeur du Sanctuaire de la Bénédiction. Corneille remarqua que Sempronie, Raymond et Luciane étaient l'objet d'une curiosité indiscrète de notre part, par conséquent comme s'il était un simple apprenti, il demanda à Asclèpe :

– Que faire pour conserver la joie dans le travail, la persévérance dans le bien, l'attachement à la vérité ?

Le messager le dévisagea avec un sourire d'approbation et de sympathie sur les lèvres, reconnaissant cet acte d'amour fraternel, et ouvrit un nouveau parchemin où l'on pouvait lire le verset seize du chapitre cinq de la première lettre de Paul aux Thessaloniciens :

« Soyez toujours joyeux ».

Puis, il ajouta sur un ton jovial :

– La confiance que nous avons dans le pouvoir divin est la base de la joie chrétienne que nous ne devons jamais perdre.

L'instructeur Corneille réfléchit quelques instants et humblement le pria en ces termes :

– Que tu puisses toujours nous enseigner, vénérable frère !...

Quelques minutes s'écoulèrent sans que quiconque ne prenne la parole. Alors qu'il s'apprêtait à faire ses adieux, aimablement le sublime visiteur nous fit :

Au fur et à mesure que nous intégrons nos responsabilités, nous comprenons que dans les difficultés et dans les réalisations du chemin nous devons chercher une réponse auprès du guide suprême de la terre. Chaque Esprit, héritier et fils du Père céleste est un monde en soi avec ses lois et ses propres caractéristiques. Seul le Maître a suffisamment de pouvoir pour tracer des lignes directrices individuelles aux disciples.

Peu après, il nous bénit affectueusement et nous souhaita bon courage.

Réconfortés et heureux, nous vîmes le messager s'éloigner. Une vague parfumée portant une odeur inexplicable nous enveloppa à cet instant.

Les deux assistants, qui étaient restés de garde, retirèrent leur main de la surface du cabinet, puis ils effectuèrent différentes opérations magnétiques. C'est ainsi que disparut la peinture mentale, alors que la pièce de cristal reprit son aspect initial.

Tandis que les conversations s'engageaient à nouveau, plusieurs questions me harcelaient. Je ne pus me retenir. Avec la permission de Jérôme, à la tête de compagnons aussi curieux et avides de réponses que moi, je m'approchai de Corneille et je soufflai dans ses oreilles quelques questions que je me posai. Plein de bienveillance, il me dit :

– Asclèpe appartient à des communautés rédimées du plan des immortels dans les régions les plus élevées de la zone spirituelle de la terre. Il vit bien au-dessus de nos concepts de forme dans des conditions inappréciables à notre entendement actuel de la vie. Il a déjà perdu tout contact direct avec la croûte terrestre et ne peut s'y faire sentir qu'à travers des envoyés et des missionnaires investis d'un grand pouvoir. Le sacrifice qu'il a fait en venant à nous est d'autant plus appréciable, même si notre condition de perfectionnement est supérieure à celle des hommes incarnés. Il vient ici rarement. Cependant, il arrive que, par piété fraternelle, d'autres mentors de la même catégorie viennent nous rendre visite.

– Ne pourrions-nous pas, à notre tour, nous rendre sur le plan d'Asclèpe afin de connaître sa grandeur et sa sublimité ? – demandai-je.

– De nombreux compagnons parmi nous – affirma l'instructeur –, par mérites naturels découlant de leurs tâches, acquièrent d'admirables primes de voyages, non seulement dans les sphères supérieures de la planète qui nous servent d'habitat, mais aussi dans d'autres mondes…

Puis un sourire sur les lèvres, il ajouta :

– Néanmoins, nous ne devons pas oublier que la majorité n'effectue de telles excursions qu'en tant que voyageur pour stimuler leur effort personnel, comme les jeunes étudiants de passage rapide dans les instituts techniques et administratifs des grandes nations. Ils sont encore rares les enfants de la planète en condition de le représenter dignement dans d'autres orbes et dans des cercles de vie de notre système.

Ne me laissant pas impressionner pour autant, je poursuivis mes questions :

– Asclèpe ne se réincarnera donc plus sur terre ?

D'un geste expressif, l'instructeur m'expliqua :

– S'il le veut, il pourra se réincarner en mission inspirée par la charité, mais à des intervalles de cinq à huit siècles entre les réincarnations.

– Oh ! Mon Dieu, quel sublime niveau d'évolution !

– C'est une grande stimulation pour nous tous – ajouta le mentor plein d'attention.

– Devons-nous croire – lui demandai-je admiratif – que c'est le degré de développement spirituel le plus élevé qui soit dans l'univers ?

Vu ma grande naïveté, d'un air compatissant, il laissa entrevoir un sourire, et me répondit :

– Pas du tout. Asclèpe est en relation avec des mentors voués à l'humanité terrestre, il appartient à une collectivité d'une grande noblesse d'âme, mais c'est toujours une entité de notre planète, même s'il travaille dans les cercles supérieurs de la vie. Nous devrons faire un long chemin encore au niveau évolutif avant d'arriver à suivre ses pas. Toutefois, nous croyons que notre visiteur sublime aspire à intégrer le groupe des représentants de notre orbe auprès des glorieuses communautés qui habitent Jupiter et Saturne, par exemple. À leur tour, leurs membres attendent anxieusement l'heure d'être convoqués aux divines assemblées qui régissent notre système solaire. Parmi ces dernières, il y a ceux qui attendent, prévoyants et vigilants, la minute où ils seront appelés à collaborer avec ceux qui soutiennent la constellation d'Hercule qui est la famille à laquelle nous appartenons. Ceux qui guident notre groupe d'étoiles aspirent naturellement à former, un jour, la couronne de génies célestes qui protègent la vie et la dirigent dans le système galactique où nous évoluons. Sais-tu, mon ami, que notre Voie lactée, ce vivier, cette source de millions de mondes, n'est qu'un détail de la Création divine, un coin de l'univers ??!…

Ces notions de l'infini vinrent clôturer la charmante réunion au Sanctuaire de la Bénédiction. Corneille nous tendit la main, il nous souhaita beaucoup de bonheur et de paix. Émus, nous prîmes congé sous le coup d'une forte impression mêlée de nostalgie et de reconnaissance.

4
Le Foyer transitoire de Fabian

Après un voyage sans incident par les chemins habituels, nous atteignîmes une région brumeuse où une tristesse asphyxiante semblait régner en permanence. J'avais déjà eu l'occasion de traverser de telles contrées, d'ailleurs, nous n'avions mis que quelques minutes. Mais cette fois, je fus contraint de faire une longue marche à l'horizontale.

Répondant aux impératifs de la mission, l'assistant Jérôme cherchait une localité particulière dont le nom expressif était « Foyer transitoire de Fabian ».

Il s'agissait d'une grande institution de charité consacrée aux souffrances les plus dures où des âmes récemment désincarnées se trouvaient réunies dans les environs de la croûte terrestre. D'après les informations du chef de l'expédition, cette structure avait été fondée par Fabian du Christ, dévoué serviteur de la charité auprès d'anciens religieux de Rio de Janeiro, désincarné depuis plusieurs années. Organisée au départ par son fondateur, elle était périodiquement confiée à d'autres bienfaiteurs d'une condition élevée voués à la tâche d'assistance évangélique auprès d'Esprits récemment détachés du plan corporel.

– Au Foyer transitoire – poursuivit Jérôme qui nous fournissait des explications –, dans la mesure du possible, nous apporterons notre aide à l'organisation, puis nous offrirons notre protection aux frères qu'il nous incombe de secourir. Sans ces relais d'amour, notre travail serait très difficile. Rares sont les compagnons incarnés en condition de traverser une pareille zone juste après la mort physique. Les premiers jours, ils sont presque tous abrutis. S'ils étaient livrés à eux-mêmes, ils seraient fatalement agressés par des entités perverses, ou habilement déviés du chemin qui mène à la restauration graduelle de leurs énergies intérieures. D'où l'importance de ces abris fraternels où des âmes héroïques et dévouées au bien le plus élevé se consacrent à des tâches sanctifiées d'aide et de surveillance.

Après une courte pause, il en vint à conclure :

– Par ailleurs, nous trouverons ici tout l'équipement nécessaire aux travaux que nous devons réaliser.

Curieux, je gardai le silence et j'attendis.

Peu de temps après, nous nous trouvions devant une grande maison plongée dans l'obscurité. La construction ne présentait pas le moindre souci artistique et manquait de bon goût. Ni arbre ni jardin autour. Il s'agissait d'une structure basse et simple que l'on distinguait à peine dans le brouillard épais.

Jérôme, qui perçut immédiatement mon étonnement, me fit :

– Le nom de l'institution, André, parle de lui-même. Nous avons devant nous une maison hospitalière de transition destinée aux urgences. Malgré son apparence obscure, c'est un asile mobile qui sert d'accueil en fonction des circonstances environnantes. Il subit en permanence l'attaque d'Esprits désespérés et souffrants que leur conscience condamne à la révolte et à la douleur. Ses défenses magnétiques exigent un personnel considérable et les amis de la piété et de la renonciation, qui y travaillent, y côtoient la souffrance jour et nuit. Pourtant, le travail accompli dans cette maison est des plus dignes et des plus édifiants. Dans cette œuvre de bienfaisance chrétienne sont organisées de nombreuses expéditions de frères voués au bien qui se rendent sur terre ou dans des zones obscures où se débattent dans la douleur des êtres angoissés et ignorants, en transit prolongé dans les abîmes. Comme d'autres institutions secouristes qui sont de vrais temples d'assistance dans ces régions, le Foyer transitoire de Fabian est aussi un précieux dispositif de liaison avec nos villes spirituelles dans les zones supérieures.

À cet instant, avant que Jérôme n'ait pu terminer ses explications, nous avions atteint les barrières magnétiques à quelques mètres du portail d'accès à l'intérieur.

Accueillis par des gardiens vigilants qui nous laissèrent passer sans la moindre hésitation ; un petit appareil nous mit immédiatement en contact avec un aimable portier.

Quelques minutes plus tard, nous étions en présence d'un personnage respectueux.

Jamais, je n'aurais imaginé que l'institution puisse être dirigée par des mains sensibles de femme. D'un âge mûr en apparence, le visage couronné de cheveux noirs, vibrante d'énergie et avec une admirable capacité de travail, les yeux débordant de lumière, sœur Zénobie se mit à nous fournir des informations.

En quelques mots, elle nous salua poliment, et passa directement au sujet qui justifiait notre présence :

– J'ai été avertie hier – fit-elle avec bonté – de l'arrivée de cette mission qui nous réjouit beaucoup.

– Nous sommes à votre disposition – lui répondit gentiment Jérôme.

– Ce refuge d'amour et de paix nous sera très utile pour accueillir quelques protégés convalescents, et à notre tour, nous aimerions pouvoir vous rendre service.

Accueillante, Zénobie nous enveloppa d'un sourire d'une profonde sympathie, et après quelques minutes de silence, elle répondit :

– Nous acceptons votre participation. Je perçois en vous la présence d'un groupe harmonieux et, depuis la semaine dernière, j'attendais l'occasion d'aider non seulement la collectivité souffrante de l'abîme alentour, mais aussi de secourir un de nos frères très malheureux. Il s'agit de quelqu'un qui m'a été particulièrement cher et qui vient juste d'être retrouvé dans une région lointaine d'êtres déchus.

Après avoir surmonté différents obstacles, nous l'avons ramené dans le voisinage du foyer ; néanmoins, le dangereux état dans lequel il se trouve ne nous autorise pas à lui fournir un abri, mais juste une protection indirecte. Nous avons déjà pris des mesures pour que ce malheureux ami retourne sur terre où, avec l'aide divine, il connaîtra bientôt une réincarnation expiatoire. Néanmoins, j'aurai personnellement besoin de votre collaboration fraternelle dans l'intérêt de cet être égaré…

– Sans aucun doute – interrompit Jérôme avec respect –, ce sera un plaisir.

À cet instant, il désigna l'infirmière dévouée qui nous accompagnait, et ajouta :

– Nous avons en notre compagnie la sœur Luciane qui peut nous être extrêmement utile dans ce cas en vertu de ses facultés prononcées en matière de clairvoyance.

La directrice du Foyer transitoire fixa son regard serein sur notre collaboratrice, puis sourit aimablement, et dit :

– Vous avez raison. Certains frères, comme celui dont je vous parle, tombent dans un abrutissement moral si profond qu'ils n'entendent notre voix que de manière imparfaite. Comme ils ne peuvent nous voir en raison des obstacles vibratoires qu'ils ont créés d'eux-mêmes, ils doutent de notre amitié et de notre bonne volonté à coopérer. Par conséquent, dans le cas présent, le concours de Luciane me sera précieux.

Je ne pus masquer mon étonnement quant à ce détail de la conversation. Pour quel motif la sœur Zénobie, à la tête d'une institution de cette envergure, aurait-elle besoin de notre collaboration, surtout au chapitre de la clairvoyance qu'elle venait de mentionner ? Par hasard, ne pouvait-elle pas, d'elle-même, scruter les problèmes des âmes souffrantes et déchues ?

Incapable de réfréner ma question, je fis observer un peu déconcerté :

– Oh ! Vous voulez dire alors que les bienfaiteurs qui travaillent ici ne peuvent voir tout ce qu'ils désireraient ?

Ce fut Jérôme qui m'apporta une réponse.

– Avant tout, André – fit-il compréhensif –, il faut se dire que sœur Zénobie, bien que dotée d'une large vision spirituelle, peut avoir des raisons personnelles pour faire appel à cette mesure. Du reste, nous ne devons pas oublier les exigences relevant de la spécialisation.

Sa réponse eut sur moi l'effet d'une douche froide. Je regrettai d'avoir posé une question indiscrète. Puis, pour compléter cet enseignement, Jérôme ajouta :

– D'ailleurs, réfléchissons : le père Hippolyte se consacre, actuellement, à l'interprétation des lois divines au service éducatif de ceux qui les méconnaissent, tandis que la sœur Zénobie s'occupe des nombreux souffrants dans cette maison d'amour chrétien. Bien sûr qu'ils pourraient exercer la clairvoyance avec des bénéfices généralisés pour leur prochain, mais avec un préjudice évident en ce qui concerne les devoirs immédiats. Ce n'est pas le cas de Luciane qui, au contact personnel et intense avec les souffrants pendant plusieurs années consécutives, s'est spécialisée dans la connaissance de leur monde mental en faisant ressurgir, pour leur bien, des idées, des actes passés et des projets intimes. En ce qui concerne ceux auprès de qui elle intervient, si nous pénétrions leur âme de manière inopinée, nous verrions « quelque chose », mais pas autant et pas aussi bien qu'elle peut le faire, vu sa longue expérience. Luciane, à son tour, pourrait « d'une certaine manière » immédiatement interpréter les enseignements divins et guider cette maison, mais pas aussi bien que le père Hippolyte et la sœur Zénobie puisqu'ils ont beaucoup plus d'expérience dans ce domaine. Toutes acquisitions spirituelles exigent de la persévérance dans l'étude, dans l'observation et dans la mise en application. Nous devons considérer que cela n'infirme en rien le besoin d'apprendre. Le musicien talentueux pourra s'intéresser à la chimie en tant qu'apprenti, il pourra même se distinguer plus tard dans ce domaine scientifique, comme il le fait à présent dans l'art des sons. Toutefois, il n'atteindra pas la perfection sans y passer du temps, sans faire des efforts et sans faire preuve de bonne volonté. D'ailleurs, le Maître lui-même affirma que l'homme trouvera ce qu'il cherche.

Puis souriant à mon interrogation qui souleva des enseignements si rudimentaires, il conclut :

– La quête de dons spirituels pour la vie éternelle ne peut être appréhendée de la même manière que la recherche d'objets perdus sur terre.

À cet instant, sœur Zénobie intervint en ajoutant fraternellement :

– Oui, nous ne pouvons acquérir toutes les nobles qualités d'une seule fois. Chaque travailleur fidèle à son devoir a une valeur spécifique, incontestable. L'œuvre divine est infinie.

Puis, elle reprit le cours de la conversation à son début :

– Lorsque nous disposons de clairvoyants dans les services de secours à l'abîme, dans des circonstances favorables, nous arrivons à obtenir des résultats d'une précieuse efficacité. Cependant, les serviteurs de cette nature sont peu nombreux face à la multiplicité des tâches, et rares sont ceux qui sont prêts à servir dans les sombres paysages de l'angoisse infernale.

Luciane, qui avait été plusieurs fois citée, déclara qu'elle serait heureuse de pouvoir collaborer et nous révéla qu'en d'autres temps, elle s'était efforcée de développer ses facultés pour secourir l'Esprit de son père désincarné dans une guerre civile. Il avait eu un rôle prépondérant au sein d'un mouvement insurrectionnel et était retenu dans les sphères inférieures, halluciné par les passions politiques. Après l'avoir patiemment aidé, finalement, il avait retrouvé son équilibre émotionnel, et put se réincarner dans une grande ville brésilienne, où elle-même devait le suivre dès que son géniteur du passé aurait organisé un nouveau foyer. Ainsi, leur alliance de tendresse et d'amour se renouerait conformément au projet établi ensemble.

Zénobie l'écoutait attentivement.

Percevant peut-être que la conversation tendait à aborder un sujet trop personnel à un moment où la directrice de la maison avait probablement d'autres engagements, Jérôme intervint en ces termes :

– Nous sommes satisfaits, ma sœur, de la perspective de pouvoir vous apporter notre concours fraternel. Nous comprenons la grandeur de votre noble mission, et comme nous allons beaucoup dépendre de votre généreux soutien dans cette maison, c'est pour nous une obligation que de coopérer avec vous dans les travaux où notre humble collaboration peut être utile. Nous partirons, demain, pour la zone corporelle. Cependant, dès que nous vous aurons apporté le premier frère libéré, André et moi resterons en transit entre la croûte terrestre et ce lieu béni, tandis qu'Hippolyte et Luciane resteront ici, et veilleront sur les convalescents, tout en collaborant avec vous aux tâches les plus urgentes.

– Cette idée me réjouit beaucoup ! – fit la directrice visiblement satisfaite.

À cet instant, une sonnette invisible et stridente retentit de manière étrange.

Cinq secondes s'étaient à peine écoulées que quelqu'un pénétra bruyamment dans la salle. C'était un employé de la surveillance qui annonça précipitamment :

– Sœur Zénobie, des entités cruelles approchent. L'aiguille de l'avertisseur indique la direction nord. Elles doivent être à trois kilomètres approximativement.

La directrice devint légèrement blême, mais ne trahit pas son émotion du moindre geste qui aurait pu dénoncer une quelconque faiblesse.

– Allumez les lumières extérieures ! – ordonna-t-elle. – Toutes les lumières ! Et activez les forces de défense électrique en renforçant la zone de répulsion vers le nord. Les envahisseurs s'éloigneront.

Puis l'émissaire se retira précipitamment, tandis qu'un silence pesant s'abattait sur nous. Luciane était livide. Jérôme et Zénobie démontraient une grande inquiétude dans leur regard. Y avait-il des faits que j'ignorais ? Serait-ce que les Esprits réputés mauvais organisaient des expéditions telles que celles que nous réalisions pour le bien ? Quel type d'entités pouvait causer une aussi grande inquiétude aux directeurs éclairés et vertueux de nos travaux et tant de terreur au personnel de cette maison où régnait l'amour chrétien ? L'expression de douleur et d'incertitude du serviteur qui avait annoncé la nouvelle m'avait impressionné. Seraient-ils si nombreux les malfaiteurs de l'ombre pour justifier une telle terreur ? Je sentais que ma marge de raisonnement était extrêmement restreinte pour répondre aux nombreuses questions qui me venaient à l'esprit.

À travers une minuscule ouverture, je remarquai que d'énormes projecteurs s'étaient brusquement allumés à l'extérieur, comme les lumières d'un grand navire plongé dans un épais brouillard sur une mer démontée.

Des bruits caractéristiques se firent entendre indiquant que des appareils électriques avaient été mis en marche.

– C'est lamentable – s'exclama Zénobie dont l'intention était de nous rendre notre tranquillité –, que tant d'intelligences humaines déviées du bien et vouées au crime viennent ici poursuivre des activités nuisibles et destructrices.

Nul n'osa dire un mot.

Malgré tout, la directrice s'efforça de sourire et continua :

– La tragédie biblique de la chute des anges lumineux dans des abîmes de ténèbres se répète tous les jours, sans que nous le percevions directement. Combien de génies de la philosophie et de la science cultivent l'oppression et la tyrannie ! Combien d'âmes d'une profonde valeur intellectuelle se jettent dans le précipice des forces aveugles et fatales ! Dans le gouffre des dérèglements volontaires, ces malheureux n'ont pas de regrets et tentent rarement de faire marche arrière… Dans la majorité des cas, en proie à la terrible insatisfaction de l'égoïsme et de la vanité, ils s'insurgent contre le Créateur et s'abaissent sans cesse à combattre ses œuvres divines. Ils forment des légions ténébreuses et dévastatrices, mettent en œuvre des mouvements perturbateurs qui défient l'imagination humaine la plus astucieuse et viennent confirmer les vieilles descriptions mythologiques de l'enfer.

Peut-être parce qu'elle remarqua mon angoisse en raison de ses considérations, sœur Zénobie ajouta :

– Pourtant, le jour viendra de la transformation des génies pervers, désincarnés, en Esprits qui retournent à la lumière pour le bien divin. Tout mal, même s'il dure des millénaires, est transitoire. Notre lutte est celle de la victoire immortelle de Dieu contre l'infériorité du « moi » dans nos vies. Toute expression d'ignorance est fictive. Seule la sagesse est éternelle.

À mon tour, j'aurais aimé poser quelques questions, mais l'anxiété devenait insupportable.

– Quelques siècles de réincarnations terrestres – poursuivit la directrice – représentent un laps de temps insuffisant pour rééduquer des intelligences perverties dans le crime. C'est pour cela que les travaux rectificateurs se poursuivent après la mort du corps physique, obligeant les serviteurs de la vérité et du bien à supporter nos misérables frères jusqu'à ce qu'ils se repentent et se convertissent...

Soudain, des bruits indéfinissables se firent entendre. Zénobie, redevenue blême, garda le silence. Quelques secondes suffirent pour qu'ils se fassent plus proches. C'étaient des cris terrifiants, comme si à une courte distance nous devions affronter des hordes d'animaux féroces enragés.

Parmi nous, Luciane semblait être la plus effrayée. Nerveusement, elle se tordait les mains, mais ne put supporter plus longtemps cette angoisse. Elle s'adressa alors à la directrice de la maison sur un ton suppliant :

– Ma sœur, peut-être devrions-nous adresser une fervente prière à Dieu ? Je connais ces monstres. À de nombreuses reprises, ils essayèrent de ravir mon père du lieu où il était réfugié !...

Zénobie lui sourit avec bienveillance et répondit :

– J'ai déjà fait mes actes dévotionnels aujourd'hui en me préparant à de possibles événements au cours du travail de ce jour. D'ailleurs, mon amie, l'angoisse de cette attente vaut à elle seule une ardente supplique. Nous savons, donc, que tout problème à venir se résout avec résolution et confiance en notre Père et en nous-mêmes.

Le vacarme était devenu infernal. Terrifié, je pouvais distinguer des rugissements stridents de lions et de panthères auxquels vinrent se joindre des hurlements de chiens, des sifflements de serpent et des glapissements de singes.

À un moment donné, nous entendîmes des explosions assourdissantes. Presque au même instant, un auxiliaire pénétra dans l'enceinte pour annoncer :

– Ils nous attaquent avec des pétards magnétiques.

La directrice l'écouta résolue, sereine et déterminée :

– Émettez des ondes de choc fulminant, visant les batteries.

Les décharges électriques devaient être lancées en silence, car les explosions diminuèrent jusqu'à leur complète extinction, laissant percevoir au bruit qui se perdait au loin que la horde d'envahisseurs s'était déviée de son chemin.

Nous étions soulagés.

Zénobie laissa apparaître sur son visage une expression d'apaisement, puis visiblement satisfaite, elle nous dit :

– Maintenant, demandons au Maître d'accorder aux malheureux le chemin qui répondra à leurs besoins.

Pendant quelques minutes, nous élevâmes des pensées de gratitude et de joie au Christ, notre Sauveur.

Alors que la conversation reprenait son cours, je manifestai mon émoi :

– Comme les rugissements que nous entendions étaient impressionnants ! Ils ne s'apparentaient pas à des lamentations échappant de cœurs souffrants, mais au tumulte déchaîné de bêtes féroces. Quelle terrible transformation !...

– Pourtant, ces légions – fit observer la directrice lucide – sont anciennes. Dans les récits évangéliques, à l'heure où notre Seigneur parcourut les routes de l'humanité, nous pouvons lire la nouvelle allusive aux légions de génies diaboliques.

Alors que nous acquiescions en silence, elle poursuivit affligée :

– Le mal et ses desseins sont si profondément enracinés en eux et ils se sont créé tant de masques animalesques du fait de la révolte et du désespoir qui ronge leur âme, qu'ils prennent une apparence monstrueuse, à mi-chemin entre l'humanité et l'irrationalité.

Avant qu'elle n'ait eu le temps de poursuivre ses tristes commentaires, un assesseur pénétra dans le salon et s'adressa à la directrice de l'institution en ces termes :

– Sœur Zénobie, les deux déséquilibrés, qui sont arrivés avant-hier, ont brisé les cellules et essayent de s'enfuir.

La directrice l'interrompit et ordonna :

– Arrêtez-les immédiatement avec l'aide des surveillants. Nous en avons la responsabilité. L'expédition qui nous les a confiés reviendra demain à la première heure.

Le collaborateur était prêt à sortir quand un autre assistant fit son apparition.

– Ma sœur – dit-il sur un ton respectueux –, les nouvelles de la terre viennent d'arriver. Le chef de la mission Figueira qui est en mission depuis la semaine dernière, demande que soit préparé pour après-demain l'hébergement de trois nouveaux désincarnés.

– Je ferai le nécessaire – lui fit la directrice posément.

Alors que nous allions reprendre notre entretien, une jeune employée s'approcha à son tour pour transmettre l'information suivante :

– Sœur Zénobie, le groupe de surveillance qui s'est reposé pendant trois jours a repris son poste.

– Dis-leur de reprendre leurs places – ordonna-t-elle – et que les frères épuisés se reposent correctement.

L'émissaire empressée s'éloigna, mais à l'instant où j'allais, à mon tour, m'exprimer sur l'activité mouvementée de la maison, un autre collaborateur apparut à la porte en disant :

– Ma sœur, l'expédition Fabrino demande l'aide de la terre pour les travaux relevant des réincarnations expiatoires dont elle est chargée. Son message signale des tâches urgentes pour la nuit prochaine. Que dois-je répondre ?

La directrice réfléchit un instant, puis elle ordonna :

– Transmets un communiqué aux frères Gotuzo et Hermès. Ils seront peut-être disponibles. Nous enverrons la réponse plus tard.

Alors que le silence était revenu et que nous prétendions reprendre notre conversation instructive, un autre assistant, à l'expression visiblement troublée, surgit à la porte :

– Sœur Zénobie, la note du jour émanant du plan supérieur vous fait savoir que les désagrégateurs éthériques passeront par ici demain.

– Oh ! Le feu ?!... – répliqua la directrice manifestant à présent une indicible émotion. – Bon, je m'en doutais – fit-elle en ajoutant :

– Notre environnement est souillé. Le passage des monstres est le signe qu'un nettoyage doit être fait de toute urgence.

Et, fixant son regard pénétrant sur l'auxiliaire, elle continua :

– Demandons la collaboration de nos frères les plus proches. Nous devons faire appel à l'Oratoire d'Anatilde et à la Fondation du Christ. Essayez d'entrer en contact. Je me charge personnellement d'en faire la demande.

Alors que l'assesseur s'éloignait, Zénobie se tourna vers nous, pleine de bonté :

– Comme vous le voyez, mes amis, cette fois je dois agir. Quand le feu éthérique vient brûler les résidus de la région, nous sommes obligés de nous déplacer avec l'institution dans une autre zone. Je dois prendre des mesures concernant la nouvelle localisation, et demander l'aide d'autres organismes spécialisés.

Puis, elle s'adressa en particulier à Jérôme, et souligna :

– Mon frère, prise au dépourvu, j'aimerais visiter l'abîme aujourd'hui même en compagnie de nos amis. En plus du service à la collectivité souffrante, comme je vous en ai informé au début, je m'intéresse à l'un de nos frères qui se trouve dans un douloureux état de cécité spirituelle, et pour qui j'ai reçu l'autorisation d'intercéder :

– Parfaitement d'accord – répondit poliment notre chef.

Après avoir fait différents appels, la directrice du Foyer transitoire de Fabian nous confia aux bons soins d'Héraclius, un collaborateur dévoué de l'institution, et elle s'éloigna.

Nous avons, alors, été invités par notre nouvel ami à visiter l'intérieur. Peu après, nous découvrions de grands dortoirs et de petites cellules où se trouvaient alités des malades et des nécessiteux en tout genre. Nous traversâmes aussi de longues salles d'étude et des laboratoires sophistiqués où l'on pouvait noter que tout espace en ces lieux était rigoureusement mis à profit.

À un moment donné durant notre conversation, l'aimable compagnon qui nous recevait perçut la curiosité avec laquelle nous examinions la partie interne de l'édifice érigé à la base d'une substance singulièrement légère. C'est ainsi qu'il nous expliqua :

– C'est un type de construction approprié aux mouvements aériens. Cette structure se déplace, sans grandes difficultés d'une région à une autre, conformément aux circonstances.

Puis, tout en souriant, il ajouta :

– C'est pour cela qu'on l'appelle « Foyer transitoire ».

Quelques minutes plus tard, la sœur Zénobie fit appeler Jérôme pour un entretien particulier.

Hippolyte et Luciane demandèrent à visiter la Salle de Consécration, où, conformément aux explications d'Héraclius, les administrateurs, les assistants et les patients accueillis dans ce relais d'amour se réunissaient habituellement pour les services divins de la prière. Quant à moi, j'étais intéressé par les travaux médicaux de l'institution, je m'informai, donc, de la possibilité de rencontrer un collègue pour me fournir de nouveaux éléments éducatifs.

Alors que j'exposais mon souhait à cet aimable assesseur, il me répondit sans hésiter :

– Je vois ce que vous voulez. Actuellement, nous avons sur place le frère Gotuzo dont les informations satisferont peut-être votre curiosité.

5
Frère Gotuzo

Lorsqu'on me présenta au frère Gotuzo, je fus spontanément envahi par un sentiment de joie. Aussitôt, je ressentis qu'une vive sympathie nous attirait l'un vers l'autre. Ses affinités avec les activités de la sphère corporelle étaient encore extrêmement fortes. D'ailleurs, sa conversation, ses gestes et ses opinions, tout le dénonçait. Galvanisé par une force d'attraction irrésistible, il n'avait pas encore atteint des cercles de travail plus élevés parce que d'intenses souvenirs relatifs à la vie physique étaient toujours présents en lui ; d'autant qu'il n'y avait que quelques années que sa conscience s'était éveillée aux réalités de l'existence spirituelle.

Dès le départ, il me fit part d'éléments qui résumaient sa situation. Il s'était désincarné avant moi. Pendant longtemps, il avait erré dans les zones du purgatoire. Durant des années, il était resté à moitié inconscient entre l'ombre et la lumière, malgré cela ses connaissances de la médecine humaine étaient actualisées.

– J'ai toujours pensé – me confia-t-il avec bonne humeur lorsque nous fûmes seuls – qu'après la mort du corps, nous n'aurions plus rien à faire, si ce n'est chanter béatement dans le ciel ou grincer des dents en enfer, mais la situation est bien différente.

Il fit une pause significative et poursuivit :

– Je me rapporte à la vieille définition théologique, parce que je n'ai jamais pu accepter la thèse négativiste de manière absolue. Pour moi, la vie ne pouvait être circonscrite à la scène corporelle où l'homme joue le rôle le plus extravagant dans de multiples jeux scéniques qui vont de l'enfance à la vieillesse. J'ai toujours cru que quelque chose devait exister au-delà de la morgue et de la tombe. J'admettais, néanmoins, que la mort était un merveilleux tour de magie qui menait les âmes vers le paradis de la paix éternelle ou vers la région obscure d'infinis châtiments. En fait, ce n'est rien de tout cela. J'ai retrouvé la vie telle qu'elle est, avec la même saveur de beauté, d'intensité et de mystère divin. Nous changeons purement et simplement de résidence, nous portons en nous nos indispositions et nos maladies, tout comme nos questionnements et les moyens de les soigner. Ici, les patients et les médecins sont plus nombreux. Le corps astral est un organisme vivant, aussi vivant que l'appareil physiologique dans lequel nous vivions au niveau corporel.

Peut-être parce qu'il perçut dans mon regard, la silencieuse suggestion que dans des cercles plus élevés il trouverait des nouvelles sur ce sujet, il ajouta :

– Au moins à notre niveau, la situation est analogue.

Puis, souriant, il poursuivit :

– Nous avons appris sur terre que l'homme est un simple spécimen de l'ordre des primates dont la structure anatomique relève des mammifères supérieurs, qu'il se tient en position verticale avec des dimensions crâniennes considérables et un langage articulé. Nos professeurs se rapportaient aux hommes fossiles et préhistoriques en nous inculquant les affirmations dogmatiques de la science officielle, comme on colle des affiches au plafond des tramways. La religion, à son tour, nous expliquait que l'être humain est une âme créée par Dieu, à l'instant de la conception maternelle. On nous enseignait qu'après la mort, l'individu retourne au sein divin pour le jugement définitif dans l'éternité, quand le souffrant n'est pas obligé de passer un certain temps dans les zones désagréables du purgatoire.

Puis, sur un autre ton, il fit :

– En fait, je suppose qu'il doit exister des endroits plus plaisants que l'éden imaginé par les prêtres humains, car j'ai vu, de mes propres yeux, des flagellations et des souffrances qui dépassent toutes les images infernales conçues par les inquisiteurs. Néanmoins, et c'est lamentable je le reconnais ni la science ni la religion ne nous ont convenablement préparés à affronter les problèmes de l'homme désincarné.

Un plus long silence se fit alors.

Je parcourrai du regard le grand cabinet et remarquai combien Gotuzo prenait soin de l'espace réservé à sa spécialité. Différentes cartes du corps humain étaient accrochées aux murs, comme de précieuses décorations. Des petites sculptures représentant divers organes étaient posées ici et là. Mais le plus surprenant, c'était une image particulière du système nerveux créée dans une substance très délicate, quelque peu lumineuse, en position verticale, qui avait approximativement la taille d'un homme, sur laquelle on voyait distinctement avec une perfection extraordinaire le cerveau, le cervelet, la moelle épinière, les nerfs du tronc, le nerf médian, le nerf radial, le plexus solaire, le nerf cubital et le grand sciatique.

Admiratif devant son chef-d'œuvre, je lui fis observer :

– Tu as raison, mon cher Gotuzo. Si les hommes incarnés pouvaient comprendre l'importance de l'étude du corps périspirituel !...

– Oui – acquiesça-t-il spontanément, interrompant de la sorte mes considérations –, l'ignorance qui nous poursuit jusqu'ici est tout simplement déplorable ! Pour les créatures terrestres, la personnalité humaine est plus méconnue que l'océan Pacifique. En tant que catholique militant, j'ai toujours attendu une quiétude béate après la mort.

Il eut une expression presque comique et souligna :

– Je suis venu avec tous les sacrements et tous les passeports de la politique religieuse après être passé par des obsèques solennelles. Néanmoins, il semblerait que le service diplomatique de mon église ne soit pas bien accueilli au ciel. Je n'ai pas apporté suffisamment de documents pour me garantir la paix lors de mon transfert. Ce fut en vain que j'ai réclamé des droits que personne ne connaissait et que j'ai supplié des bénédictions indues. Comme nul ne me connaissait ici, je suis retourné à mon vieux temple où personne ne m'a reconnu. Désespéré, je me suis donc enfoncé pendant de longues années dans une douloureuse cécité spirituelle. Franchement, quand j'y pense, je ris encore aujourd'hui de la confiance ingénue avec laquelle j'ai fermé mes yeux, chez moi, pour la dernière fois. Le père Gustave me promettait la compagnie des anges – juste ciel ! – Il m'assurait que je serais porté en triomphe aux pieds du Seigneur, et tout cela parce que j'avais légué cinq *contos de réis*[1] à notre ancienne paroisse. Mes parents accompagnaient en sanglots notre dernier entretien. Mes paroles étouffées n'étaient plus que des monosyllabes à peine perceptibles alors que je vivais ma dernière heure. Pourtant, s'il m'était presque impossible de prononcer tout commentaire intelligible de la situation, le curé parlait pour deux et m'expliquait le bonheur qui serait le mien dans le Royaume de Dieu. Doté d'une courte expérience en tant que médecin, mais d'une grande capacité d'observation, la maladie ne me trompait pas, cependant, j'étais ignorant en matière d'âme et les promesses

[1] Le conto de réis (compte de réaux) est une expression, adoptée au Brésil et au Portugal, pour indiquer un million d'unités de la monnaie. NDT

religieuses m'ont complètement dérouté. Au seuil de la tombe, lorsque je réalisai que je n'étais pas entouré de saints, je fis demi-tour pour interpeller le prêtre qui avait recommandé mon cadavre aux instances célestes, imitant ainsi l'attitude dangereuse des somnambules. Incompris et aveugle, j'errai pendant longtemps entre l'affliction et la démence dans les créations mentales trompeuses que j'avais rapportées du monde physique.

– Néanmoins – lui fis-je observer alors qu'il marquait une pause –, les bons amis ne vous ont certainement pas abandonné.

– Effectivement – acquiesça-t-il. – Cependant, j'ai mis des années pour retrouver mon équilibre, unique condition pour comprendre leur aide et la recevoir.

– Tu dois être heureux à présent.

– Sans aucun doute ! – fit Gotuzo avec humour – dans la mesure du possible, je me suis tranquillement rétabli. Ma plus grande surprise, actuellement, c'est l'ampleur de la tâche que la vie spirituelle nous révèle. J'ai aujourd'hui une très profonde compassion pour tous les hommes et toutes les femmes incarnés qui souhaitent ardemment la mort physique et la cherchent de différentes manières en utilisant des moyens indirects et imperceptibles aux autres, parce qu'ils manquent de disposition pour commettre le geste spectaculaire du suicide. Des activités et des problèmes si complexes les attendent, qu'il vaudrait mieux qu'ils aient une existence complètement dépourvue d'attrait avec de lourdes disciplines pour les empêcher de s'égarer.

En vertu des commentaires entendus, la position laborieuse de la directrice du foyer me revint en mémoire, et je lui fis :

– La quantité de tâches que nous avons à assumer épouvanterait tout homme ordinaire. Nous devons donc reconnaître que le besoin de sacrifice dans les services de cette institution est énorme. Tout à l'heure, j'ai été étonné par le nombre de fonctions attribué à la directrice.

– C'est indéniable ! – approuva-t-il en modifiant le ton de sa voix – sœur Zénobie, notre guide dévoué, avec son cœur sublime et sa force de caractère, nous offre sans cesse de magnifiques démonstrations de renoncement. La quantité de travail est si grande dans cet asile consacré au secours en tout genre que le personnel d'encadrement change tous les ans. Cette année, elle a la charge de l'administration ; l'année prochaine frère Galba prendra sa place.

– Chaque administrateur se repose pendant un an ? – lui demandai-je tout étonné.

– Oui, ils passent cette période de repos dans des sphères plus élevées au contact d'expériences et d'études qui enrichissent l'esprit du missionnaire et qui seront bénéfiques à l'avenir aux œuvres de l'institution en général. Je sais qu'à tour de rôle, Zénobie et Galba dirigent cette maison depuis vingt ans déjà. Différents administrateurs sont passés par ici, mais ils sont partis vers d'autres horizons à des niveaux plus élevés... De temps en temps, ils reviennent nous rendre visite pour apporter de précieux encouragements à la communauté des travailleurs du bien.

– Et toi ? – lui fis-je, presque indiscret – où passes-tu tes loisirs et tes heures de repos ?

– D'après les statuts qui nous régissent, moi aussi, je me repose pendant quelques heures. Néanmoins – et à cet instant, sa voix fut marquée d'une certaine tristesse –, je ne peux pas encore en jouir dans une sphère plus élevée. Je reste au niveau de la croûte terrestre à respirer l'air pur et tonifiant des vergers et des jardins champêtres. L'oxygène est plus léger que celui que nous absorbons dans ces lieux étouffants de transition où nous devons gérer les résidus de la pensée humaine. Les arbres et les eaux, les fleurs et les fruits de la nature terrestre, dépourvus des émanations empestées des foules ignorantes et capricieuses, sont riches de substances divines pour ceux qui, parmi nous, commencent à vivre véritablement en tant qu'esprit. Les villes humaines sont d'immenses creusets bénis de purification pour les âmes incarnées où se forge le vrai progrès de l'humanité, mais le champ simple et accueillant est toujours la source directe des bénédictions de Dieu, garantissant les bases nécessaires à la vie collective. Par conséquent, il n'est pas étrange que nous puissions y récolter d'abondantes énergies de paix restauratrice.

Je connaissais bien la justesse de ses arguments, car je me souvenais d'expériences passées me concernant ; néanmoins, j'objectai avec sincérité :

– Je déplore, malgré tout, que tu n'aies pas encore pu visiter des régions plus édifiantes. Tu découvrirais des continents pleins de merveilleuses surprises qui sont une source de stimulation efficace pleine d'espoir.

– On me promet pour bientôt une telle joie – fit-il avec résignation.

– Dis-moi, mon ami – demandai-je avec un intérêt fraternel –, quelle est la raison de cet ajournement ? Pourrais-je, à mon tour, user de mon humble influence pour régler cette question ?

Ce compagnon qui, dès le début, avait fait preuve d'optimisme laissa poindre une émotion troublante. Le visage bouleversé, alors que ses yeux vifs et brillants se remplissaient de larmes difficilement contenues, et les fixant peut-être dans le tableau intérieur de ses propres souvenirs, Gotuzo s'expliqua avec une certaine amertume dans la voix :

– Mon esprit et mon cœur sont encore prisonniers du nid domestique que j'ai perdu avec mon corps charnel. Je me suis réadapté au travail et, pour cela, j'arrive à me rendre utile dans mes activités ; néanmoins, je ne me suis pas encore habitué à la mort et je souffre, tout naturellement, des conséquences de ce manque d'harmonie. Je suis un cours avancé de préparation intérieure, mais je progresse lentement.

Puis, il s'efforça d'adopter devant moi une attitude apaisée, et poursuivit après une courte pause :

– Après de longues années de semi-inconscience, lorsque je repris conscience de moi-même, je retrouvai ma capacité de réflexion, de jugement, d'équilibre. Oh ! Mon ami, quelles nostalgies torturantes j'éprouvais de mon heureux foyer ! Marilia et nos deux jeunes garçons, qui étaient en secondaire, étaient les seuls habitants de mon petit paradis familial. J'avais commencé à exercer la médecine de bonne heure, et grâce à une clientèle aisée nous disposions de bonnes ressources financières. Nous vivions sans soucis entre les murs accueillants et chauds de notre nid. Aucun ennui, pas le moindre nuage. C'est alors que surgirent les premières douleurs qui révélèrent que je souffrais d'une pneumonie qui allait finalement m'emporter. Dès les premières souffrances, tant au niveau relationnel que financier nous avons fait le nécessaire, mais ce fut en vain. Toute attitude favorable d'ordre matériel fut inutile face à la mort. En versant des larmes amères et inoubliables, Marilia, mon épouse, promit de me rester fidèle jusqu'au bout. J'approchais de la cinquantaine, tandis que ma chère femme n'en avait que trente-six. Je souffrais de devoir la laisser presque seule au monde, sans les bras d'un compagnon. Mais je m'en remettais aux promesses religieuses, je croyais que je pourrais veiller sur elle et sur mes enfants depuis les régions célestes. La réalité fut tout autre. Après les luttes du purgatoire, quand je réussis finalement à retourner à mon foyer, pris d'angoisse, je ne trouvai aucune trace des êtres chers que j'avais laissés derrière moi. Alors que j'étais toujours plongé dans un douloureux somnambulisme à chercher de l'aide auprès de la religion, je n'ai jamais pu retourner au sein de ma famille, car avant d'en faire la tentative, je fus ravi par un tourbillon violent et sombre qui me projeta dans un terrible paysage de ténèbres et de souffrance sans nom. Dès le premier instant de ma libération, je restai sourd à toute pondération, je surmontai tous les obstacles et, avide d'affection, je les retrouvai, enfin... Mais la situation me déconcerta. Mon cousin Charles, qui avait toujours envié ma situation, s'était insinué chez moi sous prétexte de protéger mes intérêts. Il avait épousé ma compagne, ce qui perturba l'avenir de mes enfants. Il dilapida mes biens en se livrant, par la suite, à des aventures commerciales douteuses. J'en suis presque retourné au stade initial de déséquilibre mental en prenant conscience de ces événements imprévisibles. Après avoir pleuré le malheur de mes jeunes garçons impliqués dans de mauvaises affaires, je retrouvai Marilia, juste à l'heure où allait naître leur second enfant. Agenouillé, en sanglots, au pied du modeste lit où elle reposait, je lui demandai ce qu'elle avait fait du patrimoine de paix que j'avais déposé entre ses mains en toute confiance avant de partir. La malheureuse, profondément défigurée, ne nota pas ma présence, ni n'entendit ma voix, mais je lui revins en mémoire alors qu'elle dévisageait le petit qui dormait calmement. Elle s'effondra en larmes, ce qui attira la présence de Charles à qui elle déclara être angoissée, nerveuse... Mais quand je vis surgir l'envahisseur, irascible et détesté, je reculai, pris d'un sentiment d'horreur infini. Je n'eus pas la force de résister. Était-ce donc cela qui m'attendait après tant d'efforts ? Devrais-je me résigner et bénir ceux qui me blessaient ? Le scénario était bien trop noir pour moi. J'avais joui d'une existence régulière durant laquelle j'avais assouvi tous mes désirs, mais au détriment de mon esprit que j'avais négligé. Je ne m'étais pas exercé à la tolérance, à la patience, à la douleur. De ce fait, mes souffrances prirent de terribles proportions.

Gotuzo sécha les larmes qui coulaient abondamment sur son visage et, voyant la forte impression que ses émotions me causèrent, il conclut en ces termes :

– Presque dix années se sont écoulées et mon affliction est aussi vive qu'à la première heure.

Alors que je le laissais soulager sa peine, quelques minutes oppressantes s'écoulèrent.

– Gotuzo, écoute-moi – lui fis-je, finalement – ne garde pas ton cœur enchaîné à de telles ombres.

Puis, je lui décrivis sommairement mon cas personnel. Il m'écouta attentivement, soulagé.

Pour conclure, je lui dis :

– Pourquoi condamnes-tu celle qui fut la compagne de tes luttes ? Et si nous avions été à sa place, si nous avions été les veufs ? Qui pourrait garantir que nous n'aurions pas nous aussi refondé une famille, eu d'autres enfants ? Ne reste pas enchaîné plus longtemps. Le vieil égoïsme humain crée de ténébreuses prisons.

Percevant ma sincérité, humblement, il resta silencieux. Puis, comme l'ambiance était moins agréable en raison de l'exposition relative à ses ennuis personnels, pour l'aider à se changer les idées, je lui demandai :

– Ton travail d'assistance aux malades se limite au secteur des tâches qui te sont attribuées ?

– J'ai d'autres domaines d'activité – me répondit-il.

Et me dévisageant avec une nouvelle expression, il me demanda :

– As-tu déjà collaboré à des processus réincarnacionistes ?

Je me souvenais de l'expérience que j'avais suivie de près à une autre occasion[2], et je lui racontai ce que je savais.

D'un regard éloquent, il me fit :

– Oui, tu connais un cas de réincarnation de nature supérieure, un cas où l'intéressé était redevable de la gentillesse de plusieurs amis qui l'avaient aidé avec dévouement. Ici, cependant, nous accompagnons de douloureuses situations à travers des incidents qui sont extrêmement désagréables pour la sensibi-

[2] Voir : « Missionnaires de la lumière ». Note de l'auteur spirituel.

lité. Ce sont des travaux de réincarnations d'ordre inférieur plus difficiles et plus complexes. Tu ne peux en imaginer la teneur. Émanant des plans les plus élevés, d'innombrables bienfaiteurs sages et miséricordieux se mobilisent pour nous tracer les directives nécessaires. Parfois, ce sont des problèmes torturants qui surgissent quand advient le moment de rapprocher et de lier les intéressés à l'environnement où ils seront reçus, et de manière si déplorable que les situations sont très angoissantes pour nous. Ce qui rend indispensable le concours d'un nombre élevé de travailleurs. Étant donné les vibrations puissantes de haine et d'humiliations punitives, il s'ensuit une réincarnation expiatoire faite d'indicibles souffrances. Dans l'heureuse sphère où tu résides, des institutions prennent en considération les suggestions d'ordre personnel. Le libre arbitre, garant de crédits naturels, permet des modifications et peut présenter de justes exigences, ici cependant, les conditions sont différentes… On ne peut satisfaire les demandes que font les âmes brutes et endettées en ce qui concerne leur avenir, du fait de l'ignorance délibérée dans laquelle elles se complaisent indéfiniment. En outre, en accord avec ceux qui les protègent depuis les régions supérieures, ces êtres doivent accepter les mesures établies pour leur cas personnel par les autorités compétentes. À notre tour, nous sommes les exécuteurs des dites mesures et notre devoir est de vaincre les plus grandes difficultés, mais aussi les plus sombres obstacles. Dans ces paysages de douleur, nous voyons des pères et des mères qui rejettent instinctivement l'influence de leurs enfants avant même qu'ils ne naissent, laissant place à des conflits sans nom, à des antagonismes apparemment injustifiables, à des maladies indéfinissables, à des avortements criminels. Entre-temps, les adversaires qui se réincarnent conformément au travail rédempteur programmé par les mentors dévoués de ces personnages issus de sinistres drames, ayant déjà une longue expérience des scénarii de l'existence humaine, pénètrent le domaine psychique de leurs anciens ennemis et futurs parents en leur imposant de durs sacrifices, presque insupportables.

À cet instant, il interrompit ses considérations, fit une pause, pour ajouter ensuite :

– Tu peux remarquer que la différence entre tes informations et les miennes est considérable. Les Esprits qui s'efforcent de trouver la lumière divine en agissant avec persévérance pour leur épanouissement intérieur réussissent à entrer directement en contact avec de plus sages instructeurs. En conséquence, ils s'améliorent, et du fait des actes méritoires auxquels ils se consacrent, ils peuvent choisir les éléments de leur nouvelle vie sur terre, comme le digne travailleur qui, grâce à ses acquis moraux, peut solliciter des outils appropriés pour réaliser sa tâche. Quant à ceux qui sont esclaves de la haine et du déséquilibre, de l'intempérance et des passions, ils doivent se préparer aux exigences de la vie. Pour les premiers, la réincarnation sera une véritable bénédiction, un heureux apprentissage ; mais pour les autres, ce sera une imposition nécessaire et légitime du destin, créée par eux-mêmes, entachée du dédain qu'ils ont démontré dans l'espace et dans le temps pour les dons de Notre Père.

À l'écoute de ses commentaires, j'étais transporté par une indicible impression de joie et d'enchantement. Je ne pus éviter la conclusion optimiste et spontanée que j'avais au bout des lèvres :

– Gotuzo, mais comment peux-tu, toi qui est si chevronné quant aux questions de rachat spirituel garder de l'amertume pour un foyer qui n'est plus ? Comment peux-tu t'incarcérer dans le découragement, alors que tu détiens de telles possibilités de libération ?

Mon compagnon fixa sur moi ses yeux intelligents et lucides, comme pour me dire en silence qu'il savait tout cela, mais s'efforça de rester jovial et répondit :

– Ne t'inquiète pas. Vu les grandes difficultés que j'ai à me dominer, j'étudie actuellement la possibilité d'être réincorporé dans l'environnement domestique pour affronter cette situation avec la bénédiction de l'oubli provisoire dans la chair, afin de reconstruire l'amour sur des bases plus solides auprès de ceux que je n'ai pas compris autant que j'aurais dû.

À cet instant, une infirmière apparut à la porte, s'excusant de devoir nous interrompre et nous informa que le groupe de sentinelles affecté au traitement mental, attendait dans la pièce voisine.

Gotuzo répondit qu'il viendrait immédiatement. À nouveau seul, il me fit en souriant :

– Dans la sphère charnelle, en tant que médecins, nos obligations se résumaient à l'examen détaillé des maladies qui aboutissait à une évaluation clinique ou une intervention chirurgicale, et la fourniture de diagnostics techniques, que d'autres collègues confirmaient presque toujours par esprit de solidarité ; ici cependant, le paysage est bien différent. Je dois utiliser l'expression verbale comme un stylet créateur de vie nouvelle. La maison compte un bon nombre de collaborateurs qui travaillent, affairés au programme d'assistance et simultanément sollicitent notre orientation médicale. Il ne suffit pas que je leur dise ce dont ils souffrent, comme je le faisais dans le passé. Avant tout, je dois leur enseigner l'hygiène mentale, les aider à faire germer et à développer des idées réformatrices et constructives qui élèvent leur niveau de vie intime. Nous dispensons des soins magnétiques à tous ceux qui sont dans le besoin en revigorant leur organisation générale avec les éléments curatifs qui sont à notre portée ; mais non sans donner à chaque patient de nouvelles notions pour réajuster son âme. En d'autres temps, notre champ d'action se trouvait dans la cellule physique. Actuellement, notre zone d'action est la cellule mentale.

Alors que j'observais la bonne disposition de mon compagnon, je réfléchissais au temps qu'il avait passé avant de participer aux services médicaux de la région supérieure où il avait été guidé, et je me demandais pour quelle raison Gotuzo avait été aussi rapidement mis à contribution, en ces lieux, dans cette sphère d'aide aux angoissés. Je remarquai, néanmoins, que mon nouvel ami ne captait pas mes pensées, pas même de manière partielle, ce qui démontrait qu'il était moins exercé aux facultés de pénétration. Tandis que je l'accompagnais dans l'enceinte où une clientèle importante l'attendait, je notai que l'assistance était consacrée aux malades en masse. Il s'agissait de vibrations plus grossières et plus lentes, exigeant la collaboration spécialisée de médecins désincarnés qui, comme c'était le cas de Gotuzo, conservaient encore une certaine syntonie avec les intérêts immédiats de la croûte terrestre.

6
Dans la nuit

La différence d'atmosphère entre le jour et la nuit au Foyer transitoire de Fabian était presque imperceptible. Je n'avais pas vraiment réussi à faire de comparaison, car pendant toute la durée de notre permanence dans l'institution, les lumières artificielles étaient allumées. Sous un ciel de plomb, un épais brouillard recouvrait le paysage. C'est ainsi que l'on m'informa que de grands appareils destinés à la fabrication d'air pur fonctionnaient sans cesse dans le foyer afin de renouveler l'air ambiant. Le soleil semblait si différent en plein crépuscule. On aurait dit un vieux disque d'or, sans la moindre luminosité, perdu dans un océan de fumée indéfinissable. La comparaison de ce cadre avec les tableaux printaniers de la croûte terrestre me faisait penser que les couchers de soleil de la sphère charnelle ressemblaient à des toiles dignes du paradis.

Nous étions dans une région où la matière, qui obéissait à d'autres lois, était pénétrée de principes mentaux extrêmement viciés. De longs précipices infernaux se mêlaient à de vastes zones de purgatoire peuplées d'âmes coupables et repenties.

En vérité, lors de nombreux voyages entre notre heureuse colonie et le plan de la croûte planétaire j'avais déjà eu l'occasion de traverser de tels sites, mais jamais je ne m'étais attardé aussi longtemps dans une zone aussi désagréable et sombre que celle-là. L'absence de végétation alliée au brouillard épais et suffocant m'emplissait d'une profonde sensation de solitude et de tristesse.

Toutefois, nos amis, avec sœur Zénobie en tête, faisaient leur possible pour convertir cette étape secouriste en oasis de réconfort. À cet instant, quelqu'un eut la gentillesse d'évoquer le décor extérieur et suggéra de nous recueillir pour en tirer les bienfaits nécessaires.

– Oui – approuva Jérôme –, dans un abri de secours spirituel, il est conseillé de ne pas s'adonner aux distractions qui pourraient nuire à nos devoirs.

Puis, il eut un franc sourire et ajouta :

– C'est pour cela que sur terre, on ne nous décrit jamais l'enfer fleuri ou le purgatoire sous des arbres accueillants. Sur ce point, les auteurs théologiques furent exacts et cohérents. L'évasion mentale n'est pas une bonne chose pour les coupables et les têtus repentis. Pour leur bien, il vaut mieux qu'ils soient retenus dans des régions dépourvues de charme, et qu'ils restent seuls avec les créations mentales inférieures auxquelles ils se sont fortement liés.

Riche de détails intéressants, la conversation compensait l'âpreté extérieure et donnait de la valeur au temps dont nous n'avions aucune notion, à l'exception de celle affichée par les chronomètres, ces appareils précieux, indispensables.

Sur le coup de dix-neuf heures, guidés par la directrice de la maison, nous nous préparâmes à faire un petit voyage dans l'abîme.

Zénobie convoqua vingt collaborateurs pour les tâches éventuelles et immédiates, trois femmes et dix-sept hommes qui, à première vue, ne semblaient pas être des personnes de culture et de sensibilité extrêmement raffinées, mais qui démontraient, à leur regard serein et ferme, de la bonne volonté, un dévouement loyal et un esprit résolument prêt à servir. Plus tard, j'appris que l'institution accueillait constamment différents groupes d'entités, composés en majorité d'humains primitifs, mais porteurs de vertus et de valeurs appréciables pour collaborer à l'exécution des tâches générales, pour s'instruire en même temps, et se préparer à des réincarnations et à des expériences d'une teneur plus élevée.

S'adressant au subalterne qui avait reçu les attributions de sous-chef, Zénobie demanda avec sérénité :

– Ananias, en ce qui concerne le matériel de service, avons-nous bien tout pris ? Nous ne devons surtout pas oublier les bandes de secours, les filets de défense et les lances-électrochocs.

– Tout est prêt – répondit-il satisfait.

Puis, elle se tourna vers notre orienteur et lui dit avec bonne humeur :

– Frère Jérôme, nous pouvons commencer notre marche.

Alors qu'elle se tenait à nos côtés, elle ajouta :

– D'avance, je souhaite vous faire mes excuses à tous si je prends un peu de votre temps pour nous occuper du malheureux frère dont je vous ai parlé, pour satisfaire des intérêts d'ordre personnel. La clairvoyance de Luciane et la prière de nos amis seront des facteurs décisifs qui l'aideront à se rétablir et à accepter les providences rédemptrices de l'avenir. Vous me rendrez un service dont je vous serai sincèrement redevable.

Un léger voile d'une inexplicable mélancolie remplit brusquement son regard, mais elle se reprit, et considéra :

– Ensuite, le père Hippolyte adressera de généreux appels aux malheureux qui pleurent dans la zone abyssale. Le feu purificateur passera demain et nous pourrons leur transmettre ce message édifiant.

Ravi, l'ancien prêtre fit le commentaire suivant :

– Nous nous ferons un plaisir de collaborer.

Puis s'adressant à un grand nombre de compagnons et de subordonnés, sœur Zénobie attira l'attention de tout le monde sur le déroulement des travaux prévus pour une nuit aussi importante. Le foyer devait veiller à la contribution apportée par des institutions congénères dans la matinée du lendemain. Quelques serviteurs devaient se rendre sur terre pour offrir leur soutien à l'expédition Fabrino qui se consacrait à des cas difficiles de réincarnation compulsive. Certains secteurs allaient être ouverts à la visite d'incarnés partiellement libérés de la croûte terrestre qui, pendant leur sommeil physique, allaient recevoir des soins magnétiques, conformément aux sollicitations faites. Des dépendances particulières allaient être préparées pour éventuellement recevoir, en bonne et due forme, des missionnaires du bien venant de hautes sphères. On allait préparer des lits pour quelques désincarnés sur le point d'être transportés dans l'enceinte comme la notification précédemment reçue nous en avait informés. Deux infirmières, conseillères dans des colonies spirituelles pour régénération, devaient apporter vingt enfants récemment libérés des liens de la chair afin de revoir chacun leur mère venue de la terre, soutenue par des amis pour trouver un peu de réconfort, bien que temporairement. Différentes délégations de travail spirituel, auprès d'organismes de charité, allaient se retrouver au Foyer transitoire pour convenir des mesures à prendre. Deux nouvelles missions de secours rejoindraient l'asile dans quelques heures, et y resteraient jusqu'au matin, comme ils l'avaient annoncé au préalable. Tous les travaux préparatoires concernant le déménagement prévu pour le lendemain devaient être mis en place. D'autres mesures moins importantes furent recommandées. Puis, finalement, la directrice annonça que le lieu de culte devait être prêt pour la prière de reconnaissance de la nuit.

Je ne pus cacher ma surprise à l'examen d'un tel programme, car d'après ce qui avait été prévu quelques minutes auparavant, la sœur Zénobie ne devait s'absenter que pendant quatre heures.

Tandis qu'elle prenait les dernières dispositions, elle nous fit signe de l'accompagner. Alors que nous franchissions l'entrée, elle nous expliqua aimablement :

– Au cours du trajet, nous devons voyager avec les feux éteints. – Puis, elle nous fixa d'un regard résolu, et nous fit : – Quant à nous, continuons à pied, en silence. Ce ne serait pas raisonnable d'utiliser la volition[3] pour une distance aussi courte. Il vaut mieux imiter les pauvres êtres qui habitent en ces lieux, envers qui nous devrons garder notre plus grand calme tant que durera notre petite randonnée. Toute inattention pourrait être nuisible à nos objectifs.

Quelques minutes plus tard, nous traversions les barrières magnétiques de défense et nous nous mettions en route.

Dans d'autres circonstances et en d'autres temps, je n'aurais pas réussi à dominer la terreur que m'inspirait le paysage sombre et mystérieux que nous avions devant les yeux. Des sons étranges flottaient dans l'air. On entendait instinctivement des cris sauvages mêlés à de douloureux gémissements poussés par des êtres humains qui se trouvaient peut-être à une très longue distance... De temps à autre, des oiseaux monstrueux, plus noirs que la nuit, effrayés, passaient devant nous en fuyant. Et malgré l'épaisse obscurité, il planait dans cet environnement l'impression d'une infinie désolation.

Après quelques minutes de marche, la lune apparut, comme une boule sanglante perçant le brouillard, elle répandait des rayons de lumière insignifiants.

---

[3] – Volition : Exercice de la volonté dans une expérience parapsychologique. (Petit Robert) Acte par lequel les Esprits se déplacent au moyen de leur volonté. Ils flottent pour ainsi dire dans l'air, et glissent sur la terre. – voliter – NDT

Nous pouvions identifier, à présent, certaines particularités de ce terrain hostile.

Sœur Zénobie plaça devant nous un assistant spécialisé formé pour traverser des sentiers aussi étroits. Conformément à la recommandation initiale que nous avions reçue, nous gardions le silence, et avancions en file indienne, réussissant à vaincre un chemin aussi hostile.

Nous atteignîmes une zone marécageuse où nous pûmes distinguer une végétation rampante. Des herbes desséchées et des arbustes tristes surgissaient du sol en tout sens.

Très surpris, alors que nous longions une immense tourbière, tout près, j'entendis des sanglots. J'avais la nette impression que les voix provenaient de personnes enlisées dans des substances aussi répulsives que les émanations désagréables qui planaient dans l'air. Oh ! Quel type de forces affrontions-nous en ces lieux ! Les ténèbres ne laissaient percevoir aucun détail ; néanmoins, j'étais convaincu que des victimes se trouvaient tout près de nous, et attendaient notre secours providentiel. Serions-nous face à l'abîme dont la directrice du Foyer transitoire nous avait parlé ? J'en conclus que non, car l'expédition ne s'arrêta pas dans cet endroit si angoissant.

Jérôme suivait mes pas et je ne pus m'empêcher de lui poser rapidement une question :

– Ce sont des âmes humaines qui gisent ici ?

Discrètement, l'interpellé ne répondit que d'un geste muet, me faisant signe de me taire.

Mais mes quelques mots avaient suffi pour que les lamentations indistinctes se transforment, brusquement, en suppliques émouvantes et en râlements :

– Aidez-nous, vous qui passez, pour l'amour de Dieu !

– Sauvez-nous, par charité !...

– Au secours, voyageurs ! Au secours ! Au secours !

L'inattendu se produisit alors. Les entités implorantes, subjuguées, étaient toujours au même endroit, mais des figures animalesques et rampantes rappelant des sauriens aux proportions démesurées avancèrent en direction de notre caravane, sortant des profondeurs des marais. Ils étaient en grand nombre et auraient épouvanté l'esprit le plus intrépide. Je ressentis le désir instinctif de voliter et de m'enfuir au plus vite. Mais la sérénité de mes compagnons était contagieuse et j'attendis fermement. Un claquement presque imperceptible s'échappa de la dextre de sœur Zénobie. Une dizaine d'assistants firent fonctionner de minuscules appareils qui émettaient des électrochocs par petites explosions. Bien que la détonation fût très faible, la décharge était très puissante, de sorte que les agresseurs monstrueux reculèrent rapidement pour se cacher dans le marais produisant une chute spectaculaire dans la boue épaisse.

Les lamentations des prisonniers invisibles de la substance visqueuse se multiplièrent.

– Libérez-nous ! Libérez-nous !...

– Au secours ! Au secours !

Ces imprécations poignantes et angoissées me bouleversaient, mais personne ne s'arrêta.

L'expédition diligente et silencieuse suivait son chemin, moi aussi.

Je compris que de plus grands intérêts étaient en jeu, je ne devais donc pas insister. Ma position était celle d'un subalterne appelé à coopérer.

Quelques minutes plus tard, nous avions fini de parcourir la région des marécages. D'une certaine manière, l'endroit où nous étions à présent était très différent, ce qui soulagea mon cœur compatissant. Néanmoins, aux alentours, les formes noires d'entités humaines avançaient vers nous. Visiblement prêtes à attaquer, elles s'approchaient, mais tout aussi rapidement elles s'éloignaient. Je supposai que ce mouvement de recul tenait au fait qu'elles étaient effrayées par l'importance de notre groupe de vingt-cinq personnes. Vu notre nombre, prises de frayeur, elles s'enfuyaient précipitamment.

Alors que nous poursuivions notre marche, nous pénétrâmes dans une région escarpée et, répondant au signal de sœur Zénobie, les vingt assistants qui nous suivaient se postèrent à un certain endroit et reçurent l'ordre d'attendre notre retour.

La directrice du Foyer transitoire nous conduisit tous les quatre plus avant. Elle nous signala que nous commencerions la première partie du programme d'activité isolément. Dans de tels parages, l'atmosphère était légèrement plus raréfiée. La lune semblait moins rouge, la végétation moins sèche, l'air plus calme.

– Nous sommes dans une petite oasis de paix, au milieu d'un immense désert de souffrances – expliqua Zénobie en brisant le long silence. – Nous pouvons parler maintenant et nous occuper des objectifs de notre voyage.

Peu après, comme si elle désirait nous tranquilliser quant aux souffrants anonymes que nous avions croisés en chemin, délicatement, elle nous expliqua :

– Nous ne sommes pas insensibles aux appels de nos frères qui gémissent encore dans la tourbière de la douleur où ils se sont volontairement jetés. Les imprécations de ces malheureux nous déchirent tous. Dans la mesure du possible, le Foyer transitoire de Fabian leur prête secours, une aide qu'ils rejettent jusqu'à ce jour. En vain, nous les libérons, périodiquement, des monstres qui les asservissent en leur fournissant un abri salutaire. Mais ils fuient notre influence rectifiante et retournent spontanément à la boue. La souffrance doit absolument raffermir leur volonté pour qu'ils soient prêts aux luttes bénies de l'avenir.

Une fois cette remarque faite qui semblait être indirectement adressée à mon intention, très émue, Zénobie poursuivit :

– Il m'appartient, à présent, de vous donner quelques explications. À cet instant, le frère auquel je me suis référée doit nous attendre au bord de l'abîme. En d'autres temps, ce fut pour moi un ami dévoué pour qui je dois, aujourd'hui, œuvrer par tous les moyens à ma portée. Malheureusement, le pauvre être persiste à un niveau vibratoire très bas. Je pense que je vous dois ces explications préliminaires pour faciliter l'obligeante collaboration de cette nuit. Très souvent, de douloureuses surprises nous obligent à interrompre notre tâche. D'où mon souci de vous maintenir informés. Il s'agit du père Dominique envers qui je me sens redevable. Ce fut un ecclésiastique malchanceux, incapable de rester fidèle au Seigneur jusqu'à la fin de ses jours. Il avait entamé ses luttes humaines touché par de sublimes espoirs dans sa première jeunesse. Mais les desseins du Père ne correspondaient pas aux caprices qu'il nourrissait dans son cœur d'homme passionné et volontaire. Rapidement, il tomba dans les précipices qui lui valurent d'amères souffrances après la tombe. Il profita du ministère religieux pour réaliser d'indignes intentions, troublant la paix de cœurs sensibles et aimants. Il reçut tous les avertissements et de bons conseils pour l'aider à changer une conduite néfaste et dévoyée. Mais il s'enfonça profondément dans le sombre bourbier d'erreurs volontaires, méprisant de la sorte tout type d'assistance bienveillante. Pendant plusieurs années consécutives, j'ai participé aux tâches d'orientation qui lui étaient prodiguées. Malheureusement, ma grande fragilité humaine fit que je fus prise d'un sentiment d'horreur, et c'est ainsi qu'à mon tour je l'abandonnai à son sort. Ma décision fit que nos relations directes furent marquées par une longue pause dans le temps. Plus de quarante ans se sont écoulés. Depuis, ses souffrances se sont terriblement accentuées, ce qui m'obligea à mobiliser mes modestes possibilités en sa faveur. Désincarné, depuis longtemps, il était revenu de la croûte terrestre dans des circonstances angoissantes. Il avait causé des préjudices moraux très difficilement réparables. Toujours insensible à nos exhortations d'amour et de paix, il conserve une attitude psychique négative. Précipité dans une aridité de cœur terrible, il se laisse entraîner par des forces qui l'annihilent et le plongent chaque fois plus dans la torpeur. Afin d'éviter des maux plus graves, à ma demande, j'ai reçu l'autorisation de l'inclure parmi les protégés externes de notre institution. Je réussis, ainsi, à faire en sorte que certains de nos collaborateurs diminuent ses déplacements sans qu'il se rende compte des soins fluidiques magnétiques qui lui étaient administrés à cette occasion. Il a beaucoup souffert. Néanmoins, malgré la prostration qui le frappe, il n'a toujours pas changé sa façon de penser, il reste lié à une lourde noirceur intérieure et se soustrait systématiquement à tout effort d'auto-examen qui lui apporterait, de toute évidence, un peu de repos spirituel. En plus de ce soulagement qui lui est grandement indispensable, le père Dominique doit retourner à l'expérience constructive de la terre pour racheter son passé de manière expiatoire. Cependant, la situation mentale dans laquelle il se complaît lui crée des embûches, et freine notre intervention. Pourtant, il est urgent qu'il se réincarne une nouvelle fois. Des amis à nous, dévoués et bienveillants, soutiennent ma demande dans son intérêt et Dominique va rejoindre en tant qu'enfant souffrant une de ses victimes du passé, victime et bourreau, car dans un geste de vengeance cruelle, l'offensé élimina l'offenseur. Pour se réintégrer dans les courants corporels précieux et purificateurs, le malheureux doit au moins acquérir la vertu de la résignation, afin de ne pas porter préjudice à l'organisme de celle qui, en jouant le rôle sublime de sa mère, lui conférera affectueusement une nouvelle personnalité. Pour arriver à ce résultat, il est indispensable qu'il s'améliore. Si nous réussissons à faire en sorte qu'un rayon de lumière pénètre son for intérieur, si nous rendons possible l'apparition de quelques larmes qui soulageraient son cœur, facilitant sa compréhension, il aura de nouvelles perceptions visuelles et, probablement, réussira à voir celle qui fut une mère dévouée lors de son dernier pèlerinage dans les cercles charnels. Passé cette étape, je crois qu'il sera facilement conduit à l'indispensable acceptation et aux mesures initiales de son retour sur terre.

Tout naturellement, Zénobie marqua une pause. Nul n'osa formuler la moindre question. Humblement, elle poursuivit :

– Depuis quelques jours, Dominique entend notre voix, mais tel un aveugle, il n'arrive pas à voir. Pour ne pas nuire au travail de rédemption, je ne peux lui révéler mon identité, mais j'espère que cette nuit nous ferons beaucoup pour lui grâce à la prière, mais aussi que les informations détaillées et instructives prêtées par la clairvoyance de Luciane pourront augmenter son *tonus vibratoire*. Dès lors, dans la foi de Notre Seigneur, j'appellerai mentalement notre sœur Ernestine, qui fut sa mère dévouée et compatissante, pour l'accueillir et le reconduire à la croûte terrestre afin de prendre les mesures nécessaires. Je suis convaincu que dès qu'il verra sa mère, Dominique se transformera en quelques jours et se préparera à sa prochaine incarnation avec la volonté requise.

Tout en indiquant un certain point du paysage, elle nous fit :

– Face à la tâche à réaliser, j'ai demandé que deux assistants l'amènent à l'endroit approprié où nous pourrons prier librement et l'aider par nos paroles de réconfort, sans interférences étrangères.

Puis, elle émit une émouvante prière :

– À présent que nous entamons ce travail si important pour mon âme, j'insiste pour que vous me pardonniez le caractère personnel de cette tâche. L'occasion de réunir cinq frères aussi bien syntonisés n'est pas si courante, et vu les événements qui se dérouleront demain, je sens que je ne dois pas la reporter, car la désintégration des résidus inférieurs par le feu éthérique est généralement accompagnée de grandes rénovations dans ces sites. De sorte que nous pourrions, Ernestine, Dominique et moi, perdre l'occasion sacrée, difficilement renouvelable.

Brusquement, la directrice se tut, elle garda le silence et sembla méditer le cœur tourné vers le Tout-Puissant. Après quelques minutes, elle continua en soulignant :

– Soyez sûrs que je vous en serai toujours reconnaissante.

Vu la condition élevée de la directrice de la maison planétaire, nous étions tous émus par cette démonstration d'humilité.

Presque gênés, devant ce généreux exemple, nous la suivîmes alors que nous nous dirigions vers une petite colline légèrement éclairée où deux compagnons veillaient sur quelqu'un étendu sur le dos. La bienveillante femme dispensa les deux assistants. Elle leur demanda de se joindre à la commission de service postée en retrait. Maternellement, Zénobie s'approcha, mais elle nous étonna, car elle s'assit sur l'herbe rase et posa tendrement la tête du malheureux sur son giron.

Le visage de cet homme, qui portait une soutane noire et déchirée, était effrayant. Malgré l'obscurité, on pouvait voir ses traits qui inspiraient la compassion. Des cheveux en désordre, des yeux profonds dans leur orbite, une bouche et un nez tuméfiés, il portait un horrible masque de haine et d'indifférence qui lui donnait l'apparence d'un scélérat ordinaire que seule la maladie avait réussi à immobiliser pour rendre des comptes à la justice. Il ne manifesta aucune émotion au contact de ce giron aimant, ni ne perçut la présence de notre amie. Le regard hébété, mêlé de désespoir et de raillerie, il ressemblait à une statue d'insensibilité portant d'horribles haillons.

– Dominique ! – Dominique ! – lui fit sœur Zénobie, avec une tendresse toute fraternelle.

L'interpellé devait avoir une très grande difficulté à entendre, car ce n'est qu'après avoir prononcé plusieurs fois son prénom, qu'il s'exclama irrité, comme si les sons venaient de loin :

– Qui est-ce qui m'appelle ? Qui m'appelle donc ? Oh, pouvoirs orgueilleux que je ne connais pas, laissez-moi en enfer ! Je ne répondrai à personne, je ne désire pas le ciel réservé à des favoris… J'appartiens aux démons de l'abîme ! Ne me dérangez pas !… Je haïe, et je haïrai pour toujours !...

– Qui est-ce qui t'appelle ?! – lui fit la directrice délicatement et affectueusement – c'est nous qui te voulons du bien.

Cependant, d'après ce que je pus observer, le malheureux ne perçut pas la phrase réconfortante, parce qu'il continuait à jurer, insensible :

– Maudits ! Vous jouissez au paradis, tandis que nous supportons des douleurs atroces ! Vous nous le paierez ! On m'a donné des droits dans le monde, on m'a promis la paix céleste, on m'a conféré des privilèges sacerdotaux et on m'a précipité dans les ténèbres ! Dénaturés ! Satan est plus bénin !…

Notre vénérable sœur, néanmoins, loin de s'irriter, lui parla avec patience :

– Nous allons demander à Jésus de te rendre, ne serait-ce que pour quelques instants, le don d'entendre.

Puis, elle nous fit signe de l'accompagner dans sa prière et invoqua :

– Seigneur, aide-nous à soutenir ton malheureux protégé ! Tu as le pain qui assouvit la faim de justice, l'eau éternelle que apaise la soif de paix, le remède qui soigne, le baume qui soulage, le verbe qui élucide, l'amour qui sanctifie, la ressource qui sauve, la lumière qui révèle le bien, la mesure qui rectifie, la cape hospitalière qui enveloppe l'espoir de ta miséricorde !… Maître, toi, qui fais descendre la lumière bénie de ton royaume sur ceux qui pleurent encore dans la vallée des ombres, accorde-nous que ton disciple débauché puisse entendre ceux qui l'aiment !... Berger divin, aie pitié de la brebis égarée de l'abri de ton cœur ! Permets qu'il puisse entendre les doux échos de ton amour infini !... Accorde-nous une telle joie, non pas pour les mérites que nous ne possédons pas, mais du fait de ton inépuisable bonté !...

Oh ! Une fois de plus, je reconnus que la prière est peut-être le plus grand pouvoir qui soit conféré par le Créateur à la créature !

Emu par cette supplique, j'observai juste après que nous fûmes tous inondés par les forces lumineuses qui atteignirent le thorax de Zénobie, comme pour renforcer ses énergies, et de ses mains dignes et aimantes qui étaient illuminées d'une douce et belle clarté émanaient des rayons diamantins. L'aimante amie les posa sur le front du malheureux, nous donnant la certitude que de merveilleuses énergies s'étaient improvisées dans son intérêt.

Elle l'appela à nouveau sur un ton grave et tendre.

L'interpellé qui nota soudain que sa capacité auditive n'était plus la même, fit un immense effort pour se lever, tâtonna autour de lui et s'écria :

– Qui est là ?

– C'est nous – répondit Zénobie affectueusement –, nous qui travaillons pour ton bien afin que tu retrouves la paix et la lumière.

– Chimères ! – s'écria l'infortuné, accusant néanmoins une certaine transformation intime – j'ai été trahi par mon ministère sacerdotal, ils me nièrent les droits qu'ils m'avaient promis, j'ai été piétiné et blessé ! – Que désirez-vous de moi ? Me plaindre ? Je n'ai pas besoin de la compassion d'autrui. Me conseiller ? Impossible. Je suis aveugle et tourmenté dans l'enfer vu le mépris délibéré des forces divines qui m'ont totalement abandonné !

– Dominique – lui dit alors Hippolyte, à la demande de notre directrice qui lui fit signe qu'elle garderait le silence, nous donnant l'impression qu'elle ne souhaitait pas s'exprimer dans la conversation qui s'initiait –, ne te révolte pas contre les desseins de la justice divine.

– Justice ? – répliqua-t-il, vibrant d'émotion – et ne dois-je pas avoir faim de droit ? N'avais-je pas les prérogatives de l'apostolat ? N'ai-je pas été un prêtre fidèle à sa croyance ? Voilà de nombreuses années que je souffre dans les ténèbres et personne ne se souvient de me rendre justice.

– Calme-toi ! – lui fit notre compagnon d'une voix ferme – la conscience est le juge de chacun de nous. Tu as effectivement enfilé la soutane fidèle à la croyance, mais tu as été déloyal envers ton devoir. Nous avons avec nous quelqu'un qui a le pouvoir de pénétrer les recoins de la vie mentale. Attends un peu ! Nous allons prier en silence pour que tu ressentes dans ton cœur la bénédiction du Seigneur. Ensuite, nous t'aiderons à relire avec la sérénité nécessaire le livre de tes propres actes afin de comprendre la raison du séjour prolongé que tu vis dans ces tristes abîmes.

Le malheureux se tut un instant. Pris d'un profond désir de le secourir, nous adressâmes une fervente prière à la sphère supérieure, suppliant de bien vouloir calmer le souffrant, et suffisamment de lumière pour notre sœur Luciane, afin qu'elle pénètre cette conscience coupable avec l'efficacité requise.

7
Lecture mentale

Une fois la supplication silencieuse terminée, Jérôme fit comprendre à Luciane que le moment d'agir était venu.

L'infirmière clairvoyante qui témoignait d'un sentiment fraternel s'approcha du malheureux. Puis, après avoir longuement regardé son front, elle lui fit :

– Père Dominique, votre esprit révèle le lointain passé et ce passé parle très fort de Dieu et des frères en humanité ! Vous doutez de la Providence divine, vous alléguez que votre ministère n'a pas été dûment rémunéré par le salut et vous proférez des imprécations contre le Père de miséricorde infinie... Votre douleur est pleine de blasphèmes et de désespoir, vous proclamez que les forces célestes vous ont abandonné aux profondeurs ténébreuses de l'abîme !...

– Et n'est-ce pas le cas, par hasard ? – s'écria le misérable, en l'interrompant. – J'ai été forcé par les circonstances de la vie humaine de servir une église qui m'a trahi, et qui me nie même le droit de me plaindre ? L'Évangile n'a pas de paroles tendres pour l'acte de Judas. Devrais-je, à mon tour, louer ceux qui m'ont trahi ?

– Non, Dominique. Vos amis n'ont pas l'intention de critiquer les institutions. Ils cherchent à peine à vous aider. Ne reconnaissez-vous pas votre écart de conduite chrétienne ? Pensez-vous avoir agi comme un prêtre fidèle aux principes sacrés épousés ? Vous espériez trouver un paradis fait d'avantages immédiats de ce côté de la tombe, du simple fait des insignes extérieurs qui vous distinguaient des autres hommes ? Vous n'avez pas réfléchi à l'étendue des responsabilités que vous n'avez pas assumées ?

– Oh ! Que de questions ! – s'exclama l'interpellé avec une amertume mal dissimulée – l'organisation religieuse que j'ai servie m'avait promis des honneurs définitifs. N'étais-je pas directeur d'une grande collectivité sociale ? N'étais-je pas autorisé à donner le saint sacrement ? N'ai-je pas été recommandé au Ciel ?...

Malgré ces protestations, le père Dominique accusait déjà des signes de transformation intérieure. Sa voix était plus triste et dénonçait une capitulation prochaine. Comme il nous sentait près de lui du fait qu'il pouvait nous entendre, l'exercice magnétique d'assistance s'en trouvait facilité.

Une fois qu'il eut terminé ses interrogations pleines de réticences, Luciane lui fit observer :

– Les églises, mon ami, sont toujours belles et grandes. Elles représentent toujours la voie de notre rencontre divine avec le Père d'amour infini. Elles nous enseignent la bonté universelle, le pardon des erreurs, la solidarité commune. Mais, et nos crimes, nos faiblesses et nos défections ? En général, nous tous, qui sommes affiliés aux différents courants de la pensée religieuse sur terre, demandons que justice soit faite, mais nous oublions que les notions de justice impliquent l'existence de la loi. Et comment tromper la loi, souveraine et inaltérable, bien que compatissante dans ses manifestations ? Ne croyez-vous pas qu'il est absurde de se plaindre de la façon d'agir des autres, et attendre pour notre « ego » tyrannique et déséquilibré, les compensations qui ne sont dues qu'à ceux qui respectent les règles de purification, dont nous ne sommes que de simples exposants en matière d'enseignement ?

– Oh ! Oh ! Et la confession ? – fit Dominique, visiblement touché par les paroles prononcées. – Monseigneur Pardíni m'a entendu, avant que je ne meurs et m'a absous de mes pêchés…

– Et vous croyez en une telle mesure ? Votre collègue de prêtrise pouvait vous réconforter et vous encourager à de futures réparations, mais il ne pouvait soustraire votre conscience aux noires conséquences mentales des actes pratiqués. Votre cœur, père, est un livre ouvert à nos yeux. Plongé dans les ténèbres, vous blasphémez le nom de Dieu et de sa justice ; toutefois, les vives descriptions de vos réminiscences sont très expressives…

Comme Dominique se taisait humilié, sous la vigoureuse influence magnétique de Zénobie qui le tenait dans ses bras, la clairvoyante poursuivit :

– Je vous vois à la dernière nuit de votre existence charnelle. Je vous accompagne dans la nuit froide, sous les fortes rafales de vent d'un ciel sans lune. Vous évitez le centre-ville trop fréquenté et prenez un chemin obscur qui mène aux alentours. Non seulement je peux remarquer votre condition physique. Mais je ressens aussi votre état émotionnel. Enthousiasmé par la vision enivrante des sens, vous pénétrez dans un foyer honnête, aveuglé par vos sentiments irrespectueux envers celle qui, par inadvertance, a prêté attention à vos paroles empreintes de séduction et de malice. Vous avez abandonné votre soutane, comme on se débarrasse d'un manteau encombrant. Vous êtes, à présent, dans l'intimité d'un petit salon vert. Vous êtes parfumé et vous portez un costume en cachemire gris clair. Séduite par vos propos aimables qui ne traduisent que l'expression de vos sens, distants de tout sentiment édifiant, une femme cède à vos promesses. Quelqu'un, cependant, est là qui vous guette. Il s'agit d'un homme qui vous épie ; il se rend compte de ce qui se passe et halluciné, il s'éloigne sans que vous ayez remarqué sa présence. Il s'agit du mari offensé en proie à une douloureuse crise passionnelle. Livré à une violente affliction, il prend la direction de la petite ville toute proche. Il pénètre dans un grand entrepôt de boissons et achète un litre de vieux vin à prix fort. Désespéré, il s'éloigne. Puis, il se cache à l'ombre de grands arbres, prend la bouteille et ajoute le contenu d'un petit flacon de poison foudroyant. Après cela, à une certaine distance, il vous attend tout en savourant l'idée de vous assassiner. Tard dans la nuit, tandis que vous retournez au presbytère ; et que votre adversaire fait comme s'il revenait d'un court voyage, il vous salue chaleureusement avec des propos feignant l'estime et la confiance. Puis, surgit l'invitation de prendre un verre de vin revigorant dans la nuit glacée et vous lui ouvrez la porte de la résidence paroissiale. Calmement, vous entrez. Dans la tiédeur de l'intérieur domestique, devant une grande table bien servie, vous goûtez, honoré, le vieux vin contenant le poison mortel. Vous n'avez pas le temps d'expliquer ce qui vous arrive. Face à vos gémissements furieux et rauques, entre des grimaces de souffrance, l'assassin vous rit au nez et vous chuchote à l'oreille qu'il vous maudit. Quand votre respiration devient plus oppressante, le tueur demande de l'aide au personnel de la maison, après avoir subtilisé la preuve du crime devant vos yeux épouvantés. Les domestiques se précipitent, mais c'est en vain. À présent, un vieil ecclésiastique s'approche dans l'intention de vous entendre. Ce doit être Monseigneur Pardini, dont vous nous avez parlé. Voyant la difficulté que vous avez à vous exprimer, il interroge le criminel qui déclare être un de vos amis personnels. Celui-ci lui explique, hypocritement, qu'il est venu de chez lui en votre compagnie, où avec son épouse, vous aviez eu, à trois, un entretien long et édifiant, et que vous vous étiez attardé à leur demande. Le criminel, qui manifeste ironiquement de la piété, assure qu'il vous a raccompagné à la maison paroissiale parce qu'il était très tard, qu'il était entré sur votre invitation pour se réchauffer et qu'au milieu de la conversation amicale que vous aviez, vous êtes tombé foudroyé par une étrange syncope. En vain, vous essayez de vous expliquer. Vous levez votre main droite et pointez du doigt le criminel. Monseigneur Pardíni s'approche – l'homicide prend votre main presque inerte et s'exclame : – « Il faut sauver le père Dominique ! Ma femme et moi ne pourrions nous résoudre à une telle perte ! » L'ecclésiastique qui vous assiste est en proie à une forte émotion. Il pense que votre tueur est un ami dévoué et entame le service aux mourants. Vous adressez un ultime regard d'impassible désespoir à votre adversaire et comprenez que la fin est imminente. Vos membres se refroidissent. Une sueur visqueuse coule abondamment sur votre visage et, dans un effort immense, vous prononcez de manière presque inintelligible une phrase : – « Moi, pécheur… je me confesse... » Le religieux qui vous assiste, néanmoins, pose sa main sur vos lèvres afin de vous épargner tout effort et déclare : – « Dominique, repose en paix ! Au bon prêtre, la confession n'est pas nécessaire quand arrive sa dernière heure ; aujourd'hui, encore, tu as donné l'hostie sacrée ! Intercède pour nous auprès de Dieu pour notre salut ! » Puis, il vous accorde la pleine absolution de tous les péchés de l'existence humaine en conférant à votre personnalité spirituelle toute sa confiance. Cependant, les paroles de votre collègue troublent votre conscience. Au fond, vous savez que la mort vous plonge dans un douloureux abîme. En vain, vous essayez de recevoir la paix que Monseigneur Pardíni vous souhaite ; en vain vous cherchez à fuir le regard narquois de l'empoisonneur qui vous poursuit. Vos mains tombent à la renverse, inertes. Votre ami tient le crucifix auquel vous êtes insensible. Vos yeux s'arrêtent dans la contemplation de la dernière scène. La porte de la grande alcôve s'ouvre et quelques serviteurs se mettent à genoux en larme. Non loin, une cloche funèbre retentit. C'est l'aube. Mais à moitié inconscient, fustigé par la douleur et par le désespoir, vous ne jouissez pas des clartés du nouveau jour qui apparaît. Dehors, des cierges sont allumés, alors que les témoignages respectueux des paroissiens se multiplient. Ils viennent rendre un dernier hommage à votre dépouille, après l'autopsie du bon médecin. Intimement, celui-ci est convaincu de votre suicide, mais fournit malgré tout comme explication de la « cause mortis », une angine foudroyante, afin d'éviter tout scandale et toutes perturbations dans l'entourage vénérable de la religion. Certaines personnes pleurent sincèrement et j'entends des commentaires élogieux sur votre ministère sacerdotal. Cependant, il règne en vous une profonde nuit. Vous criez comme un aveugle que vous êtes abandonné, aux premiers instants d'une cécité inattendue. Mais nul ne vous entend. Vous essayez de comprendre le crime dont vous êtes la victime, vous suppliez que des mesures soient prises contre votre assassin, mais les oreilles humaines sont à présent dans une autre dimension. Vous cherchez le moyen de fuir, mais des chaînes invincibles vous retiennent prisonnier de votre cadavre. Au crépuscule, on procède à votre enterrement. On ouvre le temple somptueusement décoré de fleurs mauves. De tristes cantiques s'échappent du chœur et toute la nef sent l'encens. Tous les détails de vos obsèques se font en grande pompe. Puis, votre corps descend dans son ultime refuge. Malgré tout, vous restez lié aux viscères décomposés…

La description de l'infirmière m'impressionnait vraiment. L'entité malheureuse semblait touchée au plus profond de son être. Une fois passé un court instant, Luciane continua :

– Après votre enterrement, votre âme commence à ressentir d'infinies souffrances. Vous êtes tourmenté par l'anxiété, la faim, la soif, la douleur... Je ne puis dire combien de temps vous avez passé à supporter une telle angoisse. Je sens, néanmoins, qu'une entité souffrante vient vous rendre visite dans votre tombe. Elle vous tend des bras horribles. Pris de terreur, vous arrivez à desserrer les liens qui vous retiennent encore à votre corps difforme, et vous réussissez à fuir en blasphémant. Le cadre de votre conscience se modifie. Vous vous souvenez du drame de la malheureuse qui vous est apparue, suppliante. Oh ! Elle aussi a été victime de votre pouvoir de séduction... La lecture mentale de vos souvenirs révèle tous les détails de l'expérience finale de la démente. Pauvre femme crédule et confiante ! Je la vois arriver au presbytère par une nuit orageuse. Vous savourez l'émotion inférieure de l'homme indigne qui ressent une emprise absolue sur sa proie... La faible femme, quant à elle, pleure et supplie que vous l'aidiez. Elle prononce des paroles à ébranler un cœur de pierre, et son découragement est infini. Je perçois ce qu'elle dit... Elle vous a trop fait confiance et a cédé à vos caprices d'homme vulgaire. Au début, elle avait cru qu'il n'y aurait pas de déplorables conséquences, certaine de pouvoir éviter tous commentaires. Vous avez su déjouer son manque d'expérience relatif aux jeux amoureux et proclamiez l'innocence de telles relations. Mais, voilà qu'à présent, elle attend un enfant et son cœur est inquiet. Qui l'aidera ? Qui lui rendra la paix familiale ? Ne vaudrait-il pas mieux légitimer les liens existants ? Ne devraient-ils pas attendre, honorés, le don d'un fils béni de Dieu ? Vous écoutez ses prières sans vous en émouvoir le moins du monde. Avec la froideur des hommes qui ont une brillante éloquence, vous avez invoqué le devoir sacerdotal comme excuse à cette union, vous avez commenté les conventions humaines et, finalement, vous lui avez proposé de résoudre le problème par un mariage rapide et indigne entre la victime et le dernier de vos domestiques. La jeune femme effondrée en larmes démontre toute sa répulsion à cette idée. Vous lui exposez encore des arguments prudents et affectés, mais la malheureuse manifeste des signes évidents de folie, et vous quitte précipitamment pour regagner la voie publique sous une pluie torrentielle… Je la suis. Elle retourne au foyer paternel profondément déstabilisée par votre attitude impitoyable. Ah ! Quelle horreur ! La malheureuse profite de la nuit solitaire et orageuse pour avaler une grande dose de poison pour mettre fin à cette tragédie intérieure. Personne n'entend les rugissements de souffrance sauvage parce que le tonnerre gronde dans le ciel. À l'aube, cependant, son père angoissé accourt vous voir et vous informe des faits. Sa fille est morte mystérieusement. Comment expliquer la situation ? N'agissait-il pas correctement en se tournant vers un prêtre pour demander conseil ? Vous apprenez la nouvelle en masquant difficilement votre émotion, alors que vous vous limitez à répéter des textes évangéliques pour consoler cet ami qui vous accorde sa confiance. Inquiet, vous vous rendez au foyer endeuillé. Pourtant, je sens parfaitement votre état mental. La perte de quelqu'un qui aurait pu perturber votre tranquillité ne vous afflige pas. Ce qui vous inquiète, c'est de découvrir un moyen, apparemment digne, de rester maître de la situation imprévue. Tout en prononçant des paroles réconfortantes, vous gardez le cadavre et vous faites appeler un ami médecin. Le voilà qui arrive ! Oh ! C'est le même qui vous a examiné, le dernier jour, qui croit que vous vous êtes suicidé ! Après une longue conversation confidentielle avec vous, le médecin affirme qu'il y a eu mort naturelle comme suite à une obstruction des vaisseaux cardiaques. Vous voilà soulagé, votre expression retrouve son calme. Vos paroles de consolation deviennent plus vives et plus cohérentes. Vous suivez l'enterrement, calme et contrit, tandis que du cercueil les yeux hagards et terribles de la suicidée vous dévisagent, mais d'autres formes noires, du plan invisible aux hommes ordinaires, vous accompagnent dans le cortège ! Ce sont des âmes vengeresses qui vous suivent, tenaces !...

Visiblement émue, Luciane interrompit ses commentaires. Elle nous laissa comprendre que le paysage mental de Dominique se modifiait sous l'influence des souvenirs que le récit évoquait, mais qui transféraient le cours de ses observations dans le temps.

– Ah ! Oui, je vois à présent – continua-t-elle alarmée –, une malheureuse entité, qui vous a certainement consacré une profonde affection, se présente à vous. Cet être vous dévisage avec désespoir, mais aussi avec tendresse. Il vous ressemble beaucoup. Maintenant, je comprends. Ce n'était pas seulement votre ami, ce fut votre père. Il demande avec insistance un document que vous ne lui donnez pas. Que vois-je ? Autour de lui, les images vivantes de souvenirs angoissants apparaissent. Je vois sa dernière nuit à vos côtés. Il vous fixe de son regard aimant et confiant. La dyspnée lui accorde une trêve un peu plus longue et le moribond vous remet un long testament où se trouvent ses dernières volontés. Affectueux et humble, il vous parle des secrets de son passé. Il n'a pas seulement été le géniteur heureux d'un prêtre et de ses autres enfants qui honorent son nom, déclare-t-il. Dans sa jeunesse, ce fut un jeune homme audacieux qui eut différentes aventures. Il avait eu quelques enfants de plusieurs liaisons, et il ne voulait pas partir sans les reconnaître. De plus, il souhaitait leur assurer un avenir prospère. Vous l'écoutez avec un intérêt évident. Puis, à la demande de votre père, vous lisez la liste des petits legs qu'il fait à ses pupilles. L'agonisant vous suit attentivement du regard. Vous avez, maintenant, de belles paroles sur les lèvres qui savent justifier ses erreurs du passé. Vous savez consoler avec une beauté d'expression qui provoque son admiration. Finalement, vous promettez à son cœur paternel d'accomplir comme il le souhaite ses dernières volontés. Satisfait, il vous confesse les dérapages qu'il a omis, et avoue son repentir « in extremis », il vous dit qu'il garde l'espoir de monter au ciel où Jésus recevra ses vœux sincères de réparation. Ce sont des paroles entrecoupées d'une grande affliction. Il vous supplie à nouveau de vous occuper sans cesse d'une certaine femme, entourée de petits-enfants, qui attendent de lui le secours nécessaire... Alors que vous l'aidez, il étreint le crucifix qu'il contemple d'un regard voilé. Vous récitez une longue et émouvante prière en caressant sa tête grisonnante. Quelques minutes plus tard, après s'être efforcé de vous voir pour la dernière fois, le moribond ferme ses yeux dans un acte final. Vous êtes seul avec le cadavre. Vous conservez le pouce et l'index de votre main droite sur les yeux du défunt pour que son visage garde une bonne expression. Mais avant de prévenir le reste de la maison, vous cachez le document dans un meuble massif, franchement hostile que vous êtes aux droites intentions du désincarné. Depuis cet instant, il me semble qu'il vous a toujours suivi de près tout en se plaignant, en se plaignant... Il reste angoissé dans l'écran mental de vos vifs souvenirs...

La clairvoyante s'arrêta à nouveau, elle fixa divers détails, tandis que le malheureux Dominique démontrait une émotion incontrôlable.

– Oh ! Voilà maintenant – fit Luciane s'acquittant de la tâche qui lui était confiée – un autre persécuteur sévère ! Il m'apparaît clairement. Il s'agit d'un vieil ecclésiastique. Il a quitté son corps physique alors qu'il éprouvait de fortes vibrations de haine à votre égard. Vos réminiscences viennent éclairer les faits. Vous vouliez à tout prix la paroisse qui lui était confiée. Divers intérêts personnels vous retenaient à la petite ville qui se trouvait sous l'orientation du vieux curé. Vous essayez de réaliser votre souhait par des méthodes persuasives. Lors d'un long entretien, vous lui proposez l'achat à caractère privé de la paroisse. Vous alléguez disposer d'une influence politique suffisante pour effectuer le transfert sans problème. De plus, vous lui proposez de rémunérer son adhésion inconditionnelle au projet. Mais le vieillard refuse et se justifie. Il prend soin de ses fidèles depuis tant d'années. D'ailleurs, il est vieux et malade. Lorsqu'il était bien portant, il a servi l'Église de ses plus belles forces, il espère donc, à présent, pouvoir mourir sur cette terre à respirer l'air familier de son petit verger. Il reconnaît la supériorité de votre condition, vu les relations prestigieuses que vous entretenez avec le clergé et l'administration publique. Il vous assure même que si les conditions étaient différentes, il vous céderait la place sans la moindre rémunération ou la moindre réticence. Les médecins, quant à eux, lui recommandent de s'installer sur le littoral où l'air marin soulagerait son cœur. Sa demande aurait ému n'importe qui. Vous l'avez écouté, vous avez prétendu accepter ses arguments et pris congé tout en faisant de nouveaux plans. Juste après, sans le moindre scrupule, vous avez été personnellement voir l'évêque du diocèse à qui vous avez exposé, avec une feinte humilité, la sollicitation qui vous obsède. Dupe de vos mensonges, le dignitaire de l'Église vous écoute attentivement et accepte ce que vous proposez en recommandant, néanmoins, au préalable une audience auprès de vos assesseurs directs. Vous n'avez aucun doute ni pondération d'une nature quelconque. Grâce aux gratifications accordées à vos compagnons bien placés, vous réussissez à faire en sorte que, sous la contrainte, le vieux prêtre soit soustrait de ses fonctions, et qu'il soit envoyé dans une lointaine paroisse en montagne où il meurt bientôt en vous maudissant. Obsédé par sa colère et par son désir de vengeance réitéré, il reste aveugle aux manifestations de la spiritualité supérieure, car il vous porte une haine implacable…

La clairvoyante fit une nouvelle pause. Mais elle reprit bientôt son exposition encore plus affligée :

– Maintenant, voilà qu'apparaît une femme. On dirait qu'elle est décédée des suites d'une délicate opération aux yeux. Oui, vos souvenirs se dévoilent fortement sur votre écran mental. Elle aussi fut victime de votre pouvoir fascinant d'homme dominateur. La voilà à vos côtés lors de votre dernière rencontre sur la sphère charnelle. Vous venez de terminer un repas copieux quand quelqu'un frappe à la porte de la paroisse. Il s'agit d'une pauvre femme vieillie prématurément et presque aveugle, guidée par un garçon anémique entre neuf et dix ans. Elle vous demande de l'aide. Devant la froideur de votre réception, c'est avec des paroles émouvantes que la malheureuse invoque un passé d'insouciance et demande si vous avez oublié l'enfant que vous lui avez mis dans les bras. Elle pleure, gesticule et s'explique. Elle a durement œuvré à sa propre réhabilitation, mais partout on l'a traitée de prostituée et de paresseuse. Héroïquement, elle a lutté pour garder son enfant en travaillant honnêtement, mais elle est tombée malade, sans la moindre protection. Maintenant, elle est presque aveugle, aussi vient-elle implorer votre aide... Elle aurait voulu épargner à son fils qui n'est encore qu'un enfant l'humiliation de connaître le père sans-cœur qui est le sien ; mais le pauvre petit est à l'article de la mort. Rongée par la tuberculose, elle vous demande une aide financière pour qu'elle puisse le faire soigner. L'enfant vous dévisage, triste et en confiance. D'un air indifférent, vous l'avez écoutée, et vous lui avez répondu d'une manière étrange. À la façon particulière que vous avez de tirer la sonnette, un serviteur apparaît avec des chiens sauvages en laisse qui menacent les pauvres mendiants, les forçant à s'enfuir effrayés. Au stade ultime de l'anémie, l'enfant meurt sans recevoir le moindre secours et la pauvre mère désincarne dans un asile avec pour sinistre dessein de se venger à tout prix.

Luciane marqua à nouveau une pause, comme pour fixer quelques détails à peine visibles à son regard. Brusquement, elle s'exclama :

– Oh ! Quelle horreur ! Je vois autre chose !... Une femme différente avec des cernes profonds et vêtues de noir...

Mais elle ne termina pas son commentaire.

À cet instant, le malheureux poussa un cri terrible, fondit en larmes et s'exclama, halluciné de souffrance morale :

– Ça suffit ! – Ça suffit !...

Des sanglots convulsifs s'échappaient sans arrêt de sa poitrine oppressée. Zénobie, qui tenait sa tête sur son giron aimant, nous tranquillisa discrètement :

– Dominique se rétablit grâce à notre divin Médecin. Pour l'Esprit coupable et souffrant, les larmes sont aussi une pluie bénéfique qui rafraîchit son cœur.

Puis, elle garda le silence, alors que nous la suivions attendris, l'esprit en prière.

Après la longue crise de larmes de Dominique, la directrice du Foyer transitoire demanda au père Hippolyte d'inspirer de nouvelles idées à sa conscience drainée par la douleur. Elle nous informa qu'il lui fallait quelques minutes pour convoquer mentalement celle qui fut la mère du prêtre désincarné afin de reconduire le misérable au sein de la croûte terrestre pour entamer le processus initial d'une nouvelle incarnation.

La directrice entra dans une profonde réflexion, alors qu'Hippolyte éleva la voix et s'adressa au mendiant de lumière :

– Frère Dominique, le Seigneur miséricordieux a entendu nos prières. Désirez-vous vraiment la rédemption ?

D'après ce que je pus en déduire, l'interpellé se souciait peu de la question qui lui était posée, mais était fortement impressionné par les affirmations qu'il avait entendues, et demanda à son tour :

– Ah ! La justice divine existe bien, elle connaît nos erreurs ? Il y a donc bien des enregistrements détaillés des agissements les plus secrets de notre Esprit ?

– Nous avons dans notre propre conscience les archives indélébiles de nos erreurs – commenta Hippolyte avec une inflexion de pitié dans la voix – comme les justes, à leur tour, sont porteurs de notes intimes qui les glorifient devant notre Père Tout-Puissant. Ferme, pour toujours, mon ami, la porte de ton « ego inférieur » ! Fais taire la vanité, l'orgueil, l'impénitence ! Ne maudis pas l'Église qui nous rassemblait dans le cercle charnel et qui est sainte dans ses fondements. C'est nous qui sommes de mauvais serviteurs, qui détournons ses principes de base pour satisfaire nos instincts dominateurs. Nous cherchions le royaume transitoire du pouvoir séculier à travers les manifestations pures de culte extérieur allié à la politique corrompue, oubliant délibérément le royaume de Dieu et sa justice. Pourrions-nous accuser, par hasard, les mères dévouées des crimes volontairement commis par leurs enfants ? L'Église universelle de Jésus-Christ, qui réunit tous les apôtres, serviteurs, disciples et apprentis, est une mère aimante et fidèle.

À nouveau en larmes, l'Esprit de l'infortuné se révélait blessé dans ses fibres les plus intimes. Ce qui nous bouleversa.

– Ne condamnez pas – poursuivit notre compagnon. – Combien sont-ils nos anciens supérieurs à expier dans les régions ténébreuses ! Combien sont-ils à s'être trompés, à chercher les honneurs du monde en oubliant le Seigneur qui était « passé en faisant le bien » ! Combien de fiers dignitaires, qui dirigeaient nos activités pour en présider les délibérations, sont descendus dans la tombe lors d'obsèques solennelles, au son des fanfares et des splendeurs pour comparaître ici avec un cœur indigent, comme de misérables mendiants ! Combien attendent des jours meilleurs, au fond de visqueux marais de haine destructrice :

quand d'autres supplient qu'on les aide, désireux de trouver la paix et la rénovation. Pour quel motif ne nous transformons-nous pas, nous aussi, pour mettre en œuvre le service nécessaire de l'amour qui rachète toujours ? Levons-nous, mon frère, pour être utiles aux compagnons d'une autre époque en les reconduisant vers le salut ! Souvenons-nous du nom auguste de celui à qui nous avons juré fidélité au Ciel et sur la terre. La pénitence te fait souffrir, l'humiliation te blesse ? Et lui ? N'a-t-il pas parcouru par hasard la voie sacrée comme un vulgaire malfaiteur ? N'a-t-il pas accepté la croix qui l'a flagellé jusqu'à la mort ?

– Si – acquiesça l'interlocuteur tristement –, tout cela est vrai !...

D'un geste significatif, Zénobie fit signe au père Hippolyte de suspendre ses considérations.

En réponse à l'appel silencieux de notre directrice, quelqu'un comparut devant notre petite assemblée. C'était une vieille dame sympathique qui conquit d'emblée notre sensibilité par sa délicatesse et sa générosité rayonnantes. Elle étreignit sœur Zénobie, comme si elle embrassait une fille bien-aimée et nous salua poliment, reconnaissante. Toute présentation était inutile. Il s'agissait d'Ernestine, la mère dévouée du malheureux. Elle s'agenouilla auprès de son fils, les mains jointes, se mit à supplier la protection des Cieux.

Était-ce la profonde rénovation qui régnait en cette heure qui modifia sa sensibilité vibratoire, était-ce parce que les forces invisibles d'ordre supérieur manipulaient nos énergies communes dans l'intérêt du malheureux, mais Dominique, qui était aveugle devant nous, réussit à voir celle qui venait d'arriver.

Ses cris émouvants nous touchèrent profondément.

– Mère ! Mère !...

Cette créature si dure et si indifférente, l'ecclésiastique qui s'était moqué de tant de cœurs sur terre d'après la rétrospective faite par Luciane, invoquait aussi le mot mère comme un enfant en pleurs loin de chez lui. Anxieux, il ouvrit ses bras, voulant se réfugier en son sein aimant. Tendrement, Zénobie l'aida à se blottir dans le giron maternel. Ernestine le serra, alors, tout contre sa poitrine, et j'eus l'impression qu'au contact maternel l'infortuné semblait avoir atteint le repos suprême.

– Mère, ma mère ! – il criait, tout en posant sa tête contre le thorax incliné en avant, afin de mieux se faire sentir – aide-moi ! Pardonne-moi ! Pardonne-moi !

Se souvenant peut-être de l'exposition faite par la clairvoyante qui l'avait bouleversé intérieurement, il ajouta :

– La justice divine m'a découvert ; je suis un impardonnable réprouvé, un scélérat infernal. Mon hideux passé vit en moi. Oh ! Mère, pourrais-tu me supporter quand tous me détestent ?

Ernestine le serra très fort contre son cœur et lui dit très émue :

– Je ne sais pas, mon fils, si tu as été un criminel ; je sais que je t'aime de toute mon âme, je sais que ta présence affectueuse m'a beaucoup manqué, que j'avais un désir de te sentir à nouveau auprès de moi ! Qu'y aurait-il de plus beau pour mon cœur que la douce tendresse de cet instant ? Laisse naître en toi des pensées de joie et de reconnaissance au Père qui dans son inépuisable bonté nous réunit plein de compassion. Réfléchis un instant, Dominique, à la grandeur divine et souviens-toi que personne n'est abandonné. La pensée de gratitude à Dieu dans les ombres de la souffrance est comme le rayon brillant de l'aurore préludant la victoire du soleil sur les ténèbres épaisses de la nuit. Qui parmi nous n'aura pas affronté la tempête de l'ignorance ? Nous avons tous porté des pierres et des épines sur la longue route de la rédemption. Combien de fois ne sommes-nous pas tombés ? Néanmoins, la main invisible et clémente du Seigneur nous a ravis de la boue où nous plongions, ou des antres de l'abîme ! Reprends courage et élève ton esprit à un nouveau jour.

Le misérable la regardait, émerveillé, comme s'il avait sous les yeux la plus belle vision de sa vie.

– Pourtant, je suis un malfaiteur, accusé de crimes impardonnables ! – dit-il tristement.

– Non, mon fils – poursuivit la parole maternelle –, tu as été malade comme nous autres. Tu as écouté les suggestions du mal et tu as cultivé de douloureux ulcères. Tu as déséquilibré ton cœur en glissant dans l'abîme. N'oublie pas, néanmoins, que Jésus est le divin médecin. Accepte le fait que tu dois être soigné et adresse-toi à Lui en le suppliant sincèrement de te guérir réellement pour la vie éternelle. Nous autres qui essayons de t'aider, ne sommes pas encore arrivés à la condition de ceux qui peuvent tout, ou qui savent tout. Nous sommes des travailleurs intéressés par notre propre illumination dans l'effort incessant d'exécuter la volonté du Très-Haut. Nous développons nos facultés supérieures, sans tumulte et sans miracle, en acquérant de nouvelles valeurs au prix de nos efforts à l'édification patiente de notre esprit pour Dieu. Croirais-tu, par hasard, que ta mère était au paradis dans des jouissances béatifiantes, qu'elle aurait fait abstraction de ses immenses dettes envers ceux qui ont partagé son affection et son combat dans les tâches édifiantes de la chair ? Crois-tu que l'affection maternelle seule me garantirait une position définitive au niveau céleste ? Non, Dominique. Divers horizons s'ouvrent à nos âmes dans l'univers infini. Nos existences sont des jours bénis d'efforts où, sous le soleil du devoir accompli dignement et sous les pluies de l'expérience constructive, s'épanouissent et grandissent nos facultés divines pour l'éternité. Il est vrai que les erreurs délibérées troublent notre conscience, nous obligeant à passer un temps précieux dans la lutte réparatrice qui est la nôtre, mais le Seigneur ne nie jamais les moyens de réparation à ceux qui supplient son aide dans l'intention sincère de reconquérir l'harmonie divine. Après le passage de la tombe, nous ne cessons de travailler et de nous édifier, de nous illuminer et de nous racheter… En conséquence, ne veux-tu pas adhérer à cette occasion d'élévation ? Ne veux-tu pas fuir l'entourage des ombres pour suivre les chemins bienheureux de la lumière ?

Le regard du malheureux prit une expression différente. La parole incisive et douce d'Ernestine transformait peu à peu son esprit. Reconnaissant l'effet de ses remarques salutaires, la dévouée bienfaitrice poursuivit :

– Il ne faut pas que le souvenir angoissant des temps révolus soit un obstacle insurmontable à la réalisation dont tu as besoin actuellement. Tous ceux que tu as blessés n'ont pas disparu pour toujours. Ils restent aussi vivants que nous, et tu pourras en tant qu'humble serviteur retrouver les créanciers d'autre temps, et répondre dans ton propre intérêt à l'exigence de rachat nécessaire. Le succès, néanmoins, demande que ton cœur brûle d'une foi ardente et que ton cerveau soit apaisé et prêt à comprendre le bien et à le pratiquer. Sans l'espoir audacieux et sans être prêt à servir, tu liquideras difficilement le lourd débit qui retient ton âme à des sphères grossières et inférieures. Afin de conquérir de telles valeurs, pense à l'éternité et à l'amour infini de Dieu. Ne t'emprisonne pas dans des pondérations de nature humaine, à voir des sacrifices où ne palpitent que de sublimes occasions de bonheur et de rédemption. Si ta conscience t'accuse, supplie Jésus de couvrir ton esprit de son espérance sanctifiée ! Il suffit d'une goutte de cette rosée divine pour que le désert de l'âme fleurisse et fructifie de bénédictions de paix et de bonheur pour toujours. Ne te décourage pas, Dominique ! Dieu permet que l'aube suive la nuit sombre. Pourquoi ne pas déposer notre confiance absolue en son pouvoir suprême ? Nous ne sommes rien, mon enfant, alors que le Père miséricordieux peut tout.

La présence aimante de sa mère avait opéré en lui une transformation bénéfique. Comme le naufragé désespéré qui parvient à bon port, le souffrant oublia les paroles horribles et blasphématrices prononcées quelques minutes plus tôt, et se blottissant contre le cœur maternel, il supplia :

– Ma mère, la détresse a envahi mon pauvre esprit !… Ne m'abandonne pas ! Ne m'abandonne pas !...

– Jamais – lui fit la noble femme désincarnée en étouffant ses propres larmes. Néanmoins, je te demande, mon fils, de ne jamais abandonner Jésus, notre Maître et Seigneur !…

– Oui – répliqua Dominique en sanglot –, Jésus, notre Maître, notre Seigneur !

Puis, il y eut quelques minutes de silence entre nous.

Les yeux larmoyants, perdus dans l'espace, à évoquer, peut-être, de lointains paysages, le vieux prêtre fit :

– Oh ! Mère, comme les prières de mon enfance me manquent !… À cette époque si lointaine, tu m'apprenais à voir le Créateur de l'univers dans tous les dons de la nature. Mon cœur ravi se baignait dans la source cristalline de la confiance et l'amour de la simplicité habitait mon âme heureuse !… Puis, dans le tourbillon du monde, je me suis perverti au contact des hommes ambitieux et mauvais. Plutôt que la pitié, j'ai cultivé l'indifférence ; au lieu de l'amour fraternel, légitime et actif, j'ai voué une haine inexorable à mes semblables ; j'ai occulté mon cœur et j'ai exhibé un masque, j'ai fui les vérités divines et j'ai été le jouet des illusions humaines ! Par quelles singulières faiblesses, l'homme peut-il opérer un tel échange ? Pourquoi mépriser les trésors de la vie éternelle et s'enfoncer dans d'aussi funestes égarements ? Oh ! Toi qui as conservé à mon égard la douce confiance du premier jour ; toi, qui n'as jamais bu l'absinthe empoisonnée qui m'a enivré sur la terre, aide-moi à oublier, par pitié, l'homme cruel que j'ai été !... Je désire ardemment retourner à la sérénité ingénue du berceau, j'ai soif de retrouver la vraie foi ! Aide-moi à m'agenouiller, encore une fois, et à prier les mains jointes pour que le Père qui est dans les Cieux me fasse espérer sans affliction et oublier le mal sans oublier le bien !...

Extrêmement émue, Ernestine l'assistait prostrée tout en le soutenant avec une indicible tendresse.

Puis, à l'image des mères aimantes et dévouées qui tiennent leur enfant tendrement, elle joignit ses mains dans un geste de prière et tout en pleurant en silence, elle lui dit !

– Répète après moi, mon fils.

Dans une scène émouvante, que je n'ai jamais plus oubliée, cette mère pleine d'amour se mit à prier posément phrase après phrase, alors que Dominique l'accompagnait :

– Seigneur Jésus !

– Seigneur Jésus !

– Me voici,

– Me voici,

– Malade et fatigué à tes pieds,

– Malade et fatigué à tes pieds,

– Aie pitié de moi, bien-aimé berger, je ne suis qu'une brebis égarée de ton troupeau... Le faux brio de la vanité humaine m'a offusqué, l'illusion terrestre a hébété mon raisonnement, l'égoïsme a endurci mon cœur tombé dans le précipice de l'ignorance, comme lépreux de sentiment. J'ai pleuré et j'ai souffert amèrement, Seigneur, ma défection spirituelle. Mais je sais que tu es le divin Médecin, dévoué aux malheureux et aux égarés du chemin... Par pitié, délivre-moi de ma propre prison, libère-moi du mal qui résulte de mes propres actes, ouvre mes yeux à la lumière divine ! Nourris-moi de ta vérité souveraine, soutiens mon espoir de régénération ! Seigneur, donne-moi des forces pour payer toutes mes dettes, pour guérir toutes les plaies que j'ai provoquées, pour corriger toutes les erreurs qui vivent en moi… Pardonne-moi en me donnant les moyens de me racheter, ne m'abandonne pas aux vestiges des passions que j'ai moi-même inconsidérément créées, accorde-moi la faveur de tes semonces silencieuses dans les sanctions disciplinaires, et surtout, Bienfaiteur sublime gratifie ceux qui m'assistent à cette heure, en leur conférant des bénédictions sans cesse renouvelées d'énergie et de paix, afin qu'ils assistent d'autres cœurs aussi exténués et rabaissés que le mien ! Jésus, nous nous en remettons à ta compassion pour toujours ! Ainsi soit-il !

Dominique répétait la prière, phrase après phrase, comme un garçon docile et désireux d'apprendre sa leçon. Nous en déduisîmes qu'elle lui fit le plus grand bien. Plus calme, il étreignit Ernestine, et tandis que la directrice du Foyer transitoire suivait ses moindres gestes, sans qu'il s'en aperçoive, il demanda soudainement :

– Ma mère, puisque ta tendresse est venue à ma rencontre au sein des ténèbres, dis-moi : Où est Zénobie ? M'aurait-elle abandonné pour toujours ?

Très surpris, je remarquai que la question était posée avec une inflexion mélancolique et un certain désenchantement.

– Je suis sûre, mon fils – s'empressa de répondre Ernestine –, que notre amie t'accompagne de la sphère supérieure et implore que Jésus bénisse tes projets de rédemption.

– Oh ! – fit-il tristement – si l'existence humaine nous avait unis, mon destin aurait été bien différent. Mais elle a préféré épouser un autre homme à l'heure où j'avais la plus grande confiance en l'avenir, ce qui me força à me tourner vers le célibat sacerdotal qui fut suivi de conséquences si déplorables pour moi. Si nous avions fondé un foyer, la confiance en Dieu ne m'aurait pas manqué, j'aurais peut-être été un père généreux et mes enfants auraient été pour moi un couronnement sacré de responsabilité et de joie. Zénobie, ma mère, était l'ouverture miraculeuse à travers laquelle j'arrivai à voir le monde sous un prisme différent. En sa compagnie, j'aurais acquis le don de voir les occasions divines qui entourent mon cœur. Mais quand la malchance m'a frappé, tous mes rêves édifiants sur la terre se sont évanouis… Dominé par la douleur de l'avoir perdue, j'ai cru que la religion m'offrirait un refuge inexpugnable contre les tentations. Quelle terrible erreur ! Assiégé par un monde de conventions qui contraignaient mon esprit et loin de la sublime influence de la seule femme qui, à mon avis, pouvait me sauver, je suis passé d'un abîme à l'autre, me convertissant en un démon insatiable, destructeur et perverti… Saura-t-elle un jour combien j'ai été malheureux ? Aura-t-elle pitié de ma douleur pleine de misère et de ruines ?

Ernestine lui caressait les cheveux, maternellement, et s'exclama :

– Tais-toi, mon fils ! Ne pense pas avoir été le seul sacrifié. Si tu avais accepté la volonté divine, le présent serait moins pénible. Ne t'arrête pas à des événements humains, naturels et nécessaires, pour justifier les dérèglements qui t'ont poussé dans les ténèbres ! Zénobie a toujours été un ange pour nous. Ne commente pas avec griefs les épisodes du passé qui lui ont coûté une existence entière de renoncement sanctifié pour ses parents, son mari, ses enfants et pour nous !

– Pourtant – interrompit-il –, nous avions l'un pour l'autre un engagement sublime depuis l'enfance, et notre première jeunesse fut un paradis de promesses mutuelles…

Mais l'affection maternelle ne le laissa pas terminer. Elle posa son doigt sur ses lèvres dans un geste de compassion maternelle, et souligna :

– Écoute, Dominique ! Lequel des deux aura été la plus grande victime ? L'homme jeune et fort qui s'est librement tourné vers l'organisation religieuse qui lui donnait la possibilité de pratiquer le bien de mille manières différentes, ou la pauvre fille forcée par les circonstances de la lutte terrestre à se marier avec un veuf, entouré d'enfants en bas âge auprès desquels elle dut jouer le rôle de mère ? C'est librement que tu t'es tourné vers l'ordre sacerdotal, tandis que Zénobie fut contrainte par des conditions angoissantes à suivre le chemin de l'abnégation contraire à ses rêves de jeunesse. Complètement livré à tes objectifs individualistes, tu n'as pas été fidèle aux principes épousés, tandis que Zénobie a persévéré dans le sacrifice et dans sa foi ardente jusqu'au bout, bien que son idéal de femme ait été écrasé par le poids des humiliations quotidiennes. Pour satisfaire tes propres désirs, tu es tombé dans l'erreur, incapable de calmer les passions inférieures qui brûlaient en toi, tandis que notre vénérable amie acceptait, humblement, les circonstances qui tourmentaient son être, une année après l'autre, dans notre intérêt à tous. Réfléchis, donc, Dominique ! Quelle a été la vraie victime ? Comment pourrions-nous comparer l'abnégation à la démence ?

On pouvait percevoir que la directrice était liée à eux deux par les fils d'une passion douloureuse que nous ne devions pas connaître. Dominique écoutait ces commentaires d'un air repenti. Il se tut pendant un long moment, plongé peut-être dans de lointains souvenirs et finit pas conclure tristement :

– Tu as raison !…

– Il nous appartient, à présent – lui fit Ernestine avec douceur –, d'avancer pour la rattraper.

À cet instant, bien que discrètement, Zénobie se mit à pleurer alors qu'elle contemplait son visage, penchée sur lui. Puis, répondant certainement, au vigoureux désir de la directrice du Foyer transitoire, Dominique sentit quelques larmes chaudes tomber sur son visage mélancolique. Il interrogea sa mère du regard, et reconnaissant que de telles larmes ne venaient pas d'elle, il lui demanda d'une voix angoissée :

– Oh ! Ma mère, qui pleure à mes côtés ?

Affectueusement, la bienfaitrice, dont le regard révélait toutes les caractéristiques d'une scène émouvante, répondit sous le coup d'une forte émotion :

– Les anges pleurent de joie dans les régions célestes quand un cœur souffrant sort de l'abîme...

L'ancien prêtre médita pendant un long moment, nous donnant l'impression qu'il passait par un profond soulagement.

Ernestine, qui comprit que l'heureuse occasion était venue, lui fit :

– Allons-y mon fils. Alors que la miséricorde divine fait avancer l'horloge du temps, l'heure bénie de la rédemption retentit à ton esprit. La porte de la rédemption s'ouvre à nouveau à ton âme opprimée. Que le Ciel nous bénisse !

– Mère, je te suivrai où tu voudras – répondit l'infortuné, sans la moindre amertume.

Heureuse, sa mère nous adressa un regard expressif de reconnaissance, le prit dans ses bras, comme s'il s'agissait d'un enfant malade, et partit en soutenant son précieux fardeau en direction de la croûte terrestre, exultante et heureuse, au grand dam des ténèbres...

À nouveau seuls, je remarquai que sœur Zénobie était transfigurée, heureuse. Elle sécha ses larmes, alors que ses yeux révélaient une joie jusque-là inconnue. En signe de gratitude et de satisfaction, elle nous tendit sa main. Puis, contemplant peut-être une vision de l'avenir, elle s'attarda un long moment dans une profonde méditation pour transmettre certainement une prière de reconnaissance au Seigneur.

Ensuite, elle nous fixa d'un regard tranquille, et nous dit :

– Mes frères, que le Seigneur récompense votre collaboration fraternelle en partageant ensemble le bonheur qui m'est donné. Grâce à Lui et à vous, mes amis dévoués, je viens de gagner une grande bataille dans cette guerre de l'amour contre la haine, de la lumière contre les ténèbres et du bien contre le mal, que je mène depuis de nombreuses années.

Peu après, répondant à la programmation organisée par la sage directrice, nous nous joignîmes aux assistants qui se trouvaient à une courte distance, afin d'entrer en contact avec les enfants de l'ignorance et du malheur qui séjournaient temporairement dans l'abîme.

8
Ténèbres et souffrance

Une fois que le groupe en mission qui accompagnait Zénobie fut au complet, nous reprîmes notre marche pour retourner dans la vallée des ténèbres et de la souffrance.

L'obscurité très dense nous empêchait de distinguer les limites du gouffre. Des phrases émouvantes montaient jusqu'à nous. Des cris douloureux, des blasphèmes, des injures. J'avais l'impression que, sous nous, une bande immense de malheureux piétinaient le sol. Leurs insultes inspiraient la crainte ; toutefois, leurs gémissements résonnaient en moi de manière angoissante. De toute évidence, mes compagnons devaient éprouver des sentiments analogues, car sœur Zénobie prit la parole pour nous expliquer :

– Les souffrances que nous sentons en ces lieux ne viennent pas du manque de protection divine. D'infatigables travailleurs de la vérité et du bien visitent sans cesse ces régions pour convoquer les prisonniers de la révolte à leur indispensable rénovation spirituelle ; pourtant, ils s'y refusent, rebelles et endurcis qu'ils sont dans le mal. Ils se plaignent, supplient et provoquent la compassion. Toutefois, ils sont rares ceux qui veulent bien entendre notre appel. Parfois, nous essayons de leur imposer le bien. Mais quand nous les retirons de force de la vallée des ténèbres, ils nous accusent d'être des violeurs et des ingrats, et fuient notre contact, notre influence.

Malgré cette triste remarque, Zénobie avait l'esprit enflammé du désir de servir, à en juger par la bonne humeur qui transparaissait de ses gestes et de ses paroles.

– Leur refus – continua-t-elle – ne peut être un motif de négation de notre part. Souvenons-nous que l'effort de la nature transforme le charbon en diamant… Travaillons pour le bien de tous les nécessiteux en cherchant pour notre esprit, le don divin de refléter les desseins suprêmes. Faisons en sorte que les œuvres de la vie s'accomplissent, non pas comme nous le voulons, mais selon la volonté du Seigneur. Grande est la bienveillance du Père envers nous. Partageons-la en servant fraternellement et en édifiant dans un élan d'harmonie commune.

Puis, dix collaborateurs obéirent à ses ordres et allumèrent des phares qui répandirent une intense lumière.

Troublés et surpris, nous découvrîmes alors le monstrueux tableau vivant que nous avions devant nous. Une immense légion de souffrants couvrait le fond, juste au-dessous de nos pieds. Une rampe peu élevée nous séparait du bourbier compact et épais.

En raison de la soudaine clarté, de nombreuses voix demandèrent de l'aide en prononçant des phrases angoissantes qui nous brisaient le cœur. D'autres, cependant, résonnaient différemment, ils criaient des blasphèmes, des sarcasmes, des malédictions.

Pour parvenir à nos fins, Zénobie nous recommanda de former un groupe compact afin d'imposer le respect et la crainte aux dangereuses entités qui se trouvaient mêlées aux malheureux. Ce à quoi, elle ajouta :

– Les adeptes de la révolte et du désespoir se trouvent également présents en ces lieux, ils nous obligent à nous défendre vigoureusement. Ce sont de pauvres déséquilibrés qui essaient de pousser toutes les situations à la dysharmonie dans laquelle ils se complaisent.

Puis, elle demanda au père Hippolyte d'adresser un appel général, au nom du Seigneur, aux victimes plongées dans le malheur pour qu'elles prennent leur besoin de transformation profonde en considération.

L'ancien prêtre ouvrit un petit manuel évangélique qu'il avait sur lui et se mit à lire dans l'Évangile de l'apôtre Luc la parabole de l'homme riche qui s'habillait de pourpre qui avait une vie plaisante, tandis que le mendiant couvert de plaies cherchait en vain à émouvoir sa sensibilité. D'une voix forte et pausée, il prononça tous les versets allant du numéro dix-neuf au trente et un du chapitre seize. Peu après, alors que sa voix remplissait un silence expressif, il mit l'accent sur cette phrase qui se trouve au verset vingt-cinq « Souviens-toi de tous les biens que tu as reçus durant ta vie ». Puis, il s'apprêtait à faire un commentaire quand des cris blasphématoires montèrent jusqu'à nous, menaçants et sarcastiques :

– Dehors ! – Dehors ! À bas les mensonges de l'autel !

– Attaquons le prêtre une fois pour toutes !

– Nous allons bien, nous sommes heureux ! Nous ne demandons l'aide de personne, nous n'avons pas besoin de vos harangues !

– Notre ciel est ici ! Allez en enfer !...

Mais ceux qui se considéraient comme nos adversaires ne se limitèrent pas à pousser des hurlements perturbateurs. Des boules de substance noire, qui partaient de différents points de l'abîme de douleur, commencèrent à tomber autour de nous.

– Les filets ! – s'exclama Zénobie en s'adressant à quelques collaborateurs – lancez les filets de défense pour isoler notre groupe.

Rapidement, l'ordre fut exécuté. Des filets lumineux s'ouvrirent devant nous. Ils étaient confectionnés dans un matériel spécial pour répondre à ces attaques. Leur pouvoir magnétique élevé faisait que les boules et les flèches, qui nous étaient adressées, étaient retenues par cette force mystérieuse.

Habituée à ce genre d'événement, la directrice du Foyer transitoire nous donnait un bel exemple de fermeté et de sérénité. Après avoir organisé la défense, elle fit un signe au prédicateur pour qu'il continue. Dominant les bruits et les insultes, le prêtre Hippolyte entama son commentaire d'une voix éloquente :

– Mes frères, notre désir le plus cher est que vous vous prépariez à recevoir la lumière divine ! Plusieurs centaines de malheureux compagnons se trouvent ici dans des conditions spirituelles précaires. L'âme déchirée par la douleur, vaincus par l'affliction, soumis à des châtiments innommables, très souvent livrés au découragement, à la révolte et au désespoir. Perturbé et malheureux, votre esprit ne sait fabriquer que des pensées d'angoisse destructrice. Vous alléguez que les forces divines vous ont oubliés dans la vallée profonde des ténèbres et, de négation en négation, vous vous transformez, graduellement et naturellement, en de dangereux génies de l'ombre et du mal. Affublés d'une expression diabolique, vous attaquez indistinctement les œuvres édifiantes des messagers du Père. De cruelles perversions intérieures modifient votre physionomie. Vous ne ressemblez plus aux créatures humaines que vous avez été, couvertes de dons divins, mais à des images vivantes des régions infernales qui inspirent la compassion de ceux qui sont bons, la crainte et la terreur des plus timides. Dans la condition mentale lamentable qui est la vôtre et dans laquelle beaucoup parmi vous se complaisent, vous êtes d'authentiques démons de la perversité et du crime. Même les expressions de douleur n'arrivent pas à changer votre bouche difforme. Cependant, vous êtes pour nous de malheureux frères, privés de sentiment et de raisonnement, perdus dans les rudes déserts de l'ignorance, non pas par manque d'amour de la Providence céleste, mais par votre propre imprévoyance vu l'indifférence avec laquelle vous avez reçu sur terre toutes les occasions d'ascension vers la sphère supérieure de l'esprit éternel. Quoique vous nous expulsiez de vos rassemblements de souffrance, nous ne manquerons jamais d'éprouver pour vous une sincère commisération. Nous continuerons à visiter le sinistre paysage des abîmes autant de fois qu'il le faudra. Jamais, nous ne nous lasserons de proclamer la sublime miséricorde du Père et jamais notre main fraternelle ne s'arrêtera de semer le bien et la vérité afin de réaliser notre tâche !

Les propos injurieux que nous entendions auparavant avaient peu à peu cessé. La franchise d'Hippolyte triomphait. Le prédicateur parlait avec une ardente éloquence, pénétré de pensées angéliques tout en lui rayonnait de lumière. Devant le respectueux silence que son verbe enflammé avait provoqué, il continua, alors que nous étions en proie à une vive émotion :

– Vous êtes dominés par la jalousie et le dépit, la méchanceté et les sarcasmes quand vous n'êtes pas annihilés par la terreur suprême. Vous éprouvez des passions effrénées mêlées d'ironies et de larmes… Vous recevez presque tous notre concours aimant, mais vous réagissez de manière impertinente. Vous croyez que nous sommes récompensés par des faveurs indues, que nous sommes les favoris des cieux et vous affirmez à la légère que des privilèges gratuits nous sont accordés. Ô mes amis ! Ce peut-il que l'intelligence de la justice indéfectible qui régit toute la vie n'évoque rien pour vous ? Nous aussi qui luttons, sommes loin de la dernière victoire sur nous-mêmes, nous suivons la même voie de rédemption. Nous travaillons, nous combattons, nous pleurons et nous souffrons. Notre condition diffère peu de la vôtre. Nous autres, qui vous adressons une parole calme et fraternelle, nous avons déjà entamé le lumineux apprentissage de la reconnaissance de Dieu, notre Père, qui est tout pouvoir, justice et miséricorde, en remerciant le Christ, son divin intermédiaire, de l'occasion qui nous est donnée de travailler et de nous réaliser à présent. Nous aussi, nous avons la nostalgie de notre foyer terrestre et des doux liens affectifs restés loin en arrière. Nous ressentons, comme vous, le fervent désir de retourner au passé, afin de rectifier les chemins parcourus, et, presque toujours, c'est en vain que nous cherchons ceux qui nous ont témoigné de l'amour, dans un profond désir de baiser leurs mains et de leur demander d'oublier nos faiblesses. Cependant, nous avons le bonheur de comprendre l'extension de nos dettes et nous avons pris depuis longtemps le chemin de notre future rédemption.

Pour mieux approfondir l'interprétation de la parabole, Hippolyte modifia le ton de sa voix et poursuivit :

– Lequel parmi nous n'aura pas été sur la croûte terrestre ce « riche, vêtu de pourpre et de lin très fin », dont nous parle l'enseignement du Maître ? Nous exhibions l'habit brillant et plein d'éclat de notre « moi » égoïste qui blessait les propos de nos semblables et vivait l'occasion bénie de rester dans les cercles charnels, luxueusement et radieusement. Nous tous, qui sommes associés à ce paysage de douleur, avons eu, autour de nous des êtres qui mendiaient notre affection et notre aide spirituelle en nous montrant, en vain, les plaies de leurs besoins. Il s'agissait de nos parents, nos proches, nos compagnons de lutte, nos frères d'humanité… C'était des enfants ayant besoin d'orientation, des parents manquant de tendresse, des voyageurs du chemin évolutif avides de secours qui s'approchaient inutilement de nous pour implorer un peu de réconfort et de joie. En général, nous nous souvenions toujours trop tard de leurs blessures intérieures, indifférents et dédaigneux de l'occasion sublime qui nous était accordée de leur enseigner le bien. À l'instant même où ils se retrouvaient dans le lit mortuaire, nous multipliions nos démonstrations d'affection et de tendresse après avoir gaspillé le temps précieux d'une vie humaine entre l'insensibilité et l'exigence. Ceux qui étaient plus pauvres que nous désiraient quelques miettes de notre somptueux banquet de connaissances et de talents, ils appréciaient notre compagnie comme des enfants nécessiteux d'illumination et de tendresse ; même leurs chiens s'inclinaient devant eux, pris d'une affection toute naturelle… Mais nous qui étions fiers de nos conquêtes, incarcérés dans une criante apathie, nous accumulions des expressions de satisfaction, nous croyant supérieurs à toutes les créatures présentes sur notre chemin lors de notre passage dans la chair. Prisonniers de nos créations inférieures, la mort nous jeta dans le précipice du purgatoire qui ressemblait au ténébreux enfer de la théologie mythologique. Le riche habit de l'opportunité est à présent vieilli et usé, maintenant que notre cours de perfectionnement spirituel au sein de l'institution terrestre est terminé, nous sommes parfois plus pauvres que le dernier des misérables qui frappait confiant à la porte de notre cœur et envers qui nous aurions pu être les bienfaiteurs de son bonheur. Nous les voyageurs, alors que nous traversions le fleuve sacré de l'élévation, nous avions pour habitude de fuir les plus misérables, nous instituions des services de surveillance contre les naufragés souffrants. Par-dessus tout, nous appréciions de passer du bon temps sur les îles enchantées de plaisir en compagnie des plus forts pour finalement atteindre l'autre marge, humiliés et désolés, dans un piteux état d'esprit, incapables d'avancer en direction des continents divins de la rédemption… Soyons raisonnables, mes frères, reconnaissons que cet enfer est une construction mentale émanant de nous-mêmes. Après l'effort destructeur, la stagnation établit un climat propice aux fantasmes en tout genre, des fantasmes qui torturent l'esprit qui les a produits et l'entraînent dans de cruels cauchemars. Nous creusons des puits abyssaux de souffrances torturantes étant donné l'intensité du remords de nos misères intimes ; nous construisons de sombres prisons parce que nous nions volontairement les bienfaits de la Providence. Des déserts brûlants de haine et d'aversion s'étendent sous nos pieds, alors que notre parcours est vide de tristesse et de désolation suprême. Nous ressemblons à des lutins vagabonds pris d'inquiétude et de découragement éprouvant de l'amertume face à ce que nous avons été et souffrant de la difficulté presque invincible que nous avons à trouver la force de devenir ce que nous devons être. D'un côté, une criante débâcle ; de l'autre, le défi de la vie éternelle. Comme l'homme riche et malheureux de la parabole, nous savons qu'un grand nombre de nos victimes du passé ont escaladé les échelons de la hiérarchie dans l'éternité ; que bon nombre de ceux qui mendiaient notre affection sur la route humaine ont été conduits aux sources de la merveilleuse sagesse et de l'amour inépuisable. Alors pourquoi ne supplions-nous pas le concours de leurs prières bénies ? Pourquoi ne plions-nous pas humblement l'échine, dès lors que nous reconnaissons nos égarements passés, afin de recevoir la coopération sublime et indispensable du présent ? Nous savons, chers amis, qu'un grand nombre parmi vous souffre tourmenté de la soif dévorante de l'eau vive de l'Esprit immortel. Affligés et découragés, dans cette vallée d'ombres, vous désireriez vaincre tous les obstacles pour recevoir ne serait-ce qu'une goutte du précieux liquide promis par Jésus aux assoiffés qui, en donnant la preuve de leur bonne volonté, se vouent à Lui ! Ah ! Mais la supplique révoltée de la douleur ne suffit pas pour que la rosée divine rafraîchisse un cœur douloureux et lacéré ! Il faut régénérer le vase récepteur de l'âme malade, retirer la poussière asphyxiante de la terre pour que la rosée du Ciel reste pure et réconfortante ! La souffrance qui a un rôle purificateur est indispensable. Les égarements mentaux auxquels nous nous sommes livrés sur la croûte planétaire sont des énergies qui se manifestent à présent avec toute l'intensité des forces libérées après avoir été longuement retenues. D'où cette angoisse intraduisible de faim, de soif, d'affliction et de maladie qu'un grand nombre parmi vous ressent encore, vu que vous n'acceptez pas les lois établies par le Père éternel !...

Au silence environnant, il me semblait que le père Hippolyte était entendu avec une attention respectueuse par les innombrables rangées de souffrants qui étaient rassemblés devant nous. Après une courte interruption, le prédicateur bien inspiré poursuivit :

– Aucun parmi nous, qui faisons appel à votre rénovation, n'a trouvé jusqu'à présent la demeure des anges. Nous sommes des compagnons, et dans nos cœurs, l'humanité palpite avec ses défauts et ses aspirations. Nous comprenons, cependant, les tourments qui consument votre cœur, et nous vous invitons tous à renoncer aux impulsions égoïstes. À nouveau, nous vous encourageons à reconnaître le Seigneur et à vous repentir de vos erreurs volontaires et criminelles du passé. Remercions la miséricorde divine. À présent réunis, demandons au Christ la compréhension de sa volonté sublime et sage, tout comme la force nécessaire de l'accomplir où que nous soyons. Comme l'homme riche et leurré du récit évangélique, ne supplions pas des avantages pour satisfaire notre individualisme ou pour le cercle personnel de nos intérêts particuliers, mais demandons plutôt la compréhension, suffisamment de compréhension pour accomplir les devoirs qui nous incombent en cette heure moins heureuse, conformément aux directives rédemptrices. Puis, pénétrés d'une nouvelle confiance, attendons l'avenir où la terre, notre chère mère, nous offrira généreusement d'autres occasions fécondes d'apprendre et de sauver, de sanctifier et de nous racheter.

À cet instant, l'ancien prêtre interrompit pendant un long moment sa prédication, ce qui nous permit d'observer attentivement le cadre tout autour de nous.

De longues files de souffrants accouraient de toute part, ils nous regardaient à la clarté des torches, à une distance d'environ trente mètres. Ils formaient une longue procession de lutins silencieux et tristes, et laissaient apparaître au niveau de leur corps astral toutes les caractéristiques des maladies physiques rapportées de la terre. Il y avait là des nécessiteux en tout genre : des handicaps, des blessures, des misères s'étalaient devant nos yeux, affligeant nos cœurs. Bon nombre d'entre eux, peut-être parce qu'ils pensaient que nous étions des ambassadeurs du pouvoir céleste en visite au purgatoire, se tenaient agenouillés dans une position de suprême respect, mais laissaient transparaître sur leur visage angoissé d'indescriptibles souffrances. Des yeux anxieux disaient en silence leur désir intense et secret de se joindre à nous ; mais quelque chose les en empêchait. Ils ressemblaient à des prisonniers aspirant à la liberté. Pourquoi ne couraient-ils pas vers nous ? Pourquoi ne s'agenouillaient-ils pas près de nous en signe de profonde reconnaissance à Dieu ? Désireux d'appréhender la cause de cette immobilité forcée, je compris alors, sans plus d'explications, ce qui se passait. Entre la foule compacte et nous autres, un profond fossé était creusé et aux endroits où le passage était possible, se trouvaient réunis des petits groupes d'entités qui révélaient une sinistre expression. Il n'y avait aucun doute. Ces visages agressifs et durs exerçaient une sévère surveillance. Qu'est-ce que de tels bourreaux faisaient là ? Étaient-ils dirigés par des puissances vindicatives ayant des pouvoirs transitoires dans la zone des ténèbres, ou agissaient-ils pour leur propre compte, obéissants aux folles passions de leur esprit déséquilibré ? Je me souvins d'anciennes légendes sur l'enfer esquissé dans la théologie catholique romaine, et j'en déduisis que le feu ardent, où Satan se délectait de plaisir à torturer les âmes, devait être plus beau que le paysage de boue, de ténèbres et de souffrances que nous avions devant nous. Cependant, je fis taire en moi le fil de mes considérations inutiles, car à cet instant je compris que la situation ne se prêtait pas à des divagations, mais exigeait de ma part une contribution active.

Alors que la pause du prédicateur se prolongeait, une créature au visage patibulaire se mit à crier tout en faisant des gestes odieux :

– Nous ne faisons pas appel à l'armée de salut ! Allez-vous-en !

Il avait suffi d'une manifestation isolée pour que d'autres expressions de mécontentement explosent à leur tour.

– Nous ne voulons rien racheter ! Nous ne devons rien ! Seul le culte systématique de la haine nous intéresse, la révolte contre les dieux insensibles, le mouvement de résistance contre la répugnante aristocratie spirituelle !

– Mort aux prêcheurs de fausse vertu ! Chassez les opportunistes de l'au-delà ! Vive notre mouvement de destruction contre l'ordre dépassé des maîtres et des esclaves ! Nous construirons un monde nouveau sur les ruines !

Un homme énorme et hirsute avec toutes les particularités d'un géant s'avança jusqu'au bord du fossé, de l'autre côté de la rampe, il eut soudain un geste de provocation et demanda en hurlant :

– Alors, la serinette du prêtre ne marche plus ?!

Il eut un rire diabolique et continua :

– Vous perdez votre temps ! Vous vous trompez complètement ! Nous aussi nous avons des projets et nous aussi nous savons ce que nous voulons ! Où est le Dieu que vous nous avez promis ? Auriez-vous, par hasard, la carte du ciel ? Nos idoles ne sont plus à présent. Nous sommes les enfants du désespoir, et essayons de réorganiser la vie dans le désert que nous affrontons. Pourrions-nous, par hasard, retourner à l'ingénuité primitive, au point de croire à nouveau à des mensonges religieux ? Dans quelle région lointaine s'achète la bienfaisance divine qui n'a pas pitié de nous ? Vous dites que vous êtes heureux et vous proclamez la compassion d'un père que nous ne connaissons pas. L'auriez-vous vu par hasard ?

Et il éclata d'un rire ironique pour souligner ces derniers mots. Sous le coup d'une forte impression, le père Hippolyte prit la parole :

– La connaissance de Dieu et le chemin céleste se trouvent en vous. Par quelle audace innommable aurions-nous l'absurdité d'attendre l'identification toute prête de notre nature issue de l'irrationalité, en des jours aussi courts, dans la plénitude sublime de Dieu ? Comment comparer le batracien avec le soleil ? En vérité, les religions anthropomorphiques de la croûte terrestre ont empoisonné notre esprit en pénétrant notre pensée de fausses conceptions de Dieu. Toutefois, dans l'absolu, nous ne pouvons les accuser puisque nous souffrons tous de stagnation spirituelle. Le jour où les disciples intégreront effectivement dans leur pensée et dans leur cœur rénové l'Évangile du Maître, l'interférence sacerdotale négative deviendra impossible. Considéré de manière impartiale, le dogme est à la fois un défi et un châtiment. Il s'agit d'un défi à l'intelligence investigatrice et constructive pour que se dilate dans le monde la notion d'univers infini, et d'un châtiment pour les esprits oisifs qui renoncent inconsidérément au don de penser et de décider d'eux-mêmes des questions sacrées relatives à la destinée. De toute part, nous trouverons la sagesse opérante et invisible du Seigneur qui se propage dans les moindres détails de la nature. Faites donc taire la vanité blessée et l'orgueil humilié qui vous dictent des commentaires ingrats et répréhensibles ! Restez protégés dans le sanctuaire de votre conscience et vous n'exigerez pas de visions ni de révélations que vous ne pourriez supporter. Pris de compassion par votre révolte et votre malheur, nous prions le Seigneur de bénir l'espoir de tous ceux qui nous entendent, affamés de suprême rédemption, comme nous devant l'indicible grandeur de la vie éternelle !

Pour tout autre public, les paroles de l'ancien prêtre auraient été suffisamment convaincantes, mais les entités endurcies et perverses, à qui elles étaient adressées, restèrent froides et insensibles.

On entendit alors d'autres voix s'élever formant un chœur funeste :

– Ça suffit ! Ça suffit !

– Partez ! – Partez !

Néanmoins, nous pouvions voir, parmi ceux qui suivaient attentivement la tâche que nous accomplissions, d'innombrables visages angoissés qui révélaient toute la terreur que ces compagnons leur suscitaient. Ils étaient de plus en plus nombreux. Toutefois, je notai qu'il n'y avait parmi eux aucun enfant. Juste des adultes, des jeunes et des vieux en tout genre. On pouvait remarquer que les paroles d'Hippolyte leur avaient fait le plus grand bien. Beaucoup avaient versé de copieuses larmes. Mais on pouvait toujours entendre des injures et des malédictions. Les malfaiteurs impénitents ne toléraient pas notre présence et chacun à son tour était plus fécond de railleries, car ils cherchaient à éveiller l'humour sarcastique et le mépris de la pitoyable assemblée.

D'abord, l'envie de réagir effleura mon esprit surpris. Ne devrions-nous pas nous organiser face à une telle bande de criminels ? Ne vaudrait-il pas mieux franchir l'obstacle que nous avions devant nous et ravir leurs victimes désarmées ? Nous avions l'avantage de pouvoir facilement voliter. Des pensées charitables excitaient mon esprit qui cherchait à justifier son instinct à réagir. Devant nous, à quelques dizaines de mètres, on voyait des femmes défigurées par la douleur, des vieux et des jeunes sales et abattus. Personne n'échappait au sinistre aspect de malheur suprême. Ils ressemblaient à des cadavres retournés inopinément à la vie, après un long séjour dans la tombe.

Des pensées de révolte me passaient par la tête.

Pourquoi le père Hippolyte ne répondait-il pas à la hauteur des offenses proférées ? Pourquoi ne pas punir les sicaires de l'ombre qui dénonçaient une culture intellectuelle raffinée et une solide intelligence ? N'avions-nous pas assez de pouvoir pour les réprimer ?

Percevant le dangereux état d'âme qui était le mien, l'assistant Jérôme s'approcha prudemment de moi et me fit discrètement :

– André, fais cesser cette vibration de colère injustifiée. Ton irritation personnelle n'aide personne. Ne prends pas le parti de critiquer. Nous sommes ici en tant que frères plus âgés en matière de connaissance divine à vouloir aider de plus jeunes que nous, plus malheureux que nous. Gardons notre calme et armons-nous de patience. Répondre à des insultes déplacées, c'est perdre un temps précieux à l'œuvre de fraternisation qui mène au Père éternel. Hippolyte ne peut se battre en duel verbalement, d'ailleurs sœur Zénobie n'autoriserait aucune violence vis-à-vis de ces infortunés, sous peine de condamner à l'oubli la sublime occasion qui nous est donnée de pratiquer le véritable bien. Change d'attitude mentale pour ne pas perdre l'occasion de coopérer de manière constructive et réservons-nous, non pas pour condamner, mais pour informer et construire généreusement.

Immédiatement, je me réajustai au niveau émotionnel, et priai Jésus de me donner la force d'oublier l'« homme vieux » qui criait en mon for intérieur.

L'invocation du plan supérieur, à travers ma supplique, fit jaillir instantanément de ma conscience un sentiment de compréhension.

D'ailleurs, comment interpréter les attaques de créatures si désespérées ? Avant tout, elles avaient besoin de protection et de compassion. Par incapacité spirituelle, elles n'avaient pas encore reçu, comme nous, la bénédiction d'une foi ardente, l'acceptation des desseins de la loi éternelle, la reconnaissance de leurs besoins intérieurs. Profondément sarcastiques, elles blasphémaient et riaient. Elles méprisaient les dons de la Providence. Elles injuriaient le Maître. Elles oubliaient toutes les considérations afférentes à l'ordre divin et au respect humain. Qui étions-nous pour les convertir, inopinément, si le Seigneur lui-même tolérait, patient et amical, leurs vils propos, sans qu'elles souffrent de représailles ? La condition lamentable et limitée qui était la leur ne suffisait-elle pas ? Dans le cercle étroit de la souffrance, condamnées au désespoir, elles ne dépassaient pas la sphère des sensations grossières et essayaient inutilement de combattre le bien. En vérité, elles faisaient peine à voir opprimant des entités misérables agenouillées, sous nos yeux, implorant de l'aide et leur libération. Toutefois, des pondérables devaient exister qui justifiaient la liaison qui existait entre les bourreaux et leurs victimes, des raisons qui m'échappaient naturellement à cette heure. Mes appréciations du premier instant n'étaient plus les mêmes. Pris d'une soudaine pitié, je remarquai que les railleries des êtres spirituels mauvais s'étaient calmées, et peut-être parce que ces êtres notaient que nous ne franchirions pas l'obstacle pour les libérer, il apparut dans l'expression de ces souffrants repentis une expression d'anxiété extrêmement poignante.

Une pauvre petite vieille qui semblait reprendre courage dans sa foi, constatant la terrible condition qui était la leur, nous tendit des mains squelettiques, et conformément à son ancienne confession religieuse, elle nous demanda :

– Saints messagers de Dieu, notre Père, daignez nous retirer du purgatoire ! Nous sommes torturés par le feu des remords et par les démons qui nous entourent. Par pitié, sauvez-nous !

Sa voix était entrecoupée de profonds sanglots ; néanmoins, la vénérable femme poursuivit :

– Les fautes que nous n'avons pas payées sur terre, nous ont unis aux Esprits pervers de l'abîme ! Nous sommes des pécheurs ayant besoin de purgation, mais ne nous abandonnez pas à notre propre sort ! Aidez-nous, au nom de Jésus, à qui nous supplions la grâce du salut ! Il est vrai que j'ai commis beaucoup d'erreurs. – Néanmoins, mon esprit repenti implore sa protection... Je sais que je ne mérite pas le repos du paradis, mais chers émissaires du Ciel, pour ce que vous êtes, accordez-moi les moyens de racheter mes dettes. Je suis prête ! Je chercherai à retrouver ceux que j'ai offensés pendant la vie terrestre, afin de m'humilier et de leur demander pardon !...

Les mains jointes, alors qu'elle nous regardait d'un regard anxieux, elle conclut :

– Ne m'abandonnez pas ! Ne m'abandonnez pas !...

Apparemment quelque chose changeait. La valeureuse mendiante avait encouragé d'autres compagnons d'infortune à l'imiter :

– Par les mérites de saint Gérald de Majela – s'écria un malheureux, révélant sa confession catholique romaine –, délivrez-nous ! Sauvez-nous du tourbillon infernal ! Aidez-nous, pour l'amour de Dieu !

Puis se distinguant les unes des autres, les suppliques proférées dénonçaient la présence d'adeptes de différents credos religieux, connus sur terre, et dans ce triste concert, les spirites ne manquaient pas à l'appel. Une femme à l'allure respectable, les cheveux ébouriffés avec des plaies profondes sur le visage, se mit à supplier en larmes :

– Esprits du bien, aidez-moi ! J'ai connu Bezerra de Menezes sur la terre, j'ai accepté le spiritisme. Mais, pauvre de moi ! Ma croyance n'a pas été une foi rénovatrice. Je me consacrais à la consolation, mais je fuyais mes responsabilités ! La mort m'a jetée ici, où je souffre cruellement des conséquences de ma faiblesse spirituelle ! Aidez-moi, au nom de Jésus !

De toute part, des appels émouvants retentissaient.

Jamais, je n'oublierai l'inflexion des paroles entendues. Des jeunes et des vieux, des hommes et des femmes, dans des conditions déplorables, prostrés à une courte distance, respectueux et confiants, du fait de la lumière que nous avions allumée dans la nuit triste, imploraient le secours divin en nous traitant avec une extrême vénération, comme si nous étions des envoyés légitimes de la sainteté. Lorsque les prières, qui partaient de bouches si nombreuses, se firent plus pressantes, les bourreaux empoignèrent des fouets cruels et se mirent à les fouetter en tous sens... La majorité des pauvres misérables qui se tenaient à genoux se dispersa aussi vite que possible pour retourner aux antres de la vallée profonde. Quelques-uns, néanmoins, supportaient les coups héroïquement, et restaient agenouillés en nous dévisageant anxieusement.

Sarcastique, un des persécuteurs se mit à hurler tout en nous montrant du doigt :

– Vous voyez ? Ce sont des bienfaiteurs en cravate ! Ils ne se jettent dans la lutte pour personne ! Ils enseignent avec les lèvres, mais au fond, ce sont des messagers de l'enfer, insensibles et durs, comme des statues en pierre. Aucun d'eux n'ose franchir l'obstacle pour vous prêter assistance et vous aider !...

Les éclats de rire qui retentirent étaient si sarcastiques qu'un sentiment de répulsion humaine affleura brusquement mon esprit. Où étais-je qu'on ne réprimait pas le provocateur ? Pourquoi ne pas le punir comme il convenait ? J'étais à deux doigts de me déséquilibrer mentalement, quand sœur Zénobie, craignant peut-être notre réaction, se tourna tranquillement vers nous et nous recommanda :

– Amis, conservons notre calme pour travailler efficacement. Nul ne demeure dans cet abîme de douleur sans raison.

Puis, peut-être, parce qu'elle était convaincue qu'elle devait trouver d'autres arguments plus solides pour nous dissuader de réagir, elle ajouta :

– Qu'en serait-il du christianisme si Jésus abandonnait le madrier du témoignage en chemin, afin de se livrer au pugilat avec la foule ? Nous sommes ici pour réaliser une tâche réconfortante et éducative, ne l'oubliez pas. Le châtiment des coupables viendra de plus haut.

Ces propos nous éveillèrent soudain au caractère élevé de notre investiture. Les âmes vraiment supérieures ont le don de projeter notre esprit dans des zones sacrées de la vie en nous réintégrant à la chaîne d'inspiration des forces divines qui soutiennent l'univers.

Mais le moment n'était pas propice à de plus longs commentaires concernant le rôle que nous devions jouer. Sans perdre de temps, la directrice du Foyer transitoire s'entendit avec les assistants présents pour déployer un matériel de secours de grande ampleur.

Les mesures prises avançaient, lorsque plusieurs groupes de malheureux essayèrent de franchir l'obstacle, pressés de nous rejoindre ; mais les bourreaux réagirent astucieusement en les frappant cruellement, s'efforçant dans la lutte de les jeter au fond du sinistre fossé, d'où fuyaient les victimes, prises d'une terreur frappante.

Active et délicate, Zénobie ordonna le lancement de faisceaux lumineux de l'autre côté pour les sauver, afin de retirer le maximum de souffrants d'une situation aussi terrible, mais l'ordre fut suivi d'odieuses représailles. Les génies diaboliques devinrent plus durs. Les âmes misérables s'élancèrent en bandes et cherchèrent à s'accrocher aux extrémités éclairées qui atteignaient la marge opposée, comme les bords d'un pont illuminé et accueillant, alors que les coups et les heurs se multipliaient. Pour les empêcher de se sauver, une foule d'entités perverses retenaient les prisonniers affligés avec une recrudescence évidente de cruauté. Nos efforts se poursuivirent pendant de longues minutes. Finalement, constatant que cette tentative était inutile et ne faisait qu'augmenter l'agressivité des bourreaux, sœur

Zénobie qui gardait son calme, s'inclina, décida de recueillir le matériel utilisé pour l'opération de rédemption.

Les prières éplorées des victimes se mêlaient aux injures des oppresseurs, nous peinant sincèrement.

Une fois que le matériel inutilement utilisé fut rassemblé, la dévouée directrice fit signe à un serviteur de lui apporter un petit appareil destiné à amplifier le son de sa voix, et s'adressant à l'abîme leur fit sur un ton pausé :

– À vous qui êtes nos frères d'humanité, que la paix divine soit avec vous !

Sa voix eut une forte répercussion sur la foule. Elle résonnait loin comme si elle était adressée aux âmes qui se seraient trouvées endormies à de lointaines distances.

Sans démontrer la moindre impatience ou le moindre signe de mécontentement, elle poursuivit :

– Réjouissez-vous, ô cœurs de bonne volonté ! Mais pardessus tout, ayez confiance en la protection de Notre Seigneur Jésus. Vos douleurs brisent nos cœurs, les incompréhensions et les souffrances auxquelles vous vous livrez, distantes de la loi divine, nous touchent de près, et si nous ne traversons pas le noir fossé qui est entre nous dans une tentative suprême de vous sauver temporairement du mal, c'est que nous sommes aussi des compagnons de lutte sans immunités angéliques, détentrices de possibilités limitées pour protéger nos semblables ! Réjouissez-vous néanmoins, et attendez, confiants, que se manifeste dans votre intérêt le feu qui consomme dans cette région moins heureuse où tant d'intelligences perverses piétinent les commandements du Père et méprisent ses bénédictions de lumière. Demain même, le pouvoir suprême se manifestera.

Elle fit une petite pause et continua :

– Voilà plus de cinq ans que le Foyer transitoire de Fabian agit avec persévérance dans ces zones de ténèbres et de souffrance pour amener les âmes perdues à profiter de l'occasion bénie de recommencement à travers le travail dignifiant où il y a toujours moyen d'effacer les erreurs du passé en régénérant les chemins de l'avenir. Depuis presque deux mille ans, nous enseignons le bien et la vérité pour préparer les cœurs à l'avenir rédempteur. S'il est indéniable que beaucoup de frères ont profité de notre humble soutien en acceptant le remède nécessaire à leur transformation, la majorité d'entre vous a toujours fui notre influence, a dédaigné notre aide, refusé notre collaboration, méprisé nos services, préféré la discorde, la persécution et dressé des obstacles en tout genre. Néanmoins, mes amis, le refuge de Fabian est à nouveau à votre disposition jusqu'à demain, aux premières heures.

Vu le ton grave qu'avait pris sa voix et réfléchissant peut-être à la teneur de cet avertissement, les pervers et les déséquilibrés se turent. Les plus pervers se mirent à nous dévisager partagés entre la crainte et le doute.

Après un cours intervalle, Zénobie continua, profondément émue :

– Nous ne combattons pas corps à corps avec l'ignorance audacieuse et malheureuse, parce que la mission que le Maître nous a confiée est un devoir d'amour et non de querelle. Nous avons été désignés pour faire le bien et nous déplorons que des frères terriblement malheureux nous résistent et plongent dans le bourbier de la révolte personnelle. Malgré tout, nous ne saurions les condamner. Ceux qui essayent d'échapper aux lois éternelles se rendent déjà suffisamment malheureux. La récolte de leur triste semence sera amère. Ils mettront du temps à extraire les épines empoisonnées qu'ils auront eux-mêmes enfoncées dans leur cœur. Pourquoi les combattre puisqu'ils sont déjà vaincus dès le premier défi qu'ils ont lancé à la Divinité ? Pourquoi les torturer s'ils sont persécutés par les fantômes créés par leur propre révolte et leur propre démence ? Le Seigneur tout puissant qui aime les justes et corrige les injustes fera en sorte qu'apparaisse demain dans le ciel la tempête rénovatrice. L'asile de Fabian recevra dans quelques heures les créatures de bonne volonté. Mais il sera inutile de se tourner vers lui sans intention substantielle de se modifier dans le bien. Il ne suffira pas d'implorer de l'aide pour être recueilli. Notre maison de paix chrétienne est également un temple de travail chrétien et l'hypocrisie ne peut altérer son ministère sanctificateur. Nos défenses magnétiques fonctionneront rigoureusement et seuls les cœurs sincèrement intéressés par leur transformation personnelle en Jésus Christ auront le mot de passe indispensable pour entrer. En vain, les entités endurcies dans le crime et dans l'indifférence supplieront de l'aide.

Les bourreaux fixaient leurs victimes avec une expression odieuse.

Intrépide, la sœur Zénobie continua malgré tout de s'adresser aux infortunés en particulier :

– Supportez vos cruels bourreaux pour quelques heures encore et profitez de la prière pour ne pas manquer d'énergies intérieures. Nous n'avons pas besoin de nous battre corps à corps, ni de défense destructrice, mais de résistance comme le divin Maître nous en a donné l'exemple. Tolérez les ennemis gratuits du bien, les désespérés et les malheureux qui nous persécutent et nous maltraitent en priant pour eux, parce que le pouvoir rénovateur se manifestera en les invitant par le biais de la souffrance à se repentir et se convertir.

Ensuite, exprimant dans ses yeux lucides de l'optimisme et du bonheur, l'orienteuse adressa une émouvante prière aux habitants de l'abîme que nous accompagnâmes avec des larmes pleines d'émotion.

Sur l'autre marge, les visages angoissés nous suivaient attentivement, tandis que les adversaires impénitents de la lumière restaient silencieux. Entre-temps, les prisonniers de la douleur ne cessaient de demander de l'aide, mais conformément aux ordres de sœur Zénobie nous éteignîmes les lumières, et nous prîmes le chemin du retour.

À d'autres occasions, lorsque se terminaient de surprenants incidents, une quantité énorme de questions assaillaient mon esprit prompt et curieux, mais cette fois, j'étais triste.

L'extension de la lutte hantait mon âme. Les souffrances de l'ignorance, en fait, n'avaient pas de limites et tout abus du libre arbitre individuel trouvait une punition spontanée dans les lois universelles. De toute évidence, ailleurs, d'autres abîmes comme celui-là devaient être pleins de victimes et de bourreaux.

Ah ! Moi aussi, je gardais dans mon cœur l'arrière-goût des vicissitudes humaines ! Moi aussi j'avais beaucoup souffert et j'avais fait souffrir ! De vigoureuses réminiscences de l'existence charnelle vivaient toujours en moi. Silencieux, l'âme tournée vers le Christ de Dieu, je méditai sur la grandeur de son sublime sacrifice, je restai à penser aux cruels persécuteurs, aux pauvres persécutés de la vallée des ténèbres, et je demandais au Seigneur, du fond de mon cœur fragile et opprimé, pour qui je devais pleurer le plus intensément.

9
Louange et gratitude

Les résultats de notre visite dans l'abîme semblaient d'emblée plutôt minimes, néanmoins, pris d'une nouvelle vigueur, nous étions satisfaits.

Sur le chemin du retour, à longer les marais tout en restant très vigilants, car nous n'étions pas à l'abri d'une surprise, nous fîmes tout le parcourt en silence.

Alors que nous approchions de l'institution, après avoir traversé la zone dangereuse, sur un ton émouvant, sœur Zénobie prit la parole pour nous remercier. Une fois qu'elle eut exprimé sa reconnaissance, elle souligna d'une voix joyeuse :

– Heureusement, notre travail a été béni et productif. Les nouveaux coopérateurs trouveront peut-être cette remarque étrange puisqu'à l'évidence, les brancards sont revenus vides. Cependant, une chose plus importante s'est produite que l'éventualité de ramener quelques frères malheureux. Je me rapporte à la semence des vérités éternelles dans les cœurs ignorants, au fait d'avoir donné de l'espoir aux découragés et à ceux qui éprouvent de la tristesse. Nous ne sommes pas des apologistes de la violence, mais des semeurs de bien, et naturellement, pour garantir une bonne récolte, il faut à la base que la semence soit faite correctement. Les enseignements édifiants plantés dans la terre de la compréhension ouvrent de nouveaux horizons éclairés à la réflexion des nécessiteux et des souffrants. Cette nuit encore, ils seront nombreux à cultiver intensément les principes rénovateurs reçus en leur for intérieur, et demain probablement, leurs conditions vibratoires seront appropriées, ce qui leur permettra d'être internés dans notre asile. Mais le principal pour nous, c'est que chacun avance de lui-même pour qu'à l'avenir, lors des services naturels de régénération, ils ne disent pas qu'ils y ont été poussés. De toute part, nous trouverons la compassion et la justice de Dieu.

Puis, elle eut un sourire bienveillant, et ajouta :

– La compassion, fille de l'amour, cherchera toujours à tendre le bras qui sauve, mais la justice, fille de la loi, ne renonce pas à l'action qui rectifie. Nous devons nous en remettre à la miséricorde pour résoudre les situations les plus déplorables. De toute manière, l'ordre légal de l'univers s'accomplira invariablement. En vertu de cette réalité, il est juste que tout fils de Dieu assume ses responsabilités et prenne de lui-même ses décisions.

Cette clarification était logique et réconfortante. Nous aurions souhaité qu'elle poursuive ses commentaires ; néanmoins, nous nous approchions du Foyer transitoire qui était déjà en vue. Nous atteignîmes les environs du parvis, mais à cet instant, je restai admiratif devant l'agitation qu'il y régnait.

Une foule d'entités allaient et venaient. Presque toutes entraient dans l'organisation secouriste ou en sortaient en petits groupes. Des vieillards soutenaient des jeunes qui semblaient indécis, titubants. Des enfants nimbés de lumière guidaient des adultes au visage sombre comme le feraient de petits guides d'aveugles aimants.

Le tableau était beau et attendrissant. Peut-être parce qu'elle nota les sentiments qui étaient en moi, la directrice de l'institution s'avança, et m'expliqua de manière attentionnée :

– Nos amis de la croûte terrestre, partiellement libérés de la chair du fait qu'ils sont endormis, viennent jusqu'ici, toutes les nuits, apportées par des compagnons spirituels afin de recevoir le secours et les conseils qui leur sont nécessaires. La maison offre les moyens de rencontres opportunes.

Je n'arrivais pas à masquer ma surprise devant la scène merveilleuse que j'avais sous les yeux ; ivre de voir la sollicitude manifestée par les bienfaiteurs désincarnés pour tous ceux qui venaient des cercles terrestres plus denses.

Une fois la zone magnétique de défense traversée, nous nous confondîmes avec les passants. Non loin de moi, un garçon charmant d'une dizaine d'années, revêtu d'un gracieux halo de lumière, guidait une femme qui avançait d'un pas incertain. Elle semblait malade, on aurait dit qu'elle était incapable de se contrôler. Le petit, néanmoins, tenait fermement sa main droite et, après avoir respectueusement salué la sœur Zénobie, il fit à la femme hésitante :

– Par ici, mère ! Par ici ! Viens, n'aie pas peur.

À l'entendre, interpellée, elle sembla s'éveiller d'un beau rêve et se mit à crier à moitié inconsciente :

– Mon petit, mon petit ! Ne me laisse pas repartir. Je veux toujours être avec toi, toujours !...

Ces expressions de tendresse se mêlaient à de copieuses larmes. Je la fixai du regard. La pauvre mère ne nous voyait pas. Elle le suivait, craintive et indécise. Ses yeux, qui versaient de grosses larmes, restaient prisonniers à contempler son l'enfant, et révélaient une tendresse maternelle suprême empreinte de nostalgie d'avoir retrouvé l'objet de son amour qu'elle avait cru à jamais perdu.

– Mère, marche ! N'hésite pas ! – lui disait l'enfant exultant de joie.

– J'arrive, mon fils ! Je te suivrai, guide-moi ! – lui fit-elle sur un ton maternel noyé d'une sublime émotion.

Peut-être parce qu'ils étaient habitués à de telles scènes, mes compagnons discutaient entre eux de manière distraite. Quant à moi, je suivis les yeux larmoyants, l'enfant affectueux qui soutenait sa mère jusqu'à ce qu'ils disparaissent par une des portes latérales.

Je ne pus retenir la surprise qui me dominait. Je pris le bras du père Hippolyte et je lui demandai :

– Mon ami, où sont allés la femme et le garçon ?

Il esquissa un geste significatif d'étonnement et répondit :

– Je ne les ai pas vus.

Je lui décrivis donc la scène qui m'avait tellement attendri tout en ajoutant des considérations personnelles.

Compatissant, l'ancien prêtre me sourit et ajouta :

– Écoute, André, il y a tant de mères et d'enfants qui circulent par ici !... Ce garçon, comme tant d'autres, conduisait certainement sa mère au poste de secours.

Je n'eus pas le temps de faire d'autres commentaires.

Notre groupe atteignit la porte d'admission et deux amis s'approchèrent d'un air bienveillant. Il s'agissait de Gotuzo et d'un autre frère que je n'avais pas encore rencontré.

Poliment, ils nous saluèrent.

Peu après, Gotuzo s'adressa à la directrice pour lui annoncer que les services de collaboration sur terre, auprès des techniciens qui organisaient certaines réincarnations expiatoires, avaient été exécutés de manière satisfaisante.

Zénobie le remercia et les invita à se joindre à notre prière de louange et de gratitude au Père Tout-Puissant.

Nous pénétrâmes dans la salle consacrée où la directrice prit connaissance des mesures mises en œuvres durant sa courte absence et s'assura que tous les abrités étaient bien là pour participer à la réunion générale de prières et de ressources magnétiques mise en place quelques minutes auparavant.

Des signes sonores convoquèrent les collaborateurs à l'action de grâces.

Délicate et active, Zénobie nous disposa autour d'une énorme table derrière laquelle il y avait un grand écran transparent.

La communion de la maison était admirable ! Les dirigeants des différentes sections qui se partageaient les activités de l'institution étaient présents pour la tâche de congratulation.

La directrice nous informa aimablement que des travaux de prières étaient réalisés toutes les nuits pour les réfugiés et pour le personnel administratif. De plus, elle souligna qu'avec ces derniers, elle se réunissait en personne avec tous les chefs adjoints de l'organisation que leur service rendait disponibles. À cette occasion, nous étions trente-cinq créatures, livrées au doux magnétisme de cette femme qui savait si bien s'acquitter de sa mission éducative sublime. À la tête de la table en question entourée de fauteuils confortables que nous occupions sur deux rangées, rayonnante, Zénobie s'assit face à l'écran constitué d'un tissu diaphane comme une fine gaze. Trente-cinq esprits désireux de recevoir la lumière divine étaient rassemblés autour d'elle pour recevoir des vibrations de reconnaissance et de paix.

Tout près de moi, Gotuzo était plongé dans une profonde méditation.

L'instructrice nous demanda d'accompagner mentalement ses paroles, et elle entama une oraison impressionnante et sublime :

– « Seigneur de la vie, nos cœurs débordants de joie te remercient des bénédictions que nous recevons chaque jour !

« Permets que nous nous réunissions, en ton nom, en cette nuit bénie de bonheur et d'espoir pour te manifester notre gratitude impérissable.

« Nous ne te demandons pas, Seigneur, des avantages et des bénéfices pour nous, riches que nous sommes de ta lumière et de ta miséricorde, mais nous supplions ton auguste cœur que nous soient accordés des dons d'équilibre et d'équité pour que nous sachions distribuer ton divin héritage et ne dissipions pas, en vain, la gloire de tes grâces. Fortifie notre sentiment d'harmonie pour que nous soyons les collaborateurs loyaux de tes desseins sacrés.

« Élève-nous de l'abîme du passé par ta bonté vigilante, car nous sommes ici pour te servir ! Néanmoins, Père, pliant sous le poids des inclinations humaines que nous avons cultivées par nos égarements émotionnels durant des millénaires, nous ne pouvons renoncer à ta discipline et à ta force paternelle. Donne-nous la saine influence dont nous avons besoin pour que nous arrivions à nous libérer ! Magnétisés par nos souvenirs du passé, nous ne comprenons pas toujours ta volonté souveraine et judicieuse. Fais taire notre personnalisme inférieur pour que la conscience de l'univers éclaire notre cœur. Soutiens notre raisonnement pour que nous ayons une plus grande compréhension, fais-nous vibrer en harmonie avec tes pensées divines !

« Tu as mis dans notre bouche le verbe constructif, tu as rempli notre âme de lumière et de tranquillité pour que nous collaborions à ton œuvre. Dans ce refuge d'amour fraternel, tu nous as donné des compagnons dévoués au bien et sous notre humble responsabilité, tu as placé la foule des affligés et des souffrants.

« Ô Seigneur ! Comme nous sommes heureux de pouvoir apporter en ton nom la consolation et éclairer nos semblables ! Toutefois, nous implorons ton inspiration et nous te demandons de nous guider face à la responsabilité que représentent ceux qui reçoivent la joie du salut ! Enseigne-nous à agir impartialement ; insuffle-nous le respect de l'autorité que tu nous as donnée ; aide-nous à détacher notre esprit des créations individuelles pour que nous te sentions plus près dans notre effort collectif d'élévation commune ! Et chaque fois que nos actes traduisent une interférence déplacée de libre arbitre dans l'exécution de tes lois, corrige-nous sévèrement pour que nous ne persistions pas dans l'erreur. Nous sommes tes enfants fragiles et confiants ! Toutes tes résolutions, à notre égard, sont excellentes et belles. Accorde-nous, donc, une vision suffisamment large pour que nous ayons conscience du bonheur de tes desseins, quels qu'ils soient !

« Nous sommes les humbles serviteurs de ta glorieuse sagesse !

« Dans ce nid de paix réconfortante, nous recevons, de mille manières différentes, les ressources de ta présence indirecte grâce auxquelles ceux qui pleurent et souffrent sont soignés.

« Ô Père compatissant ! Est-il un plus grand bonheur que celui de répandre avec Notre Seigneur Jésus-Christ tes bénédictions rédemptrices et aimantes ? Quel choix est plus riche que celle qui se trouve en ces lieux où nous apprenons, exultant de joie, à exercer le don sublime de donner ? »

Alors qu'elle s'adressait à Dieu pour évoquer les réalisations particulières effectuées cette nuit-là, la voix noyée par l'émotion, l'instructrice s'interrompit. Nous étions tous émus, et ce ne fut qu'après une longue pause qu'elle poursuivit :

– « Parce que tu dilates notre joie, que tu stimules notre courage, que tu sanctifies notre espoir, tu permets toujours, Seigneur, que notre cœur désireux de réconforter, console les chers Esprits qui se sont éloignés de nous à travers le temps ! »

La directrice fit une nouvelle pause. Puis, elle donna une intonation plus douce à ses paroles et finit par conclure :

– « L'âme tournée vers ta magnanimité, nous t'adressons une reconnaissance infinie !

« Soit loué à jamais, soit glorifié par tous les êtres de la création ! Tes serviteurs en ces lieux d'édification remercient les occasions précieuses de travail que tu leur offres et comptent sur la suite de tes bénédictions. Que ta lumière illimitée se reflète dans tout l'univers infini ! Ainsi soit-il ! »

Les dernières phrases de cette prière inoubliable furent marquées d'une profonde émotion mêlée de joie. À ce jour, cette prière fut le plus bel acte de louange qu'il m'ait été donné d'entendre. Zénobie se réjouissait de l'occasion qu'elle avait eue de servir, du bonheur d'avoir été utile, de pouvoir faire le bien.

Ces minutes d'adoration élevèrent notre esprit. Une douce lumière rayonnait de notre front en harmonie avec ces pensées.

Une fois la manifestation de congratulations achevée, la directrice nous recommanda de garder le silence et d'observer. Quelques minutes plus tard, l'écran se dépliait devant nos yeux comme pour répondre à notre effort dévotionnel. Il s'illumina brusquement, expulsant des rayons d'une luminosité merveilleusement bleue qui se répandirent sur la petite assemblée comme de minuscules saphirs éthérés. Ils me donnaient l'impression qu'une énergie divine tombait sur nous, pénétrait notre for intérieur et revitalisait notre être.

Après quelques minutes, traduisant le sentiment général, d'une voix pleine d'émotion Zénobie remercia les dons prodigués.

Un nouveau moment de silence s'installa dans toute la salle. Toutefois, après un long moment d'attente plus intense, Luciane prit la parole et s'adressa à la directrice en ces termes :

– À cet instant, je vois sur l'écran des bénédictions un vieillard respectable entouré d'une lumière verte argentée. Il tend sa main droite pour vous bénir et me demande de vous dire qu'il s'appelle Bernardin.

– Ah ! Je sais – répondit l'instructrice satisfaite –, c'est le messager du Foyer rédempteur de Fabian. Que Jésus le récompense de la joie qu'il nous apporte.

– Le visiteur éclairé vous affirme – reprit la clairvoyante serviable – que les vibrations ambiantes tendent à présent vers les sphères inférieures et qu'il ne réussira pas à se rendre visible à tout le monde, comme il le souhaiterait. Il ajoute que les amis de l'institution veillent à la bonne marche des services et que la source de bonté divine fournira toujours la paix et les moyens requis à tous les cœurs de bonne volonté afin de semer le bien.

Puis, il fit une courte interruption. Luciane en profita pour faire un petit commentaire nous informant, émue :

– Silencieux, l'émissaire nous contemple, et élève ses yeux au Ciel pour demander la lumière de la compréhension divine pour nous tous.

Nous vîmes alors une abondante émission de rayons lumineux verts par le biais d'une substance diaphane briller à nouveau comme une pluie de petites gouttes célestes.

Une fois terminée l'extériorisation de la sublime énergie porteuse de bien-être, à nouveau, le silence se fit pendant quelques minutes, puis Luciane reprit ses commentaires avec la directrice :

– Ma sœur, l'écran s'illumine à nouveau. Cette fois, nous avons la visite d'une entité céleste bienheureuse. Oh ! Son allure est ravissante ! Elle porte un magnifique bouquet de lys blancs qui exhale un parfum enivrant.

Alors que Luciane n'avait pas complété ses informations, au milieu d'une clarté blanche qui s'échappait de l'écran, nous pouvions sentir tout l'arôme caractéristique des fleurs mentionnées nous remplissant d'une vague de joie et de paix indescriptibles.

Impressionnée à son tour, Luciane continua :

– La messagère porte une tunique de velours taillée dans un délicat tissu qui ressemble à de la poudre de neige. On dirait qu'elle fait une prière de remerciements…

– À présent, elle nous regarde avec bonté – poursuivit-elle en reprenant la parole –, et nous jette les fleurs qu'elle a apportées avec une indicible affection ! Elle dit quelque chose… Oh ! Oui, avec l'autorisation de nos supérieurs, elle désire entrer en communication avec le frère Gotuzo et sollicite notre coopération !

Je ne pus cacher ma surprise concernant le déroulement des travaux dans cet office de gratitude et de louange.

Sœur Zénobie, qui avait naturellement une grande expérience des activités d'échange, intervint pour dire :

– Oui, Luciane, autant que possible, cède lui ton véhicule de manifestation puisque l'atmosphère est encore très lourde. Dans d'autres circonstances, cette mesure ne serait pas nécessaire, mais les substances denses du plan qui sont chargées de forces négatives, ont une incidence sur l'appareil de bénédictions, et nous forcent à participer personnellement plus directement. Nous sommes prêts à recevoir cette émissaire dévouée dans cette maison de paix. Avec Gotuzo, nous nous mettons à sa disposition afin d'entendre son message d'amour.

L'infirmière, qui avait de plus grandes facultés pour voir que nous, fit observer de manière touchante :

– Elle dit s'appeler Léticia, et déclare qu'elle est désincarnée depuis trente-deux ans, de plus, elle affirme être la mère du compagnon mentionné.

D'autant plus émue et révérencieuse, elle souligna :

– Ah ! À présent, elle s'éloigne de l'écran et vient vers nous. Elle s'avance. De ses mains jaillissent des rayons de lumière sublime. Elle m'étreint ! Oh ! Comme vous êtes généreuse, dévouée bienfaitrice !... Oui ! Je suis prête, je céderai avec plaisir !...

À cet instant, le visage de Luciane se transforma. Elle avait un sourire béat sur les lèvres. Son front irradiait une belle lumière. D'une voix très différente, l'émissaire se mit à parler par son intermédiaire :

– Frères, que la paix de l'Agneau divin soit avec nous ! Nous ne souhaitons pas déranger la réunion qui vous réunit dans le but de servir de manière impersonnelle la vérité et le bien ; cependant, avec l'autorisation de nos orienteurs, je viens à la rencontre d'un être qui nous est très cher afin d'éveiller sa conscience aux horizons plus élevés de la vie.

Puis, elle eut un sourire bienveillant, et continua :

– Pardonnez-nous donc, dévoués amis ! Nos expériences les plus élevées résultent de l'échange incessant de valeurs communes. Le cœur qui aime en le Christ est une abeille ouvrière qui récolte le miel de la sagesse sur toutes les fleurs d'amour et de travail. C'est avec plaisir que je récolterai dans l'âme fraternelle de cette assemblée de collaborateurs de la volonté divine des éléments de tolérance et de compréhension. Je serai heureuse de pouvoir offrir un peu de la tendresse maternelle que je garde dans mon cœur affamé de vie supérieure.

Elle marqua une petite pause entre les salutations et l'objectif de sa présence parmi nous. Puis, elle s'adressa, en particulier, au collègue qui recevait sa visite. Ce fut avec une très grande tendresse qu'elle s'exprima :

– Gotuzo, mon fils, je serai brève. Avant de t'avertir, j'ai prié le Seigneur de te bénir et de toujours t'inspirer. Écoute, sans passion, les paroles de ta mère et de ta vieille amie. Abandonne tes vieilles idées pour mieux appréhender ce qui t'entoure. Les conceptions inférieures de notre « moi » se cristallisent aussi, empêchant la pénétration de la lumière dans notre for intérieur. Écoute, mon fils ! Comment peux-tu mépriser la sainte opportunité d'élévation qui t'est donnée ? Comment peux-tu rester à te reposer face aux besoins primordiaux de l'esprit ? Le Maître profite des qualités utilisables du disciple dans certains domaines d'apprentissage, et reporte, par miséricorde, l'amélioration et le perfectionnement de certaines zones obscures de la personnalité. Parfois, l'apprenti stagne pendant des mois, des années, des siècles… Jésus n'est pas le Seigneur de la violence, par conséquent, il n'impose jamais l'œuvre évolutive de manière drastique. C'est le cultivateur du travail, de l'espoir. Compatissant et bon, il attendra toujours que nous nous décidions à collaborer à son apostolat rédempteur, il supportera nos erreurs de nombreuses fois. Cependant, dans notre intérêt nous devrons rester vigilants à ses enseignements et rester sincèrement disposés à les appliquer. Sans aucun doute, il ne nous enverra pas des éclairs destructeurs parce que nous tardons à excuser notre prochain ; toutefois, il a recommandé de pardonner soixante-dix fois sept fois. Naturellement, il ne les persécutera pas du fait de notre difficulté à sympathiser avec des frères actuellement moins heureux que nous. Cependant, il s'est efforcé de faire en sorte que nous nous aimions les uns les autres. Il ne viendra pas, en personne, nous obliger à assumer une attitude évangélique particulière, mais il a tracé toutes les dispositions nécessaires pour que nous pratiquions le bien. L'effort que tu fais dans ton activité médicale en ces lieux est assurément appréciable. De dignes compagnons te suivent par amitié et avec admiration. Les valeurs qui t'entourent se multiplient. Tu accumules les excellences et les bénédictions relatives aux acquisitions affectives, mais…, et ta destinée ? Malgré la lumière qui brille dans leur caractère sanctifié, tes amis ne peuvent prendre ta place face aux réalisations qui t'attendent. Tes agissements instruisent et consolent. Mais tes pensées les plus intimes lacèrent ton cœur. Comment conduire des malades à la guérison si tu continues meurtri par ceux qui t'ont apparemment blessé ? Comment donner des leçons pour encourager ceux qui sont attristés, si tu t'attardes autant de temps dans l'illusion de l'accablement ? Ô fils aimé, personne ne sert l'œuvre du Père avec l'esprit plongé dans le vin amer des passions ! Ouvre ton entendement au passage des bénédictions divines ! Ne garde pas de vers destructeurs dans le jardin de l'espoir… Tu gâcherais les plus belles fleurs en annihilant la promesse des fruits…

Puis, la messagère s'interrompit, pendant un moment, comme pour coordonner ses idées, et poursuivit :

– Il n'est rien de plus raisonnable que de t'attarder dans cet asile d'amour pour collaborer à la guérison de déséquilibrés mentaux, loin des cercles plus denses. Cependant, ne prétends-tu pas rejoindre l'au-delà ? Es-tu satisfait de rester prisonnier de la stagnation, malgré le caractère édifiant du travail à réaliser ? Ne désires-tu pas te libérer pour libérer à ton tour les prisonniers de l'ignorance ? Pourquoi ne pas demander au plan supérieur d'être plus utile à ceux qui essaient de monter les marches qui leur révéleront la lumière immortelle ? Ce n'est pas avec l'impertinence affectueuse d'une mère que je te parle à présent. Aujourd'hui, nos liens concernant le passé sont très divers. Nous sommes, tous deux, les enfants du Très-Haut, pour autant ma dévotion pour toi n'en est pas moindre, me semble-t-il. Je ne t'abandonnerai pas aux inclinations moins élevées aussi justifiables soient-elles dans le cadre des conventions purement humaines. C'est la raison pour laquelle, je souhaite connaître tes projets. Tu as collaboré spontanément et assidûment aux tâches du bien. Tu es un travailleur qui a le droit de découvrir ses erreurs et de rectifier son chemin. Néanmoins, écoute-moi mon fils, et comprends-moi : J'intercède auprès des autorités qui régissent nos destinés pour que ta conscience s'éveille à la lumière divine. Le groupe familial, aimant et inoubliable, t'attend pour préparer le bonheur à venir !...

Les paroles prononcées exprimaient un grand nombre de considérations qui ne peuvent être évoquées ici. Chaque idée contenait une vague de pensées très expressive qui révélait indirectement les vénérables objectifs de la visite maternelle.

Après une longue pause, Léticia lui demanda délicatement :

– Que réponds-tu à cela, mon fils ?

Un émouvant silence s'installa. Gotuzo pleurait, sa respiration était oppressée et ses sanglots difficilement contenus. Au bout de quelques instants, il répondit humblement :

– Ma mère ! Ma bonne mère ! Je suis prêt !

La communicante, dont nous sentions la présence sans pouvoir la voir, visiblement émue, lui fit :

– Je rends grâce au Seigneur de ta compréhension. Oui, mon fils, nous prendrons toutes les mesures indispensables. Prochainement, tu retourneras au groupe familial. Prépare-toi, tout en sachant que la lutte est indispensable à l'illumination. L'institution domestique, légitimement considérée, est le grenier qui renferme des valeurs éducatives suprêmes pour ceux qui cherchent les intérêts divins avant les cogitations humaines. Le foyer terrestre est la forge bénie de la rédemption. Tu retrouveras les sympathies et les antipathies d'autre temps qui t'offriront d'heureuses possibilités de réajustement émotionnel. Récapitule mentalement les leçons apprises, demande l'inspiration de Jésus et sois prêt à partir tranquillement. Ne te décourage pas face à la tâche à accomplir. Nous sommes des millions de créatures à convoiter l'occasion de sanctifier nos sentiments. Dans le passé, nous procédions rarement en obéissant aux principes dictés par la loi. Si nous savions extérioriser de l'estime, nous nous perdions aussi dans les excès des passions comme des gaspilleurs d'affection ; si nous étions capables de nous corriger, nous cédions aussi à la cécité de la haine comme pris d'un égoïsme féroce. Il faut prendre le chemin du retour pour conquérir l'équilibre spirituel nécessaire à l'élévation.

En larmes, Gotuzo n'arrivait pas à parler. Mais laissant percevoir qu'elle captait ses pensées les plus intimes, celle qui fut sa mère souligna après un long intervalle :

– La femme dévouée que tu as laissée sur la terre ne pourra être ta mère ; néanmoins, ce sera une tendre grand-mère pleine d'expérience. Ton adversaire gratuit, ce pauvre homme qui s'est livré à la jalousie et à une ambition destructrice, recevra tes baisers infantiles et avec eux les effluves de ton pardon rénovateur. Quel cœur abusé par ses mauvais sentiments ne plierait pas face aux transformations de la vie ? Celui qui fut ton ennemi se trouve face, à présent, au déclin des illusions. Son âme traverse actuellement le portique d'accès à la vieillesse du corps temporaire. À l'inverse des doux souvenirs qui caressent l'esprit, il subira des réminiscences affligeantes. Ta présence atténuera ses peines. Tandis que les maladies du déséquilibre tortureront sa chair et que les souvenirs amers puniront son esprit, tu seras le petit-fils réconfortant, le messager de la paix sous forme d'enfant. Nous t'aiderons à lui consacrer de l'attention et ton affection. Entre le désenchantement du corps fatigué et la tendresse infantile, l'Esprit arrive à de sublimes réalisations pour la vie éternelle.

Elle fit un nouvel intervalle, puis continua :

– Dans le cadre de cette existence humaine, ton futur père est un cœur qui t'est très cher, il recevra le concours affectueux et décisif d'un fils aimant qui s'élèvera à de nobles distinctions morales grâce à la précieuse stimulation de ta compagnie. Ton retour lui insufflera un plus grand respect du monde et de ses semblables. Il désirera cultiver des vertus et des valeurs pour que tu le bénisses de la paternité. Il pleurera de tes douleurs, rira de tes joies. Il se sentira un nouvel homme au contact de tes mains minuscules. Ton effort à venir, après les réalisations que tu viens d'accomplir, bénéficiera tout le groupe familial dans la tâche bénie que tu n'as pas pu réaliser lors de ton existence passée. Ô mon fils ! Est-il un plus grand bonheur que de pouvoir liquider nos dettes et partir unis vers les joies du cantique immortel d'intégration avec la Divinité ? D'autres écoles bien plus belles nous attendent, d'autres gloires nous rendront heureux pour toujours ! Suivons notre route vers Dieu !…

À cet instant, elle cessa de parler, peut-être était-elle prise d'une profonde émotion.

Respectueux et humble, Gotuzo supplia sœur Zénobie de le laisser s'approcher. Une fois qu'il eut reçu son approbation, il s'avança vers le fauteuil où Luciane interprétait la personnalité maternelle. Il s'agenouilla pour lui baiser les mains.

Pleine de bonté, Léticia lui fit :

– Lève-toi, mon fils… Je sais que tu m'aimes intensément. Néanmoins, certains de nos frères attendent ton estime et ta compréhension. Je ne viens pas seule à ta rencontre. Alors que je me préparais à te rendre visite, j'ai sollicité la comparution d'une personne venant des sphères plus denses pour acquérir la certitude de tes bonnes dispositions. Pour que notre bonheur soit complet, il ne suffit pas que tu m'embrasses et que tu m'admires. Il est indispensable que tu t'approches fraternellement de ceux que tu ne sais pas encore aimer. Quelqu'un va venir nous parler dans quelques minutes. Les portes de cette maison de bénédictions s'ouvriront dans l'intérêt de notre congrégation familiale. Attends.

À de tels commentaires, Gotuzo attendit anxieusement.

À notre grande surprise, au bout de quelques secondes, deux dames pénétrèrent dans l'enceinte. L'une était plus âgée, elle révélait la condition élevée d'orienteuse vu le halo de lumière qui l'entourait, mais la seconde démontrait la condition obscure d'une âme incarnée qui se trouvait éloignée temporairement de son corps grâce au sommeil physique. De loin, elle reconnut Gotuzo. Immédiatement, elle démontra manquer de maîtrise émotionnelle, quelque peu inquiète, elle lui tendit les bras de manière incontrôlée, alors qu'elle s'écria :

– Gotuzo ! Gotuzo ! Quel bonheur de te revoir !

Mais elle semblait gênée par le souvenir du départ de son premier mari qui avait provoqué une situation différente, et ajouta de manière angoissée :

– Ne m'en veux pas ! Aide-moi pour l'amour de Dieu ! Ne m'abandonne pas, ne m'abandonne pas !...

Des sanglots convulsifs étouffaient sa poitrine.

Peut-être parce qu'une angoisse intime le dominait, l'interpellé garda le silence, mais Léticia intervint avec bonté. Elle se leva, résolument, et prit sa belle-fille dans ses bras pour la calmer :

– Viens, Marilia, viens contre mon cœur. Nous savons combien tu as souffert dans ton épuration spirituelle silencieuse. Nous n'avons jamais été sourds à tes prières et nous connaissons de près l'étendue des épreuves amères qui assaillent ton âme sensible.

La visiteuse de la croûte terrestre regardait la bienfaitrice, extasiée et heureuse comme si elle était en présence d'un ange bon, d'autant qu'elle n'arrivait pas à coordonner ses idées pour comprendre le phénomène en cours. À travers la luminosité de son regard, nous pouvions observer le bonheur qui baignait son Esprit qui jubilait de recevoir tant de compréhension. Après lui avoir manifesté une profonde tendresse maternelle, la vénérable amie s'adressa à notre compagnon, en ces termes :

– Mon fils, ne voulais-tu pas m'étreindre et m'embrasser ? Crois-tu que ton épouse terrestre ait moins de mérite que moi ? Considères-tu encore que la mère de tes petits effrayés, nostalgique et dévouée, n'ait pas mérité ton amour dévoué ? Persisteras-tu à oublier le bien pour aggraver le mal ? Une veuve sur la terre, très souvent, doit accepter un second mariage avec tous les sacrifices que cela comporte par respect suprême pour le compagnon qui est parti. Arrache de tes yeux le voile de l'égoïsme qui gêne ta vision et interprète simplement les exigences de la vie terrestre.

D'un geste conciliateur, elle lui confia son épouse en ajoutant :

– Aide-la pour que tu puisses être aidé. Ne refuse pas la leçon parce que l'avenir saura tout éclairer.

Peut-être, parce qu'il était magnétisé par l'affectueux avertissement maternel, Gotuzo ouvrit ses bras et l'accueillit, attentionné, comme un frère compatissant et dévoué.

Marilia l'observait en extase.

– Oh ! Quel beau rêve ! – s'exclama-t-elle, prise d'un sentiment de bonheur indéfinissable.

Puis, elle parcourut du regard le salon illuminé et s'adressa à nous tous de manière émouvante :

– J'ai peur de mon ancienne maison ! Oh ! S'il vous plaît, envoyés divins, ne me laissez pas y retourner ! Jamais ! Jamais plus !...

Mais comprenant que sa belle-fille, temporairement libérée de son corps, entrait dans une fréquence vibratoire préjudiciable à son organisation psychique en vertu des devoirs qui étaient les siens sur la sphère charnelle, Léticia lui dit en la reprenant dans ses bras :

– Écoute mon enfant : Il faut que tu partes sans tarder. Tu ne peux rester parmi nous avant que les desseins éternels ne se manifestent en ce sens. Retourne, donc, à ton lointain foyer convaincue de notre affection sans faille. Notre tranquillité accompagnera tes jours sur terre. Tu ne manqueras pas de soutien. Si tu ne peux suivre ton cher mari vu l'importunité d'un tel désir, réjouis-toi et fais confiance au pouvoir divin, car Gotuzo va bientôt te rejoindre. Très prochainement, Marilia, tes baisers formeront des perles d'amour et de bonheur sur son visage minuscule qui synthétisera pour tes espoirs de grand-mère un véritable monde de bonheur rédempteur.

Émue par la joie, la pauvre âme demanda :

– Gotuzo m'a-t-il pardonnée ?

– Il n'a jamais souffert aucun grief de ton cœur dévoué – lui fit Leticia avec bonté –, et il se souviendra toujours de toi avec amour et tendresse, de la compagne fidèle qui a protégé ses enfants bien-aimés et qui a honoré son nom entre les renoncements et les sacrifices ignorés.

– Oh ! Oh ! Quel bonheur ! – répétait l'interlocutrice qui pleurait de joie et de reconnaissance.

Puis, caressant le front de son fils qui pleurait aussi pris d'une forte émotion, Léticia le supplia :

– Dis-lui, mon fils, combien nous l'aimons ! Soulage son âme sensible et affectueuse !

Comme un enfant vaincu, notre frère lui assura :

– Marilia, jamais je ne rembourserai la dette relevant de ton dévouement. Repars, confiante, tandis que je prépare mon propre retour. Très bientôt, avec l'aide de Dieu et de notre mère bénie, nous serons à nouveau réunis sur la terre ! Demande dans tes prières que des énergies me soient accordées. Tu es en voie d'achever une pénible épreuve de rédemption, quant à mon tour, je suis sur le point de recommencer. C'est donc moi à présent qui te demande de l'aide et ta protection… Attends-moi ! Ne faiblis pas ! Nous apprendrons à forger de nouveaux sentiments, à purifier les liens affectifs, à sanctifier nos impulsions et, surtout, nous bénirons celui qui nous a apparemment blessés en soutenant notre prétendu ennemi, afin que nous devenions des frères sincères les uns pour les autres…

Tous deux pleuraient tendrement.

Ensuite, Léticia remit sa belle-fille entre les mains de son accompagnatrice qui, toujours silencieuse, la reconduisit à son corps physique.

Puis elle suggéra à Gotuzo de reprendre sa place. Tandis que l'ambiance se recomposait, elle demanda le concours de Zénobie pour préparer l'avenir de son fils.

La directrice du foyer, qui se souvenait peut-être de l'effort réalisé en cette nuit dans l'intérêt d'un cœur qui lui était particulièrement cher, ressentait une grande émotion.

– Dans cette institution, Gotuzo a des amis qui lui sont infiniment reconnaissants – lui fit Zénobie délicatement. C'est un compagnon à qui nous devons beaucoup. Nous réaliserons volontiers tout ce qui est à notre portée pour que sa nouvelle expérience soit porteuse de lumière et de bénédictions. Son bonheur ailleurs, ma sœur, sera également le bonheur de cette maison. Nous le suivrons dans son effort de récapitulation terrestre, attentifs et vigilants, non comme une faveur, mais comme un témoignage de gratitude dont nous sommes redevables pour les différentes années durant lesquelles il a coopéré avec nous de manière dévouée et assidue.

Léticia la remercia et partit en nous laissant de précieuses émanations de paix et d'enchantement.

Un autre mentor illuminé de l'organisation secouriste, identifié par Luciane qui avait réintégré sa personnalité, nous transmit, par son intermédiaire, quelques paroles de réconfort, élevées et sublimes, tout en nous adressant une pluie abondante de rayons lumineux à travers l'écran des bénédictions. Puis, il conseilla Zénobie de conclure sa tâche dans la paix du Seigneur.

La directrice prononça, alors, tendrement une prière de reconnaissance et de joie.

Édifiés et satisfaits par l'issue donnée à ces événements, sœur Zénobie nous étreignit, puis nous la vîmes aller vers Gotuzo qu'elle enlaça maternellement :

– Oh ! Ma vénérable sœur ! – dit-il, attendri – comme la récompense de la miséricorde divine est grande !... Je ne mérite pas tant ! Aidez-moi à remercier Dieu !...

– Réjouissons-nous, Gotuzo ! – répondit son interlocutrice – et louons le Père qui grandit tant notre effort incertain et infime ! Tu n'es pas le seul à avoir été récompensé aujourd'hui. À mon tour, j'ai largement augmenté mes dettes envers le Très-Haut !...

D'une voix touchée d'émotion, elle conclut finalement :

– Moi aussi, j'ai reçu une divine concession en cette grande nuit !

10
Feu purificateur

Le lendemain matin, l'administration du Foyer transitoire était en possession du programme à suivre.

Les chronomètres marquaient six heures. Pourtant, les ombres denses et monotones dominaient la région.

L'institution recevait l'aide de plusieurs serviteurs venus d'autres organisations secouristes du même ordre, tandis que sœur Zénobie était absorbée par les tâches prioritaires. Entourée d'assesseurs, elle dirigeait les activités relatives au déménagement qui approchait.

Comme je brûlais d'envie d'obtenir plus de renseignements sur les travaux en cours, j'accompagnai le père Hippolyte qui m'avait invité à surveiller les allées et venues dans l'atrium.

Satisfait, je le suivis.

Ce service exigeait de l'attention et les efforts d'un grand nombre de collaborateurs.

Harcelé par mes questions incessantes, ce cher ami m'informa :

– Les institutions secouristes, comme celle-ci, peuvent réaliser des vols d'une grande portée.

Vu ma profonde admiration, il continua :

– Cependant, nous sommes dans d'autres champs vibratoires et nous devons rester prudents. Les lois de la matière dense, nos vieilles connaissances de la croûte planétaire, ne sont pas celles qui règlent les phénomènes de la matière éthérée qui sont, elles aussi, à la base des manifestations transitoires.

L'homme incarné commence à peine à percevoir certains problèmes inhérents à l'énergie atomique du plan grossier où il se trouve temporairement. Comme tu ne l'ignores pas, les décharges électriques de l'atome éthérique dans notre rayon d'action nous permettent de réaliser des choses presque inconcevables à l'esprit humain. Au niveau corporel, pour traiter de nos énigmes évolutives ou rédemptrices, prisonniers du champ sensoriel, nous ne sommes que de faibles captifs qui se communiquent avec la vie infinie par les fenêtres étroites des cinq sens. Malgré les progrès de la recherche scientifique sur terre, l'homme ordinaire ne connaît pour l'instant qu'un huitième du plan où il passe son existence. La vue et l'ouïe, les deux portes qui peuvent dilater la recherche intellectuelle, restent excessivement limitées. Nous pouvons prendre l'exemple de la lumière solaire qui condense les couleurs de base, susceptibles d'être perçues par notre vision quand on est sur la terre. Les êtres humains ne perçoivent que les couleurs qui vont du rouge au violet. Nous devons d'ailleurs souligner que la majorité des personnes ne voit pas au-delà des cinq dernières couleurs qui sont le bleu, le vert, le jaune, l'orange et le rouge, puisqu'elles ne reconnaissent pas l'indigo et le violet. Pourtant, il existe d'autres couleurs dans le spectre qui correspondent à des vibrations que l'œil humain n'est pas en mesure de détecter. Il y a les rayons infrarouges et les ultraviolets que le chercheur humain arrive à identifier, bien qu'imparfaitement, mais qu'il ne peut voir. Il se produit la même chose avec le pouvoir auditif. L'oreille de l'esprit incarné distingue à peine les sons compris entre « 16 et 40.000 vibrations sonores par seconde ». Les ondes les plus lentes ou plus rapides lui échappent totalement. L'homme est forcé d'obéir aux lois de la gravitation et de la structure des formes dans la zone de matière dense pour que la vie atteigne ses divins objectifs spirituels.

L'ancien prêtre fit une courte pause, sourit aimablement, puis reprit :

– Les travaux réalisés dans notre sphère de lutte ne peuvent donc pas être considérés avec la même insuffisance d'examen qu'ils l'étaient dans le passé. La matière et les lois sur notre plan sont très différentes, bien qu'émanant de la même origine divine.

Les considérations évoquées étaient fort intéressantes, même si je n'étais déjà plus profane en matière d'application d'énergie électrique dans la colonie spirituelle où je résidais. Les paroles d'Hippolyte avaient le pouvoir de m'éclairer, car mon cerveau était encore encombré des réminiscences tronquées de la croûte terrestre.

Tout en reconnaissant la légèreté de la substance éthérique en comparaison avec les fluides grossiers constituant les corps terrestres, l'estimable ami attira mon attention sur l'effort colossal des ouvriers accomplissant différentes activités relatives au prochain déplacement. La mission exigeait de la bonne volonté et un ensemble d'initiatives qui aurait mis à l'épreuve l'esprit le plus fort.

Ils devaient déployer des sacrifices inouïs pour arriver à maintenir cette maison de bienfaisance isolée dans un paysage aussi sombre. La densité de l'environnement avait une influence évidente sur les actions développées, et les collaborateurs exécutaient des tâches aux proportions gigantesques.

Tout le personnel disponible avait été convoqué pour mettre en marche les moteurs et, alors que j'étais pris d'admiration devant cette machinerie complexe, indescriptible en termes de technique humaine, par l'intermédiaire de Jérôme, la sœur Zénobie nous demanda de collaborer aux défenses magnétiques afin d'employer le maximum de coopérateurs pour préparer activement le vol.

Nous n'avions pas de temps à perdre. Dans un bel exemple de renoncement fraternel, l'assistant, en personne, prit les devants et se dirigea vers les lignes de défense.

Elles n'étaient pas hautes et verticales comme les murailles des fortifications terrestres, mais étendues horizontalement, formées d'une substance obscure, et émettaient des forces électriques d'expulsion sur un rayon de cinq mètres de large, approximativement, tout autour du foyer. Différentes sources de lumière restaient allumées et, en quelques minutes, un responsable vint nous dire ce que nous devions faire.

Nous devions veiller au bon fonctionnement de certains appareils générateurs d'énergie électromagnétique destinés à l'émission constante de forces défensives. Nous devions aussi surveiller le secteur qui nous était confié afin de remédier à toute anomalie.

Alors qu'il achevait ses explications, le collaborateur affirma :

– Nous avons pour ordre de recevoir tous les malheureux désireux de se transformer, nous les laisserons entrer dans la cour intérieure. Ces dernières heures, la sœur Zénobie et les autres administrateurs de l'institution on décidé d'accueillir tous les égarés s'approchant de nous porteurs des signes manifestes de transformation morale vers le bien.

Jérôme devait être au courant des mesures nécessaires qui étaient prises ; mais dans mon ignorance, je ne pus retenir ma question :

– Mais comment être sûr de ce changement ?

Serviable, notre assistant ne laissa pas l'interpellé me répondre. Il s'avança et me fit :

– Les malheureux, déjà modifiés vers le bien, présentent des cercles lumineux caractéristiques autour d'eux. Dès lors, où qu'ils soient, ils concentrent leurs forces mentales dans l'effort pour se rectifier intérieurement. Quant aux autres, les impénitents et les menteurs systématiques, même s'ils prononcent des paroles émouvantes, ils restent confinés dans les nuages de ténèbres qui entourent leur esprit endurci et délictueux.

L'explication était suffisamment significative, je me tus, satisfait, car je compris, une fois de plus, la grandeur de la purification de la conscience face aux protestations verbales que sont les jeux brillants des paroles.

Nous étions tranquillement affairés quand un choc atmosphérique indescriptible agita le ciel obscur. Un éclair d'une extraordinaire beauté balaya le brouillard de haut en bas, nous offrant, le temps d'un court instant, un spectacle surprenant. Ce n'était pas exactement la foudre comme on la connaît sur la terre quand il y a des orages, car les décharges électriques de la nature sur le sol dense sont moins précises que l'orientation technique d'ordre invisible. Là, c'était l'inverse que l'on observait : la tempête de feu allait systématiquement commencer son œuvre.

Une angoissante terreur me domina brusquement, mais l'assistant Jérôme était si calme que sa sérénité en était contagieuse.

– C'est la première annonce du passage des désintégrateurs – nous expliqua-t-il complaisant.

À plusieurs kilomètres de distance, nous pouvions voir les éclairs du feu allumé par les étincelles électriques dans la région désolée.

Après quelques minutes, de nouveaux renforts arrivèrent pour monter la garde. Tous les serviteurs du bien qui étaient en transit dans le Foyer transitoire furent appelés à coopérer pour aider à la surveillance. L'assesseur qui les répartit dans différents secteurs d'activités leur expliqua que l'institution secouriste devait partir dans quatre heures et qu'en même temps, dans de telles circonstances, le nombre de malheureux à accourir à leurs portes serait grand. Ce à quoi il ajouta qu'ils ne disposaient pas de collaborateurs en quantité suffisante pour répondre aux tâches de l'atrium.

Avant qu'il n'ait eu le temps de nous donner plus d'explications, de nouveaux coups de tonnerre résonnèrent dans les cieux. Au loin, des incendies éclataient de toute part comme pour nous informer de son approche graduelle. Cette fois, néanmoins, j'eus la nette impression que la décharge électrique ne s'en tenait pas à la surface. Elle pénétra la substance qui était sous nos pieds, car une surprenante vibration se fit sentir en profondeur.

Plusieurs fois, j'avais écouté des voyageurs évoquer les sinistres en mer qu'ils avaient affrontés, et tous étaient unanimes à affirmer qu'il y avait une beauté cruelle dans les grandes tempêtes de l'abîme marin. C'est ainsi qu'ils assuraient que tout voyageur, même le plus incrédule, se pouvait se soustraire aux pondérations mystiques de la foi face au tourbillon bouillonnant de l'inconnu. En ces lieux, néanmoins, l'émotion était plus solennelle, les facteurs plus complexes vu le caractère pathétique du phénomène.

Peut-être était-ce pour me tranquilliser que l'assistant assura :

– Le travail des désintégrateurs éthériques invisibles à nos yeux vu la densité ambiante évite l'apparition des tempêtes magnétiques qui surgissent toujours quand les résidus inférieurs de matière mentale s'accumulent excessivement dans le plan.

Expérimenté et bon, Jérôme cherchait à m'apaiser. Sachant, toutefois, que nous n'étions pas encore face à la tourmente des forces chaotiques déchaînées au hasard, j'admets que j'avais de grandes difficultés à me consacrer aux obligations assumées du fait de mon inquiétude profonde sur ce qui se passait à l'extérieur.

Depuis la seconde violente explosion, le Foyer transitoire de Fabian était entré dans une phase anormale d'activité.

Même s'ils étaient parfaitement dirigés, les serviteurs allaient et venaient de manière précipitée. À l'intérieur, les dernières mesures étaient mises en place en profitant au maximum de chacune des minutes qui leur étaient imparties. Des appareils de communication fonctionnaient à un rythme accéléré. Dans toutes les directions, ils annonçaient ce qui se passait pour informer les voyageurs de la spiritualité supérieure de ne pas s'approcher de la zone qui faisait l'objet d'un nettoyage. Les trois quarts des collaborateurs de Zénobie s'occupaient des mesures prises pour organiser le prochain vol ou se consacraient à la mise en place des installations pour les nécessiteux qui allaient arriver en grand nombre.

Ce qui était parfaitement justifié, nous pouvions déjà entendre le vacarme assourdissant de la foule qui approchait.

D'autres bruits menaçants se succédèrent, alors que le feu se répandait sur la surface et que des énergies vibraient dans le sol que nous foulions.

Des vagues massives de malheureux atterrés commencèrent à atteindre les lignes de défense. La vue de cette foule effrayée remplie d'expectative était affligeante. Nous nous en approchâmes autant que possible.

– Au secours ! Au secours ! – criaient les malheureux serrés les uns contre les autres.

D'autres nous menaçaient :

– Fuyez ! De toute façon, nous traverserons la barrière ! L'abri nous appartient ! Avançons en force !

Et ils ne s'en tenaient pas aux mots. Ils avançaient en masse sur les bandes horizontales pour finalement reculer, épouvantés.

– Aidez-nous, pour l'amour de Dieu ! – suppliaient les moins intrépides – Par pitié, donnez-nous un abri ! Nous serons persécutés par le feu dévorateur !…

Cependant, avec une intensité plus ou moins grande tous les malheureux exhibaient les marques sombres des ténèbres autour d'eux.

L'un d'eux, toutefois, réussit à rejoindre notre groupe d'activité et je pus l'identifier. Il n'y avait pas le moindre doute. Il s'agissait du bourreau qui avait suscité tant de révolte en moi la veille. Non loin de nous, il s'agenouilla et se mit à implorer notre aide :

– Ayez pitié de moi !... Le feu me menace ! Je me repends ! Je me repends ! J'étais un pécheur, mais j'espère pouvoir compter sur votre aide pour me réhabiliter !

Ses prières auraient apitoyé le collaborateur le moins avisé. Cependant, nous avions été prévenus qu'il devait porter un halo lumineux, et nous pouvions remarquer que le mendiant était surtout recouvert de ténèbres. Luciane s'en approcha autant qu'elle le put. Elle le regarda fixement, puis elle eut un geste significatif d'étonnement, bien que discrètement elle s'exclamât :

– Oh ! Comme l'activité mentale de ce pauvre frère est horrible ! On peut voir dans son halo vital de déplorables souvenirs et des intentions destructrices. Il est effrayé, mais non converti. Il prétend se joindre à nous pour profiter des bénéfices divins, sans la moindre considération. Son aura est bien trop expressive...

Elle allait ajouter quelque chose. Mais le regard que lui lança notre assistant suffit pour qu'elle se tût, humblement, elle reprit la tâche complexe qui nous avait été confiée.

D'énormes feux se répandaient dans toutes les directions et des rayons fulgurants tombaient du ciel méthodiquement.

Nous faisions tous preuve d'une grande patience pour retenir la foule furieuse. Les formes monstrueuses et misérables qui se traînaient marquées par la noirceur nous faisaient une vive impression quand commencèrent à arriver les entités auréolées de lumière. Elles étaient vêtues de haillons et portaient les marques bouleversantes de la souffrance. Laissant percevoir qu'elles souhaitaient s'isoler des centaines de révoltés réunis là dans un mouvement d'insurrection actif, elles contemplaient le Ciel et chantaient des hymnes de révérence au Seigneur, se réjouissant de leur propre rénovation. Des chants qui étaient étouffés par les hurlements des rebelles déchaînés. À l'expression de ces entités qui portaient le signe lumineux et qui s'approchaient de nous, j'observai qu'elles s'efforçaient de garder leur pensée détournée des objurgations des révoltés. Elles craignaient peut-être que le moindre intérêt mental émis puisse créer de nouveaux liens magnétiques favorables à la domination des bourreaux. Elles cherchaient ainsi à rester indifférentes aux insultes qui leur étaient lancées par la foule malveillante et impénitente. Ces êtres formaient des groupes d'une beauté singulière. Un morceau sublime de paradis au milieu de l'enfer d'atroces souffrances ! Ils avançaient en se tenant la main comme pour échanger leurs énergies afin d'augmenter leur force vers la rédemption au moment suprême de la bataille qu'ils menaient peut-être depuis longtemps. Ce processus d'échange instinctif des forces magnétiques était une source de rénovation prodigieuse, car de ce fait ils lévitaient et se plaçaient au-dessus de la masse désorientée. Leur front était entouré d'un halo de lumière dont la clarté était plus ou moins uniforme. Pendant que des figures sinistres leur adressaient des insultes, ils chantaient des hosannas au Christ en entonnant des louanges qui, d'une certaine manière, rappelaient les joies des premiers chrétiens persécutés et flagellés dans les cirques lorsqu'ils étaient emportés sous les huées des spectateurs pervers.

Mais pour se mettre à l'abri dans l'asile de Fabian, ils devaient se poser tout près de nous qui leur ouvrions volontiers le passage. Afin d'atteindre l'atrium de l'institution, ils étaient donc obligés de briser le courant d'énergies magnétiques réciproques en se lâchant les mains. C'est ainsi que pour la plupart, après un effort aussi long, involontairement détachés les uns des autres, les nouveaux arrivants tombaient à la renverse, affaiblis, dès qu'ils faisaient leurs premiers pas dans la zone intérieure du Foyer transitoire. On aurait dit des oiseaux épuisés par une laborieuse excursion, après avoir atteint leur but et affronté les distances et les tempêtes.

En tant qu'apprenti, ce spectacle m'angoissait. Cependant, tout était prévu par les autorités administratives de l'institution.

Des infirmiers et des civières en grand nombre se trouvaient à proximité pour, immédiatement, leur porter secours.

D'admirables petits groupes d'entités transformées intérieurement par le douloureux bain de larmes sanctifiées arrivaient maintenant de partout. Pendant que les hordes féroces et ironiques habillées de ténèbres se multipliaient aussi et formaient une masse compacte qui nous cassait les oreilles avec leurs blasphèmes et leurs puissantes injures. Parmi les ingrats et les rebelles, quelques créatures agenouillées démontraient leur affliction. Notre cœur fraternel s'apitoyait de leurs appels à l'aide et de leurs plaintes amères que nous ne pouvions pourtant pas soulager d'une manière quelconque, du fait de la dangereuse condition mentale dans laquelle elles se maintenaient ; une condition qui leur imposait des souffrances réparatrices.

Quatre heures difficiles s'étaient presque écoulées, mais nous ne relâchions pas notre attention pour réaliser cette tâche délicate. À présent, le paysage était devenu plus suffocant, plus terrible… Des serpents de feu se déroulaient des cieux et pénétraient le sol qui se mit à trembler sous nos pieds. La chaleur était étouffante. En sentant les éléments qui nous entouraient chanceler, je me souvins de la description ancienne du raz-de-marée de Messine où, au summum de la terreur, face à la nature déchaînée, les victimes ne savaient comment se sauver, car tout autour d'elles, la terre, la mer et le ciel s'étaient conjugués en un cataclysme gigantesque simultané.

Tous les membres de l'institution, que ce soit les administrateurs ou les assistants, faisaient preuve d'un héroïsme incroyable. En toute franchise, l'impression que je ressentais était si désagréable que j'attendais anxieusement le signal du retour à l'intérieur. Des guirlandes enflammées tombaient sans cesse du firmament dans de formidables explosions qui venaient de la désintégration des principes éthériques…

Alors que tout laissait supposer qu'il n'y avait plus d'entités dans le voisinage en mesure d'être secourues, le clairon sonna pour annoncer la retraite.

Enfin ! Soupirais-je, soulagé.

Conformément aux instructions reçues, nous abandonnâmes les appareils électromagnétiques de défense, fonctionnant ou non, et nous nous éloignâmes précipitamment.

Des gouffres de flammes surgirent à proximité, tandis que des hurlements remplir l'espace. Nous avions devant les yeux l'image parfaite d'une vaste forêt incendiée où des fauves et des monstres étaient délogés de leurs antres secrets.

Nous traversâmes le portique de l'asile suivis de tous les compagnons qui se trouvaient encore à l'extérieur. À présent, nous pouvions entendre le léger bruit des moteurs. Dehors, des bandes d'entités perverses essayaient encore de rompre les obstacles pour envahir l'abri qui était prêt à partir. J'étais rempli d'inquiétude.

– Qu'adviendrait-il de nous, si la foule prenait notre refuge à l'assaut ? De plus, j'avais l'impression que la chute continuelle d'étincelles enflammées mettait l'organisation en péril. Pourquoi ne prenait-on pas notre envol immédiatement ?

Je devais reconnaître, toutefois qu'à l'intérieur du refuge un ordre absolu régnait, malgré le rythme accéléré du travail. Des installations simples, mais confortables, recevaient les souffrants exténués. Toujours aussi sereine, comme si elle était habituée aux perturbations extérieures, sœur Zénobie contrôlait la situation et prenait les dernières mesures.

Toutes les portes qui permettaient d'accéder facilement à l'intérieur furent hermétiquement fermées.

Peu après, la directrice nous fit appeler dans la vaste salle consacrée à la prière et nous expliqua que pour que le Foyer transitoire puisse se déplacer, il ne dépendait pas seulement des forces électriques basées sur de simples phénomènes de matière différenciée, mais aussi de nos émissions magnétiques mentales qui viendraient renforcer l'élan initial vers le haut.

Vu les circonstances présentes, Zénobie fut brève. Nous étions tous là à attendre anxieusement concentrés dans ce lieu de prière, à l'exception des compagnons qui portaient assistance à ceux arrivés à la dernière minute et des sentinelles qui surveillaient le fonctionnement des machines.

Une intense émotion marquait tous les visages.

On entendait des hurlements de rage venant de l'extérieur.

Après nous avoir invités à élever nos vibrations mentales dans un geste de reconnaissance au Seigneur, la directrice prit entre ses mains un beau livre. Je le reconnus immédiatement. Il s'agissait de la Bible que nous connaissions tous. D'un geste attentionné, la directrice l'ouvrit et se mit à lire le psaume cent quatre à voix haute, de manière posée et solennelle :

« Bénis, mon âme, ô Seigneur…
Seigneur, mon Dieu, tu es si grand
Vêtu d'éclat et de magnificence !
Drapé de lumière comme d'un manteau,
Tu déploies les cieux comme une tente…
Tu bâtis sur les eaux le faîte de ta demeure,
Faisant des nuées ton char

Tu t'avances sur les ailes du vent ;
Tu prends les vents pour messagers,
Pour serviteurs un feu de flammes.
Tu poses la terre sur ses bases,
Inébranlable pour les siècles des siècles...
De l'abîme tu la couvres comme d'un vêtement,
Sur les montagnes se tenaient les eaux,
À ta menace, elles prennent la fuite,
À la voix de ton tonnerre, elles se sont échappées ;
Des montagnes se sont élevées, des vallées se sont abaissées
Au lieu que tu leur avais assigné ;
Tu as posé une limite à ne pas franchir,
Dans les ravins, tu as fait jaillir les sources,
Qui coulent entre les montagnes…
Elles abreuvent toutes les bêtes des champs,
Les plantes sauvages y calment leur soif ;
L'oiseau des cieux séjourne près d'elles,
Sous la feuillée, il élève la voix.
De ta haute demeure, tu abreuves les montagnes ;
La terre se rassasie du fruit de tes œuvres.

La lecture du psaume en était à la moitié quand l'institution, comme une grande embarcation aérienne, commença à s'élever.

La dévouée directrice ne se contentait pas de lire : c'était avec un intense émoi qu'elle prononçait ces paroles de louange compilées tant de siècles auparavant. Oh ! Merveille ! Elle s'adressait, humble et révérente, au Seigneur de l'univers avec une telle émotion que le thorax de Zénobie semblait être un mystérieux foyer resplendissant de lumière.

Touchés par sa foi ardente, nous étions unis dans la même vibration.

Une abondante clarté envahit l'oratoire. La lumière rayonnante gagnait les compartiments à proximité et devait se répandre à l'extérieur au sein des ténèbres épaisses.

Sincèrement ému, je remarquai que le Foyer transitoire, qui se déplaçait lentement au début, gagnait de la vitesse.

Je ne pus observer les particularités du phénomène en cours. L'attitude recueillie de Zénobie qui était en prière, nous imposait d'adopter le même ton vibratoire autour d'elle. Je constatai, néanmoins, que l'institution secouriste montait toujours.

Après environ une heure de vol à la verticale, nous atteignîmes une région claire et lumineuse. Le sourire du soleil fut une source de soulagement.

La directrice se leva, ce que nous fîmes également, car nous avions compris que la phase dangereuse était passée.

Dès lors, l'institution se déplaça à l'horizontale en voyageant sur les éléments du plan. À travers les hublots, nous pouvions observer les lueurs colorées du feu dévorateur.

Différents groupes se mirent à discuter et à faire des commentaires.

Sœur Zénobie, entourée d'assesseurs, commentait les prochaines mesures afférentes aux services de réajustement.

En m'approchant de l'assistant Jérôme et du père Hippolyte qui échangeaient des idées, nous nous mîmes à analyser la grandeur du travail réalisé sous nos yeux.

– Oh ! – me suis-je exclamé – si les hommes incarnés comprenaient la beauté suprême de la vie ! S'ils appréhendaient d'avance les horizons sublimes qui se présentent à eux après la mort du corps, ils valoriseraient certainement davantage le temps, l'existence, leur apprentissage ! Jérôme sourit et ajouta :

– Oui, André. Néanmoins, il convient d'observer que le plan transitoirement foulé par les hommes est aussi plein de mystères et d'enchantements. Pour ceux qui aiment la gloire de

Dieu, la croûte planétaire offre de sublimes révélations, depuis les études de l'infinitésimal jusqu'à la contemplation des grands systèmes des mondes qui s'équilibrent dans l'immensité !

Tout en méditant sur les heures inoubliables que nous avions vécues depuis notre descente dans l'abîme, j'écoutai mes deux compagnons échanger des impressions sur les problèmes transcendants de la vie. Ils évoquaient le perfectionnement de l'Esprit et de la forme, la planification des destinées des orbes et des êtres, la gouvernance mystique de la terre dans ses diverses sphères d'activité et d'évolution, les différents types de créatures appartenant à l'humanité, les lois du progrès et de la réincarnation, l'extension des forces condensées dans l'atome éthérique, l'énergie des éléments chimiques au niveau physique des manifestations planétaires, et le pouvoir créateur des grands mentors de la sagesse.

Silencieux et humble, je les écoutais comme un apprenti extasié devant des maîtres bénévoles et expérimentés.

Alors que je profitais des leçons que jamais je n'oublierai, nous remarquâmes que le Foyer transitoire descendait doucement. Nous étions retournés à un environnement de substance dense, quoique moins lourd et moins sombre. Peu après, nous perçûmes que le refuge de Fabian se trouvait dans une autre zone de service fraternel.

Une légion importante de serviteurs attendait notre arrivée pour nous aider à nous adapter à ce nouvel entourage. Notre voyage avait duré trois heures trente-cinq minutes.

Des activités complexes attendaient les dévoués ouvriers.

En guise de préliminaire, rayonnante, sœur Zénobie nous réunit à l'occasion d'une joyeuse prière de remerciements. Après quoi Jérôme nous invita à sortir. Cinq frères fidèles au bien qui étaient à la veille d'être libérés de la chair attendaient notre aide sur la croûte terrestre et nous devions partir.

11
De nouveaux amis

Après avoir pris congé des membres de l'institution secouriste, nous nous dirigeâmes vers la terre avec l'équipement nécessaire à l'accomplissement de notre mission.

Jérôme était pressé de voir les différents endroits où notre travail devait avoir lieu.

Il programma notre tâche simplement et logiquement. Nous ne devions nous laisser distraire par aucune autre investigation en dehors de la mission préalablement esquissée. De plus, nous devions rester en liaison permanente avec le Foyer transitoire pour être plus efficaces à l'heure d'accomplir notre devoir.

À cet instant, Jérôme nous donna l'explication suivante :

– Comme nous devrons porter secours aux amis sur le point de se défaire des liens corporels du plan grossier, la fondation de Fabian sera le point de référence principal de notre travail. Pendant leur sommeil, nous les y conduirons pour qu'ils s'habituent lentement à l'idée d'éloignement définitif.

Intrigué par tant de précautions, je lui demandai :

– Cher Jérôme, toute mort est-elle accompagnée d'une mission d'assistance ? Chaque créature qui quitte la croûte terrestre a-t-elle besoin d'un soutien direct ?

Avec indulgence, notre ami me sourit avec l'ascendant naturel de ceux qui enseignent sagement, et me fit :

– Absolument. En général, les réincarnations et les désincarnations obéissent simplement à la loi. Des principes biogénétiques orientent le monde des formes vivantes à l'occasion de la renaissance physique, et des principes transformateurs président aux phénomènes de la mort, conformément aux cycles de l'énergie vitale dans tous les domaines de manifestation. Dans les cercles évolutifs qui sont multiples, certains ouvriers traitent des cas généraux conformément aux sages desseins de l'Éternel, mais il existe aussi des collaborateurs qui font de plus grands efforts pour œuvrer à l'édification du progrès humain. C'est ainsi qu'il est des missions d'ordre particulier pour répondre à leurs besoins.

Comme il remarqua mon étonnement, Jérôme poursuivit :

– Il ne s'agit pas d'une prérogative injustifiée, ni de compenser des faveurs, c'est plus un échange de services et une mise à profit des valeurs. Si un collaborateur en particulier démontre de précieuses qualités, il méritera bien évidemment la considération de ceux qui le supervisent vu l'extension du travail à venir. Par conséquent, sur le plan spirituel, l'estime portée au fidèle serviteur est très grande afin de protéger son Esprit dévoué de l'action maléfique des éléments destructeurs, du découragement et du manque de ressources stimulantes, lui permettant simultanément d'analyser la grandeur de notre ministère dans la vérité et dans le bien face à l'univers infini.

Alors que j'écoutais ses explications, je me souvins brusquement des individus apostoliques que j'avais connus lors de mon expérience humaine. Ces propos n'étaient-ils pas empreints de contradiction ? Les prêtres vertueux avec qui j'avais été en contact dans le monde étaient très souvent persécutés. J'avais remarqué que les créatures d'une valeur morale plus élevée étaient justement celles qui étaient l'objet de constantes calomnies. Je ne me référais pas seulement à ceux que j'avais fréquentés, mais à l'histoire même du christianisme. N'était-elle pas par hasard pleine d'exemples en ce sens ? Pendant tant d'années, ceux qui avaient manifesté une fervente foi avaient été la proie des fauves. Les disciples du Maître furent les victimes de terribles épreuves, d'ailleurs, Il avait Lui-même atteint le Calvaire sous les coups de la douleur…

L'assistant perçut la teneur de mes réflexions et m'expliqua :

– Tes objections mentales n'ont pas de raison d'être. Depuis de nombreux siècles, la conception humaine du secours divin est erronée. La créature pense que le secours divin la protégera de la tyrannie terrestre. Elle est perpétuellement dans l'attente de faveurs matérielles, à se distinguer de manière injustifiable parmi les moins heureux, à chercher en permanence le pouvoir et les louanges. Elle s'attend à ce qu'on lui rende service, qu'on lui manifeste de l'estime et de la compréhension, mais dédaigne à son tour de servir, de démontrer de l'estime et de comprendre son prochain sans contrepartie. Le subside céleste se traduit par d'estimables occasions de travail et de rénovation. Souvent, il touche la créature sous forme de blessures glorieuses, de magnifiques douleurs, de supplices bénis. Tant que prédominent sur la croûte planétaire les impulsions d'animalité primitive, ceux qui sont gratifiés de la bénédiction divine seront, en majorité, les représentants du pouvoir spirituel. Ils ne pourront échapper aux démonstrations indispensables des rudes témoignages. Non pas parce que le Seigneur cherche à transformer ses disciples en cobayes, mais parce que l'œuvre éducative s'impose naturellement, car la leçon de l'élève attentif et fidèle intéresse toute la classe. Ce qui ressemble presque toujours à de la souffrance et à de la tentation est une source de félicité qui transforme les situations en bien et en bonheur éternel.

L'argument était logique et incisif. Puis, comme l'assistant restait silencieux alors qu'il réfléchissait peut-être à l'objectif fondamental qui était à la base de notre mission, j'évitai de poser des questions.

Guidés par Jérôme, nous atteignîmes une petite ville de l'intérieur. Nous nous dirigeâmes vers une humble maison où, quelques minutes plus tard, il nous présentait à un compagnon qui se trouvait dans des conditions lamentables, car il souffrait d'une cirrhose hypertrophique.

– C'est Dimas ! – nous fit-il en indiquant le patient – depuis plusieurs années, il collabore assidûment à nos services d'assistance. Il vient de notre colonie spirituelle. Voilà plus d'un demi-siècle qu'ils se consacrent à la tâche difficile de servir les desseins divins. Il a développé des facultés médiumniques appréciables en se mettant à la disposition des nécessiteux et des souffrants.

La modeste pièce était inondée de radieux effluves qui révélaient la visite incessante d'Esprits illuminés.

– Par bonheur, notre ami – continua l'assistant – est porteur d'innombrables sacrifices en raison du renoncement dont il a toujours fait preuve au cours de son ministère. À présent, l'heure du repos constructif est venue.

Agréablement surpris, je remarquai que le malade perçut notre présence. Il ferma les yeux de son corps et nous vit grâce à la vision de son âme. Ravi, il nous sourit…

La faiblesse physique était à son comble, Dimas parvenait donc à quitter son appareil corporel avec une aisance extraordinaire.

À nous voir près de son lit, il se mit à prier avec ardeur pour nous demander de l'aider. Il était épuisé, disait-il ; néanmoins, il restait calme et confiant.

Sur le conseil de Jérôme, je m'approchai du mourant et lui appliquai des passes magnétiques pour soulager le tissu conjonctif vasculaire. Son abdomen était lourd et énorme. Il ressentit immédiatement un certain réconfort.

Après cet humble geste, Jérôme lui adressa quelques mots d'encouragement et lui promit de revenir plus tard.

Dimas, enchanté, dirigeait au Ciel des remerciements émouvants.

Peu après, deux de ses amis spirituels nous saluèrent poliment, ils venaient le voir pendant quelques minutes.

Notre directeur nous invita à nous retirer. Une fois éloignés, il nous expliqua :

– Après cette rapide visite faite aux intéressés, nous les réunirons pour une session d'éclaircissements au Foyer transitoire, afin de les préparer au phénomène imminent de la libération définitive. Mais pour cela, nous attendrons la nuit.

Nous quittâmes donc la petite ville où se trouvait celui qui fut l'objet de notre première visite, nous prîmes le chemin de Rio de Janeiro.

C'était avec plaisir et avec joie que nous utilisions la volition.

Il est très difficile de décrire la sensation de légèreté et la joie inhérente à un tel état après notre séjour dans la sombre région d'où nous venions. On parle souvent chez les incarnés de la possibilité de créer un instrument de vol individuel ; toutefois, même si cette nouvelle conquête se réalise, le poids du corps physique, l'entretien exigé par la machine à propulsion et les risques du voyage ne peuvent aucunement remplacer la sécurité et la tranquillité qui nous remplissent d'un tel plaisir. Après l'excursion entre le Foyer transitoire de Fabian et la croûte terrestre qui se déroula normalement, dans de bonnes conditions, nous étions reposés en pleine forme, nous arrivions donc facilement à voliter malgré la densité atmosphérique.

Peu de fois, le spectacle du paysage terrestre m'avait semblé aussi beau. Les montagnes et les vallées, les fleuves et les ruisseaux qui délimitaient les villes et les villages sous le miroitement éclatant du soleil parlaient à mon cœur de la miséricorde du Très-Haut rassemblant les créatures dans des nids fleuris de travail pacifique.

Des pensées de louange au Père éternel envahissaient mon esprit d'allégresse.

À présent, alors que nous étions arrivés à Rio, le pâté de maisons en question était en vue.

Peu après, nous pénétrâmes dans une résidence singulière qui se trouvait dans un quartier moins populaire. Puis, nous nous trouvâmes devant une scène de famille touchante.

Un homme d'un âge mûr était allongé sur un petit divan. Il présentait les terribles signes d'une tuberculose avancée. Il avait un entretien émouvant avec deux petits qui devaient avoir six et huit ans respectivement. Une belle lumière auréolait l'esprit du mourant qui posait sur les enfants un regard très lucide et leur parlait sur un ton paternel.

Agréablement surpris, Jérôme s'arrêta à nos côtés pour écouter ce qu'il disait.

– Papa, mais vous croyez que personne ne meurt ? – demanda le fils aîné.

– Oui, Charles, personne ne disparaît pour toujours et c'est pour cela que je désire vous donner des conseils puisque je suis votre père.

Son regard devint plus tendre et il poursuivit devant le grand intérêt manifesté par les garçons :

– Je crois que je ne tarderai pas à partir…

– Pour aller où papa ? – l'interrompit le plus jeune.

– Pour un monde meilleur que celui-ci, dans un endroit, mon fils, où votre père pourra vous aider dans un corps sain, quoique différent.

Les yeux larmoyants, les enfants protestèrent avec affection.

Le père fit un effort évident pour se maîtriser et continua :

– Vous ne devez pas avoir de telles craintes. J'ai déjà tout prévu et votre mère travaillera à ma place jusqu'à ce que vous grandissiez et que vous deveniez des hommes. Si je le pouvais, je resterais à la maison, mais que feriez-vous de moi qui ne suis plus bon à rien ? Par conséquent, Dieu m'accordera un autre corps et je serai avec vous sans que vous puissiez me voir.

Il eut un sourire résigné et ajouta :

– Il est possible que nous soyons même plus heureux… Depuis plusieurs jours, j'avais l'intention de vous en parler pour que vous soyez certains de mon amour constant. Peu après mon départ, je sais d'avance que beaucoup de gens chercheront à vous décourager.

On vous dira que je suis parti et que jamais plus je ne reviendrai, que la sépulture m'a annihilé, mais sachez que ce n'est pas vrai. Nous vivrons toujours et nous nous aimerons chaque fois davantage…

Je remarquai que le père malade avait terriblement envie de caresser ses garçons, mais de peur de les contaminer, il gardait ses mains immobiles assoiffées de contact affectif.

Les garçons séchaient des larmes discrètes et, après une longue pause, le malade reprit la parole en s'adressant à son fils aîné :

– Dis-moi, Charles, tu crois que ton père va disparaître ? Crois-tu, par hasard, que notre amour et notre union familiale, que notre affection et que notre compréhension se transformeront en cendres, ne seront plus rien ?

Prenant sur lui, l'enfant se montra courageux et répondit :

– Je crois, comme vous mon père, que la mort n'existe pas.

– Une fois que je serai parti – souligna le père aimant –, si vous faites preuve de courage et de confiance en Dieu, je serai plus courageux et plus confiant et je retrouverai plus rapidement mes énergies…

Puis, une pause pleine d'émotion s'imposa que l'assistant Jérôme ne voulut pas interrompre, si grande était la signification morale de cette scène aimante.

Le regard fixé sur les garçons, tendrement leur père se mit à leur dire :

– Depuis bientôt trois ans, nous avons institué notre culte domestique de l'Évangile de Jésus. Aujourd'hui, vous savez que notre Maître n'est pas mort. Conduit au supplice jusqu'à la mort, il a ressurgi de la tombe pour guider ses amis et ses disciples. Il nous aidera donc à rester unis. Lorsque j'entreprendrai mon voyage de rénovation, restez calmes et optimismes. Ne pleurez pas, restez confiants. Verser des larmes ne vous rendra pas utiles à votre mère qui naturellement aura besoin de nous tous. Dieu souhaite nous voir joyeux dans la lutte de chaque jour pour que nous soyons les enfants fidèles de son amour divin.

À cet instant apparut son épouse qui altéra le cours de la conversation.

Jérôme en profita pour intervenir en nous présentant la scène :

– Notre ami Fabien, qui est à la veille de sa libération physique, a toujours collaboré avec dévouement au service du bien. Ce n'est pas un médium dans le sens usuel du terme. Néanmoins, c'est un homme équilibré attiré par la méditation et la spiritualité supérieure. Pour cela, depuis sa jeunesse, c'est devenu un excellent donneur d'énergies magnétiques qui participe à d'importants services d'assistance occulte en notre compagnie. Plusieurs mentors de notre colonie apprécient beaucoup sa collaboration. Depuis plusieurs années, il se consacre à l'étude des questions transcendantales de l'âme et a témoigné d'efforts personnels pour nous être utile. Dépourvu de tout sectarisme ou de toute passion et aimant du devoir, notre frère Fabien a institué, dès les premiers jours de son mariage, le culte domestique d'une foi ardente et à préparer son épouse, ses enfants et d'autres parents à la compréhension des problèmes essentiels de la vie éternelle. Du fait de sa persévérance dans le bien caractérisée par ses attitudes, sa libération se fera agréablement et naturellement. Il a su bien vivre pour bien mourir.

Je m'approchai du malade pour examiner son état de santé.

La tuberculose avait rongé ses poumons, les lésions cavitaires et d'autres symptômes classiques de la terrible maladie m'impressionnèrent.

Fabien, d'ailleurs, n'avait pas besoin d'aide vu la foi qui l'habitait. Il était tranquille et confiant, bien qu'abattu, ce qui était naturel vu son état, il donnait aux siens d'inoubliables leçons de courage et de valeur morale.

– Allons-y ! – nous fit l'assistant – notre compagnon va bien et nous dispense de toute collaboration.

Admiratifs, nous sortîmes alors que nous gardions à l'esprit l'exemple entrevu.

Ensuite, Jérôme nous conduisit dans un appartement confortable qui se trouvait dans un gratte-ciel moderne aux abords d'un élégant quartier.

Nous pénétrâmes à l'intérieur.

Une femme respectable d'un âge avancé était alitée. De toute évidence, elle était malade du cœur. Deux dames encore jeunes pleines d'attention l'entouraient et lui prodiguaient des soins.

– C'est notre sœur Albine – nous expliqua notre compagnon –, elle est affiliée aux organisations supérieures de notre colonie spirituelle. Elle a d'innombrables admirateurs au sein de nos activités pour tout ce qu'elle fait pour l'Évangile. Actuellement, elle est au service des communautés évangéliques protestantes. Elle appartient à l'église presbytérienne. Devenue veuve de bonne heure, elle s'est consacrée à l'éducation des enfants et de la jeunesse dans l'idéal chrétien.

Une fois de plus, j'étais émerveillé par la grandeur de la fraternité régnante dans la vie supérieure. L'étiquette des créatures ou leurs titres religieux ou sociaux particuliers importaient peu.

Ce que l'on cherchait avant tout, c'était un cœur fidèle à Dieu. On apportait le réconfort sans la moindre discrimination.

L'assistant Jérôme s'approcha d'elle, lui toucha le front de la main droite, et Albine, le visage illuminé et heureux au contact de cette main bonne et caressante demanda à l'une des compagnes qui l'assistaient :

– Eunice, donne-moi la Bible. Je souhaite méditer un peu.

– Oh, mère ! – lui répondit sa fille – ne vaudrait-il pas mieux que tu te reposes ? Grâce à Jésus, la dyspnée a cessé et tu as l'air d'aller tellement mieux !

– La parole du Seigneur apporte la joie à l'esprit, ma fille !

Ces paroles furent prononcées avec une telle tendresse, qu'Eunice, vaincue, prit le livre sur une grande commode et le lui remit.

La respectable femme s'installa confortablement pour lire, s'adossa contre de grands oreillers, puis, elle mit ses lunettes et tint fermement le testament divin. Jérôme l'aida à l'ouvrir à un endroit précis sans que l'intéressée s'en aperçût. Elle l'ouvrit au chapitre onze de l'épître de Jean l'évangéliste relative à la résurrection de Lazare.

La sympathique petite vieille le lut posément à haute voix. Une fois terminé, elle s'exclama émue :

– Je remercie notre divin Maître de cette lecture encourageante.

Faites Seigneur que nous trouvions toutes la vie éternelle avec le Christ Jésus ! Ainsi soit-il !

Respectueuses, ses filles l'accompagnaient.

Jérôme me recommanda d'appliquer des passes pour réconforter la malade.

Après l'opération magnétique, je notai que son insuffisance cardiaque provenant d'un anévrisme devenait critique.

L'assistant allait nous parler des belles qualités de la patiente quand quelqu'un de notre plan surgit à la porte d'entrée. C'était une amie dévouée qui venait veiller à son chevet. Elle nous salua aimablement avec une charmante simplicité.

Jérôme lui expliqua notre mission. L'interlocutrice sourit et nous fit :

– La protection offerte à notre sœur est une source de réconfort pour nous. Cependant, je crois qu'une forte demande de prorogation joue en sa faveur. Nous sommes tous d'avis qu'elle doit retourner à notre sphère d'urgence pour recevoir les bienfaits qu'elle mérite. Toutefois, il y a de fortes chances qu'elle soit dûment soutenue pour rester encore quelques mois avec sa famille consanguine sur la terre.

– Nous serons heureux de pouvoir lui apporter notre aide fraternelle – souligna Jérôme avec bonté. Nous passerons quotidiennement par ici jusqu'à ce que la tâche soit achevée. Dès qu'il y aura du nouveau, nous en serons informés.

La sympathique visiteuse d'Albine le remercia et nous partîmes.

Le ton mesuré qui avait été employé était à mes yeux très significatif, mais je notai que l'assistant restait concentré sur la tâche qui nous incombait, aussi je m'abstins de poser la moindre question.

Nous franchîmes bientôt la grande porte d'un hôpital mouvementé, gardé par un grand nombre de travailleurs spirituels. Il y avait en ces lieux autant d'activités relevant des incarnés que des désincarnés. Tandis que nous suivions les pas de notre directeur, nous n'accordions pas une attention particulière aux inconnus.

Après avoir traversé des salles et des couloirs, nous atteignîmes une grande infirmerie où des soins étaient prodigués bénévolement. Dans la majorité des cas, les lits étaient occupés par des malades et des entités spirituelles qui les entouraient, certaines leur prêtaient assistance, alors que d'autres les persécutaient assidûment.

Les scènes les plus diverses se déroulaient sous nos yeux.

Peut-être parce qu'il s'adressait plus à moi qu'aux autres compagnons, le directeur de notre groupe nous fit la recommandation suivante :

– Surtout, restez concentrés.

Passées quelques secondes, nous étions devant un homme mûr avec des cheveux blancs et un visage très ridé. À son chevet, un compagnon spirituel veillait.

Jérôme nous présenta à ce dernier. Il s'agissait du frère Boniface qui était là pour aider le malade.

Puis, il nous montra le souffrant enfoui dans des draps blancs et fit le commentaire suivant :

– Voici, notre vieux Cavalcante. C'est un vertueux catholique romain, un esprit courageux qui s'est voué aux services du bien envers son prochain. Il fait partie de notre communauté depuis plus de soixante ans et il possède un grand cercle d'amis en raison de ses qualités morales. Son existence pleine de beaux sacrifices est significative. Ici, il se trouve auprès des pauvres, car il fut abandonné par sa famille pour avoir renoncé aux richesses matérielles. Mais il n'est pas abandonné par la miséricorde divine.

Après un bref intervalle, Boniface continua en nous disant :

– L'intervention chirurgicale du duodénum est marquée pour demain.

Notre directeur laissa percevoir qu'il connaissait déjà son cas, et lui dit :

– Nous serons présents le moment venu.

Conformément à ses recommandations, je lui appliquai des passes magnétiques. Je m'arrêtai plus longuement sur l'appareil digestif, de la glande parotide jusqu'au rectum. En plus de l'ulcération duodénale, j'observai une inflammation avancée de l'appendice prêt à rompre.

Je remarquai, toutefois, que Cavalcante était totalement étranger à notre influence. Il ne percevait absolument pas notre présence, et constatai qu'en dépit des qualités morales élevées que révélait son caractère, son éducation religieuse était bien trop limitée pour qu'un échange approprié puisse se faire.

De toutes les scènes mentales que nous avions observées ce jour-là, celle-ci était sans aucun doute la plus triste. En plus des vibrations de l'ambiance perturbée, le patient ne nous offrait pas la possibilité de réaliser facilement notre tâche.

– En raison des parents désincarnés qui le harcèlent sans cesse, j'ai eu du mal à faire en sorte qu'il garde son calme – dit Boniface en se penchant vers l'assistant. Et même si les travaux de surveillance protègent l'établissement, bon nombre d'entre eux arrivent à pénétrer dans l'enceinte et à le perturber. Pauvre homme, il n'est pas suffisamment préparé à se libérer du joug de la chair et souffre beaucoup par excès de sensibilité. Malgré l'abandon auquel il a été relégué, sa pensée aimante est excessivement liée à ceux qu'il aime. Une telle situation nous rend la tâche très difficile.

– Oui – acquiesça Jérôme –, nous comprenons le problème. Le manque d'éducation de la foi en de telles circonstances, même chez les êtres les plus admirables, est à l'origine de déséquilibres déplorables pour l'âme. Néanmoins, nous resterons à la disposition de cet ami dévoué en guise de rétribution pour les innombrables faveurs qu'il nous a prodiguées.

Lorsque nous prîmes congé, Boniface nous manifesta sa gratitude et sa reconnaissance.

Quelques minutes plus tard, nous étions à l'entrée d'un bel immeuble simple et confortable où de nombreux enfants étaient logés au nom de Jésus. Il s'agissait d'une institution spirite chrétienne respectable qui était le siège d'une importante légion de travailleurs de notre plan.

Un vieillard bienveillant nous reçut aimablement. Ravi, je le reconnus immédiatement. Bezerra de Menezes, le frère dévoué des souffrants, était là.

Spontanément, il nous étreignit jovialement l'un après l'autre.

Avec intérêt, il écouta les explications de Jérôme, et lui dit en souriant :

– Nous attendions votre commission. Heureusement, notre chère Adélaïde n'aura pas une désincarnation difficile. Le ministère médiumnique, le service incessant dans l'intérêt des malades, le soutien maternel prodigué aux orphelins dans ce havre de paix, alliés aux profonds chagrins et aux dures lapidations qui sont le fardeau béni des missions du bien, ont préparé son âme à cette heure…

Puis, passant devant, il nous conduisit dans une pièce toute simple où reposait la médium.

Dans la chambre individuelle, il n'y avait pas d'autres incarnés. Deux jeunes femmes entourées d'une lumière argentée étaient là et lui manifestaient tendrement leur affection.

Respectueusement, nous nous approchâmes de la patiente. Ses cheveux grisonnants ressemblaient à de beaux fils d'argent. Satisfait, Bezerra nous fit :

– Adélaïde a toujours été une disciple loyale du Maître des maîtres. Malgré les difficultés, les épines et les afflictions, elle a persévéré jusqu'au bout.

Après avoir longuement regardé le délicat bouquet de roses qui décorait sa chambre, la digne femme se mit à prier. De son esprit équilibré émanaient des rayons lumineux. À l'exception du dévoué Bezerra de Menezes à qui elle était attachée par les liens sublimes de l'affection, elle ne nous voyait pas. Il la salua, aimable et bon, tout en lui adressant des paroles réconfortantes et affectueuses.

– Je sais que c'est la fin du voyage, mon vénérable ami – dit la médium sur un ton émouvant –, et je suis prête. – Depuis de nombreuses années, je supplie le divin Maître de me montrer le chemin. Je ne souhaite pas adopter d'autres desseins que ceux de notre Sauveur. Cependant…

Mais elle ne put continuer. Une émotion profonde lui étrangla la voix et de copieuses larmes se mirent à jaillir de ses yeux profonds.

Bezerra s'assit près d'elle avec une intimité toute paternelle et de sa main lumineuse caressa son front abattu et lui dit sur un ton optimiste :

– Je sais, je sais. Tu penses à tes parents, à tes amis, aux petits orphelins et au travail qui reste à faire. Oh, Adélaïde ! Je comprends ton dévouement maternel consacré à l'œuvre d'amour à laquelle tu as voué ta vie. Néanmoins, tu es fatiguée, très fatiguée et Jésus, le Médecin divin de notre âme, t'a accordé l'autorisation de te reposer. Confie-Lui les peines qui oppriment ton esprit aimant. Dépose le précieux fardeau de tes responsabilités entre d'autres mains, vide le calice de ton âme pour soulager tes amertumes et tes inquiétudes. Convertis tes nostalgies en espoirs et dénoue les liens les plus forts pour répondre à l'ordre divin.

Adélaïde posa sur le bienfaiteur des yeux très lucides, révélant ainsi un certain réconfort, et après une courte pause, Bezerra lui fit :

– Ton grand combat touche à sa fin. Tu es heureuse, mon amie, très heureuse, parce que ton Esprit partira décoré de cicatrices après avoir résisté au mal pendant de nombreuses années, comme une fidèle sentinelle dans la forteresse de la foi ardente… À ceux qui croisaient ton chemin, tu as enseigné toutes les leçons du bien et de la vérité dans la mesure de tes capacités… Remets tes parents et tes affections entre les mains de Jésus et penche-toi à présent sur l'humanité, cette grande famille bénie qui est la nôtre. Quant aux services qui te furent confiés pendant quelque temps, ils sont fondamentalement chers au Christ qui prendra les mesures qu'il juge opportunes et nécessaires. La joie du devoir accompli te suffit. Reprends, donc, tes forces et ne sois pas triste, car l'heure du combat final est arrivée pour ton cœur... Courage, beaucoup de courage et garde la foi !

La respectable sœur lui sourit, presque heureuse.

Tout de suite après, une jeune assistante de l'institution interrompit l'entretien spirituel en ouvrant inopinément la porte et en annonçant des visites.

Vu les circonstances, Adélaïde concentra son esprit sur le groupe d'incarnés et perdit le bienfaiteur de vue.

Le vénérable médecin des malheureux se tourna alors vers Jérôme pour l'entretenir de problèmes relatifs à notre mission, tandis que nous nous retirions discrètement leur laissant la possibilité d'échanger des idées plus librement.

12
Excursion d'apprentissage

Au Foyer transitoire de Fabian, notre orienteur nous avait assigné une tâche en précisant, cependant, que nos activités sur la croûte terrestre avaient comme point de référence le foyer collectif d'Adélaïde où les facteurs spirituels étaient vraiment plus adaptés à notre mission.

– Ici – nous expliqua-t-il dès le début –, nous nous sentirons plus à l'aise. Cette organisation est un terrain propice aux belles semences de l'esprit, elle nous offrira la tranquillité et la sécurité requises. Nous resterons continuellement en communication avec le refuge de Fabian vers où nous conduirons les nouveaux désincarnés et nous condenserons toutes activités éventuelles concernant d'autres amis dans cette fondation d'amour.

De fait, cet abri de fraternité était un vaste champ de bénédictions.

Quantité d'entités opéraient fraternellement dans l'institution en apportant leur assistance et leurs soins. Nous nous trouvions dans un des rares édifices qui soit sur la croûte terrestre avec d'aussi grandes proportions et étant dépourvu de créatures perverses de la sphère invisible.

A l'exemple du Foyer transitoire d'où nous venions, la surveillance y était très sévère.

Nous y avions observé différents souffrants, il s'agissait de créatures pleines de bons sentiments qui entraient dans l'asile avec une autorisation établie préalablement.

Comme l'assistant prolongeait son entretien avec le dévoué Bezerra, l'autorisation de visiter les dépendances nous fut accordée.

Ce fut en compagnie d'Irène, une jeune collaboratrice spirituelle de la maison que le père Hippolyte, Luciane et moi-même, nous nous mîmes en route.

La lumière de notre plan irradiait toutes les pièces, révélant l'abondance de pensées salutaires et constructives de tous les esprits qui vibraient dans le même idéal.

Une fois arrivés dans la salle des réunions populaires, notre nouvelle amie nous donna les informations suivantes :

– C'est la partie du refuge qui nous donne le plus de travail. Réceptacle des émanations mentales et des demandes silencieuses de tous ceux qui nous rendent visite lors des assemblées publiques, après chaque session nous sommes obligés de faire un minutieux nettoyage. Comme vous le savez, les pensées sont fortement contagieuses et il est indispensable d'isoler les précieux collaborateurs qui nous aident en les protégeant de certains principes destructeurs ou déprimants.

Cherchant à faire en sorte qu'elle développe ses explications, j'ajoutai :

– J'imagine l'étendue des tâches… Êtes-vous en nombre suffisant ?

– Oui – répondit-elle –, la légion des collaborateurs n'est pas négligeable. Nous sommes amenés à servir, jour et nuit, en alternance en différents groupes. Nous avons des sections d'assistance aux adultes et aux enfants.

J'avais devant moi un si grand nombre de travailleurs de notre plan que d'un seul coup de graves réflexions me vinrent à l'esprit. Tant de gens s'affairaient-ils pour soutenir à peine quelques dizaines d'enfants défavorisés sur le plan matériel ? Je faisais un parallèle entre la fondation d'Adélaïde et le Foyer transitoire de Fabian et je remarquai une singulière différence. Là-bas, les services rigoureux de surveillance, les réactions énergiques, l'attention du personnel répondaient aux besoins pressants d'un certain nombre de malheureux désincarnés pour qui la charité était une lampe allumée indispensable à la transformation intérieure. Ici, cependant, je ne voyais que de tendres enfants qui avaient surtout besoin de lait et de pain, de quelques paroles et de bons conseils. Était-il bien utile de dépenser tant d'énergie de notre sphère ?

Mais la délicate collaboratrice appréhenda mes questionnements intimes et me fit :

– Toutefois, nous devons reconnaître que cette œuvre ne se consacre pas exclusivement aux besoins de l'estomac et de l'intellect de l'enfance abandonnée. Les impératifs d'évangélisation sont plus importants que tout. Pour inciter l'esprit humain à la spiritualité supérieure, il faut profiter de structures comme celle-ci, car il est très difficile d'obtenir un renouvellement spontané du point de vue des sentiments. Nous faisons de cette maison, vénérable par ses fondements de solidarité chrétienne, un centre de diffusion d'idées salutaires. La fondation relève bien plus de l'âme que du corps, de pensées éternelles que de choses transitoires. Le directeur, le coopérateur et le réfugié, qui reçoivent les responsabilités inhérentes au programme de Jésus, se convertissent instinctivement en instruments vivants de la lumière divine. En répondant à des besoins corporels, nous résolvons des problèmes spirituels. En partageant nos devoirs avec nos frères incarnés dans le domaine de l'assistance, nous arrivons à créer des bases plus solides à l'ensemencement des vérités éternelles. Le fait est que les autres écoles religieuses n'ont pas oublié de matérialiser la bonté à travers des œuvres architecturales. L'Église catholique romaine dispose d'institutions avancées du point de vue matériel. Elle accueille des enfants des milieux défavorisés, mais les conceptions spirituelles n'y sont pas développées, brimées qu'elles sont dans les moules tyranniques des dogmes obsolètes. En conséquence, le travail, dans la majorité des cas, se limite au simple stockage du pain éphémère. Les églises protestantes, quant à elles, possèdent de grands collèges et d'importantes congrégations qui prodiguent des valeurs éducatives à la jeunesse. Mais le plus souvent, leurs organisations sont plus fondées sur l'étude des concepts évangéliques que sur leur application à la lettre...

Irène eut un sourire, puis elle fit un bref intervalle et poursuivit :

– Nous ne méprisons pas les admirables services des apprentis de l'Évangile des différentes confessions religieuses. Toutes sont respectables quand elles sont exercées avec dévouement. Nous cherchons à peine à souligner les valeurs éclairées. Au début de l'ère chrétienne, la politique impériale de Rome ne manqua pas de mettre en place de prestigieuses mesures afin que les affamés et les mendiants reçoivent du blé, de quoi se vêtir, voire des précepteurs affiliés aux célèbres centres culturels grecs et égyptiens. Pour stimuler l'œuvre de la véritable illumination de l'esprit, Simon Pierre et ses compagnons d'apostolat durent organisèrent un long programme d'aide aux malheureux en tout genre. Tous les partisans de l'Évangile ne venaient pas des couches sociales privilégiées de la société juive comme Gamaliel, le vénérable rabbin dont l'intelligence développée avait su trouver le Maître. La majorité des nécessiteux entrait en contact avec Jésus grâce à une soupe frugale ou au toit accueillant qui leur était offert. L'œuvre des disciples du Christ était de laver les lépreux, de s'occuper des fous, de porter secours aux orphelins et aux vieillards abandonnés, de se consacrer aux malheureux en éclairant leur esprit et en offrant des leçons d'un intérêt substantiel à ceux qui étaient dépourvus de foi ardente. Comme vous ne l'ignorez pas, avec le spiritisme évangélique nous procédons à la récapitulation du christianisme.

Le père Hippolyte approuva d'un regard bienveillant :

– Oui, en effet, nous devons stimuler la formation de services qui libèrent le raisonnement pour réaliser des vols plus élevés.

– Dans le cadre de nos efforts – continua Irène avec franchise –, il est impératif d'illuminer l'esprit humain en vue de l'éternité. Il faut bien comprendre que pour arriver à ses fins, il est indispensable « de faire quelque chose ». Là où tout le monde analyse, admire ou discute les œuvres utiles ne se font pas et ne peuvent attester de la supériorité des idées. C'est pour cela que nos mentors de la vie divine apprécient l'ouvrier à la grandeur de son dévouement dans l'accomplissement de sa tâche. Le nécessiteux, ceux qui sont bénéficiés, le croyant et le curieux viendront toujours à nos centres qui se consacrent à la doctrine. Et chaque fois qu'ils pratiquent un acte chrétien grâce à la médiumnité active, à l'assistance fraternelle, à travers les travaux de solidarité quels qu'ils soient, ils ont de plus grandes chances de se transformer, parce que la responsabilité dans la réalisation du bien volontairement acceptée en fait des liens vivants entre deux mondes – celui qui donne et celui qui reçoit. Comme vous le voyez, la lumière divine prévaut sur la générosité humaine, car celle-ci sans celle-là peut souvent dégénérer en personnalisme dévastateur, sachant, néanmoins, qu'en tout temps, la foi sans œuvre est la sœur des œuvres sans foi.

Irène poursuivit sa brillante argumentation en nous enseignant avec engouement la science de la fraternité et de la compréhension édifiante. À l'entendre, je perçus au-delà de toute préoccupation individualiste que la diffusion de la lumière spirituelle sur la croûte terrestre n'est pas une action miraculeuse, mais une édification patiente et progressive.

Les maisons de bienfaisance sociale qui flottent sur les eaux lourdes de la pensée humaine fonctionnent comme de grands navires d'approvisionnement à la collectivité affamée de lumière et nécessiteuse de principes rénovateurs. Je me mis à considérer l'estomac des tout-petits sur un plan secondaire, car la clarté positive de l'Évangile inondait à présent mon âme et m'invitait à l'heureuse contemplation d'un plus grand avenir.

La nuit était tombée et nous étions toujours en compagnie de notre chère sœur qui nous présentait l'institution en commentant son programme salutaire avec sagesse et pertinence.

Nous observions les services spirituels qui se préparaient avant la nuit.

Ici, des enseignantes désincarnées rassemblaient avec soins des enfants à l'heure du sommeil physique pour leur offrir des enseignements bénéfiques. Là, différents bienfaiteurs allaient chercher des frères pour leur prodiguer des expériences et des dons précieux au sein de notre mouvement.

Je revins sur mon appréciation première, car une fois de plus j'entrevoyais dans cette institution, une école bénie de la spiritualité supérieure, qui était une occasion d'ensemencement divin donnée aux missionnaires de la lumière.

Après un long moment, au beau milieu de la nuit, l'assistant Jérôme nous fit appeler pour travailler.

Irène nous accompagna à la chambre d'Adélaïde où notre directeur se trouvait et s'entretenait avec d'autres amis.

Rapidement, il prit quelques décisions.

Après avoir entendu notre nouvelle amie qui se mit à notre disposition pour tout besoin fraternel, il demanda à Luciane et à Irène d'amener la sœur Albine, tandis que le père Hippolyte et moi devions conduire Dimas, Fabien et Cavalcante dans la pièce d'où nous partirions pour le Foyer transitoire de Fabian en excursion d'apprentissage et de formation.

Les deux groupes prirent donc une direction différente.

Utilisant la volition avec aisance, Hippolyte me demanda avec bonne humeur :

– Tu avais déjà participé à un service identique à celui d'aujourd'hui ?

Je reconnus que non et j'en profitai pour lui demander des explications.

– C'est facile – fit-il. Ceux qui sont prêts à se désincarner en raison de maladies prolongées s'absentent habituellement de leur corps presque automatiquement. Leurs parents sur terre qui sont fatigués de veiller font leur possible pour garder le silence et les entourer de soins. De sorte qu'il n'est pas difficile de les éloigner pour les y préparer. En règle générale, ils sont hésitants, affaiblis. Comme ils sont à moitié inconscients, notre aide magnétique résout toute difficulté. Nous restons près d'eux à leur tenir les mains et poussés par notre énergie, ils arrivent à voliter avec nous sans grandes difficultés.

Avec intérêt, je pris note de cette explication, alors que nous nous apprêtions à pénétrer dans la modeste résidence de Dimas. Soulagé par une injection d'énergie calmante, nous n'eûmes aucun mal à le soustraire de l'attention de sa famille.

Comme il remarqua notre présence, il sonda notre disposition fraternelle et demanda :

– Oh, mes amis ! Ma dernière heure est-elle arrivée ? Comme j'ai aspiré à ma libération !...

– Non, mon cher – lui fit Hippolyte en souriant – il faut être encore un peu patient... Le repos, néanmoins, ne tardera pas trop. Venez avec nous. Nous n'avons pas de temps à perdre.

L'ancien prêtre me demanda de passer devant et, la main dans la main, nous nous dirigeâmes tous les trois vers Rio pour nous rendre chez Fabien.

Sans difficulté et, peu de temps après, il était en notre compagnie.

C'est bien volontiers que ce compagnon vint se joindre à notre petite caravane.

Nous nous apprêtions à prendre le chemin de l'hôpital pour aller chercher le troisième mourant, quand Hippolyte nous fit :

– Il vaut mieux ne pas les amener tous d'un coup. Cavalcante est dans un état de déséquilibre trop grave, il faudra lui apporter une plus grande assistance. Par conséquent, nous ferons un deuxième voyage.

Comme j'avais encore en mémoire ses égarements, j'étais du même avis.

De retour dans la chambre d'Adélaïde, les autres étaient là à nous attendre. Irène et Luciane avaient apporté Albine pour les travaux préparatoires.

Sans perdre de temps, c'est vers la grande maison de santé cette fois que l'on se dirigea pour prendre Cavalcante.

Hippolyte avait deviné juste.

Le malade était très angoissé. À ses côtés, Boniface se joignit à nous pour l'aider à le détacher temporairement de son corps opprimé. Mais le patient était terrifié et rendait notre tâche difficile malgré nos meilleurs efforts.

Après un travail énorme de magnétisation du souffrant et après lui avoir administré certains agents anesthésiants destinés à l'endormir, nous le retirâmes de son corps dont Boniface allait prendre soin.

En quelques minutes, nous étions de retour.

Jérôme avait donné son accord. Quelques amis des souffrants pouvaient nous accompagner au Foyer transitoire. Adélaïde et Fabien étaient les seuls entre les cinq malades qui révélaient avoir une conscience plus claire de la situation. Les autres, titubants et affaiblis, ne savaient pas vraiment ce qui se passait.

L'assistant établit un courant magnétique et prit la tête du groupe. Chaque frère incarné se trouvait placé entre l'un de nous qui étions des âmes libérées du plan physique plus expérimentées au niveau spirituel. Pour nous aider mutuellement, nous échangions des énergies en nous tenant les mains. Nous utilisions intensément la volition pour prendre de l'altitude. Adélaïde et Fabien qui étaient un peu habitués au dédoublement gardaient une attitude discrète, en silence, ils observaient ce qui se passait. Quant aux autres, ils commentaient cette opération en poussant de hauts cris.

– Oh, grand Dieu ! – s'exclama Albine en se souvenant des passages bibliques – serions-nous donc dans le glorieux char d'Élie ?

– Donnez-moi des forces, ô Père miséricordieux ! – fit Cavalcante, l'âme oppressée – je n'ai pas fait ma confession ! Je n'ai pas encore reçu le viatique ! Ne me laissez pas affronter votre jugement la conscience plongée dans le mal !...

Ses prières touchaient nos cœurs.

À la fois terrifié et anxieux, Dimas balbutiait des exclamations inintelligibles.

Une fois la région de la stratosphère traversée, l'ionosphère surgit à l'horizon présentant une énorme différence en raison de la vague intense de rayons cosmiques combinés aux émanations lunaires.

Étonné, Dimas demanda à voix haute :

– Quel est ce fleuve ? Oh ! J'ai peur ! Je ne peux pas le traverser, je ne peux pas, je ne peux pas !...

L'impulsion magnétique initiale fournie par Jérôme avait été bien trop forte pour être interrompue par une aussi faible résistance. Le groupe avança donc sans hésitation jusqu'à ce que bien au-delà nous atteignîmes le refuge de Fabian où sœur Zénobie nous accueillit chaleureusement.

Tous ceux qui composaient la mission secouriste se réunirent avec les malades et leurs six amis, détenteurs de connaissances élevées.

Dans une petite salle qui fut mise à notre disposition, avec bonté, Gotuzo appliqua de vigoureux passes fluidiques à nos protégés qui les reçurent comme des enfants incapables de comprendre ce qui se faisait, à l'exception d'Adélaïde et de Fabien qui étaient conscients du phénomène.

Ensuite, Jérôme prit la parole et s'adressa à eux en ces termes sur un ton obligeant :

– Chers amis, notre intervention de cette nuit n'est pas destinée à guérir votre corps charnel à présent éloigné conformément aux conditions requises. Nous essayons de revigorer votre organisme spirituel en vous préparant au débranchement définitif sans éveiller de douleur hallucinatoire. Je dois vous avouer qu'une fois retournés à votre corps physique, vous passerez par une aggravation naturelle de vos sensations qui augmentera votre torture, car les remèdes de l'âme, dans la situation présente, intensifient les maux de la chair. Soyez donc sûrs que les mesures prises à cette heure sont une aide efficace à votre libération. Une fois que vous serez retournés chez vous, que cette première excursion de formation sera achevée, vous ferez face à une plus grande affliction sur la croûte terrestre. Vos cellules physiques vous soumettront à une plus grande angoisse, l'inquiétude envahira votre cœur, parce que dans le processus des souvenirs instinctifs votre esprit aura fixé avec une intensité plus ou moins grande la satisfaction sublime de cet instant. Préparez-vous, donc, à nous rejoindre ; résolvez les derniers problèmes terrestres et faites confiance à la protection divine !

Puis, il y eut une courte interruption pour nous détendre.

L'assistant, qui avait été rapide dans ses explications, nous expliqua qu'il avait condensé les sujets dans de courtes phrases en raison de l'incapacité mentale des bénéficiaires encore impuissants à pénétrer le sens des longues dissertations. En effet, les compagnons ne recevaient que partiellement les messages d'encouragement. Ils ressentaient l'aide magnétique positive, mais les idées qu'ils se faisaient de cet événement étaient des plus diverses.

Avec une expression ingénue sur le visage, Cavalcante me demanda en particulier si nous étions au paradis. Il se sentait soulagé, heureux. Une joie énorme baignait son cœur. Tout content, réconforté, il ajouta :– Sommes-nous au ciel ?

Mais je ne réussis pas à lui prouver le contraire.

Albine se souvenait des scènes bibliques dans les interprétations littérales du texte sacré. Après avoir remarqué la brume à l'extérieur, circonspect, elle demanda à Luciane si cet endroit était la maison du Seigneur citée au chapitre huit du premier livre des Rois, en raison du nuage de matière dense qui enveloppait le paysage.

Parmi les spirites, Adélaïde et Fabien s'abandonnaient à la béatitude de la prière, tandis que Dimas, ivre de bonheur puisqu'il se sentait provisoirement soulagé, s'approcha d'un air curieux du père Hippolyte et lui demanda si cette région enchantée dépendait de la planète Mars. L'ancien prêtre esquissa un large sourire et lui répondit sur un ton complaisant :

– Non, mon ami, c'est toujours la terre. Nous sommes très loin des autres planètes…

Nous échangeâmes un regard entendu qui reflétait notre amusement. Et avant toutes considérations qui auraient peut-être été inutiles, Jérôme intervint en ajoutant :

– L'esprit enregistre de manière impressive les images des préjugés et les dogmes religieux avec une singulière consistance.

En passant par la transformation obligatoire de la mort, la créature réintègre le patrimoine de ses facultés supérieures. Cependant, ce travail ne peut se faire brusquement sous peine de causer de graves troubles émotionnels pouvant avoir des conséquences fâcheuses. Il faut impérativement user de pondération, faire les choses progressivement.

Puis, il nous lança un regard plus perçant, et nous fit observer :

– Toutefois, il y a une précieuse remarque à faire. Comme nous le voyons, ce n'est pas l'étiquette extérieure qui vient en aide au croyant aux heures suprêmes de son évolution. C'est la semence de l'effort personnel au service de la sagesse et de l'amour qui fructifie, à l'instant opportun, à travers les intercessions ou les compensations spontanées de la loi qui ordonne de livrer les réponses du Ciel « à chacun selon ses œuvres ». Tout endroit de l'univers peut, donc, être converti en sanctuaire de lumière éternelle dès lors que l'exécution des desseins divins fait le bonheur de notre volonté.

Une fois la récolte des précieux enseignements terminée, nous prîmes le chemin du retour, et ce fut ainsi que se termina notre heureuse excursion.

Nous rendîmes les souffrants à leur lit d'origine, alors que nous pouvions noter une impression différente en chacun d'eux. Fabien témoignait d'un réconfort intime infini. Cavalcante s'éveilla dans son corps en pensant faire appel à l'eucharistie le matin même, quant à Dimas lorsqu'il sortit de son sommeil, près de nous, il appela son épouse et lui fit d'une voix faible :

– Oh ! Quel merveilleux rêve je viens de faire ! Je me suis vu au bord d'un fleuve abondant et lumineux que j'avais traversé à l'aide de bienfaiteurs invisibles. Puis, nous sommes arrivés dans une grande maison pleine de lumière !

Il posa sa main amaigrie sur son front en sueur et s'exclama :

– Ah ! Comme j'aimerais pouvoir me souvenir de tout ce que j'ai vu ! J'ai l'impression d'avoir visité un monde heureux, d'avoir reçu des enseignements d'une grande signification, mais… ma mémoire me fait défaut !…

Sa compagne le calma, et lui suggéra de dormir.

C'est ainsi que se déroula la première excursion de formation avec les amis qui, très prochainement, seraient avec nous.

Nous étions à nouveau réunis dans l'institution bénie d'Adélaïde, Jérôme prit la décision de retourner au Foyer transitoire de Fabian pour nous reposer et apporter notre soutien à d'autres secteurs chaque fois qu'une occasion de nous rendre utiles nous offrait sa bénédiction.

13
Compagnon libéré

À la suite de son intervention chirurgicale, Cavalcante avait empiré, différents préparatifs furent donc mis en place. Puis, Jérôme prit des mesures afférentes à la désincarnation de Dimas dont la situation était des plus précaires.

Au petit matin, après s'être mis d'accord avec sœur Zénobie concernant l'endroit où Cavalcante serait libéré de ses liens physiques, l'assistant nous invita à nous mettre au travail.

Une fois de plus, je comprenais qu'il est un temps pour mourir, comme il est un temps pour naître. Dimas devait entrer dans une nouvelle période de rénovation, par conséquent, il devait quitter son enveloppe grossière afin de se transformer pour entreprendre un nouvel apprentissage. Le jour exact n'avait pas été défini. Mais le moment était venu. J'avais en tête ma propre désincarnation et comme j'étais avide d'informations édifiantes, dans la matinée en chemin, alors que nous retournions au cercle charnel, j'osai interroger notre orienteur :

– Cher assistant – lui fis-je –, j'aimerais avoir des renseignements concernant notre tâche… Pourriez-vous me dire si Dimas désincarnera au bon moment ? A-t-il vécu un laps de temps suffisant à l'épanouissement de son Esprit sur la croûte terrestre ? A-t-il achevé la tâche qui l'a amené à renaître ?

– Non – répondit l'interpellé avec fermeté –, il n'a pas réussi à profiter du temps qui lui était imparti.

– Oh ! S'agit-il donc comme moi d'un suicide inconscient ? – lui fis-je remarquer précipitamment. C'était dans un tel état que j'étais retourné à notre colonie et, avant d'obtenir la grâce de l'abri rénovateur, j'étais passé par de dures souffrances.

À l'évocation de telles idées, je me demandais comment lui venir en aide.

On avait certainement de bonnes raisons de le faire, mais les informations de l'orienteur me déconcertaient. Si le frère en question n'avait pas terminé la tâche qu'il avait assumée, pourquoi une telle considération ? Méritait-il les soins exceptionnels d'une assistance personnalisée ? Quel motif poussait la sphère supérieure à lui prêter autant d'attention ?

De toute évidence, Jérôme comprit ce qui me tracassait, mais il s'abstint de faire de longs commentaires et répondit simplement :

– Non, André, notre ami n'est pas suicidaire.

Il valait mieux que je fasse taire toute réflexion déplacée, mais le besoin instinctif invétéré que j'avais de trouver des raisons à tout était plus fort que moi.

Quelque peu déconcerté, tout en le fixant des yeux, je lui demandai encore :

– Mais si Dimas n'a pas totalement profité de l'occasion qui lui était offerte, il n'aura pas non plus perdu son temps, comme ce fut mon cas, n'est-ce pas ?

Mon interlocuteur eut un sourire et prit un ton compatissant pour me répondre :

– Je ne connais pas ton histoire, André, mais je suis sûr que les meilleures intentions ont guidé tes actes dans le passé.

Quant à l'ami dont nous parlons, sa situation est très claire. Dimas n'a pas réussi à compléter le temps qui lui était imparti en raison de l'environnement fait de sacrifices qui ont dominé ses jours jusqu'au terme de son existence. Habitué depuis l'enfance à lutter sans relâche, il a grandi entre les devoirs et les abnégations incessantes. Dépourvu de toutes facilités matérielles au commencement de sa vie, c'est avec beaucoup de mal qu'il a eu accès aux lectures les plus simples. Livré à de rudes tâches à la fleur de l'âge, il fonda une famille au prix de sacrifices quotidiens vaincus à la sueur de son front. Il passa sa vie en se soumettant aux règles alors qu'il gagnait son pain en dépensant d'énormes quantités d'énergie. Malgré tout, il trouva le moyen de se consacrer à ceux qui gémissaient et qui souffraient à des niveaux inférieurs au sien. Doté de médiumnité, il l'a mise au service du bien collectif. Il vécut parmi les désespérés et les angoissés en tout genre. Cet esprit sensible trouvait du plaisir à être utile et comme les nécessiteux gardent rarement la notion de l'équilibre, son existence fut un soutien pour les malades du corps et de l'âme. Il perdit presque complètement le confort d'une vie sociale, se priva d'études édifiantes qui lui auraient permis de réaliser plus largement son idéal d'homme de bien. L'accumulation des tâches contraignantes et accélérées pour se consacrer à la cause de la souffrance humaine lui fut préjudiciable. Du fait des veillées tardives et incessantes, ses résistances nerveuses diminuèrent. L'irrégularité inévitable des repas qu'il prenait eut un effet nuisible sur l'équilibre de son estomac. Les méchancetés gratuites dont il était l'objet furent une source de tourments et les chocs réitérés face à la douleur d'autrui, qui avait toujours des répercussions amères sur son cœur, finirent par loger des vibrations destructrices dans son foie, créant des affections morales qui empêchèrent le sang de se régénérer. Il est vrai que nous ne pouvons pas féliciter le travailleur qui perd un organe fondamental à la vie physique en faisant face aux perturbations que des compagnons incarnés créent et stimulent d'eux-mêmes ; cependant, il faut prendre les circonstances qui sont en jeu en considération. Tel un apôtre de l'Évangile, Dimas aurait pu recevoir naturellement de telles émissions destructrices en gardant sa sérénité. Toutefois, on n'arrive pas d'un jour à l'autre à se protéger psychiquement du bombardement des projections perturbatrices émises par l'esprit d'autrui, comme il n'est pas facile d'improviser une digue de protection face à un océan déchaîné. Entouré d'exigences d'ordre affectif, sous-alimenté, manquant de sommeil, il eut des congestions hépatiques répétées qui dégénérèrent en cirrhose hypertrophique, et qui finirent par miner son corps.

L'orienteur marqua un temps d'arrêt et, comme je me sentais profondément honteux du parallèle que j'avais fait sans réfléchir, Jérôme ajouta la précision suivante :

– D'après nos observations, certaines existences perdent en durée, mais gagnent en intensité. La vision imparfaite des hommes incarnés demande un examen pointu des effets, mais la vision divine ne néglige jamais de rechercher minutieusement les causes…

Humilié, je me tus. L'habitude que j'avais encore d'analyser les gens et les faits de manière partielle m'imposait une fois de plus une profonde déception. De toute évidence, l'assistant connaissait mon passé, il avait été informé de mes égarements précédents, mais voulait éviter de me froisser avec des comparaisons. Les souvenirs du passé me revinrent très distinctement à l'esprit. Indéniablement, j'avais vécu ma dernière expérience comme bon me semblait. Je prenais calmement des repas copieux à heures fixes ; je m'adonnais à mes études favorites ; je disposais de mon temps comme je l'entendais en totale indépendance ; je fermais la porte aux clients qui m'étaient antipathiques quand je n'avais pas envie de les supporter. Jamais, je n'avais souffert du foie à cause des souffrances des autres, car il était déjà trop petit puisqu'il supportait les vibrations destructrices de mes propres irritations lorsque j'étais contrarié d'un point de vue personnel, mais surtout parce que mon appareil gastro-intestinal était annihilé par mes excès d'alimentation et de boisson auxquels était venue se joindre la syphilis que j'avais contractée du fait de ma vie déréglée. Il y avait donc une grande différence entre le cas de Dimas et le mien. Le dévoué serviteur du bien avait utilisé les possibilités que le Ciel lui avait confiées dans l'intérêt d'autrui. Quant à moi, trop imbu de ma personne, j'avais joui de ces possibilités au maximum, au point de me perdre du fait de ma satiété abusive.

Néanmoins, Jérôme était suffisamment bon pour ne pas commenter de si dures réalités. Témoignant toujours de cette générosité spontanée qui le caractérisait, il aborda d'autres sujets pour dissiper les impressions déplaisantes qui m'assaillaient.

Peu après, nous arrivions à la résidence du patient qui était dans un état très grave.

Quelques amis désincarnés veillaient sur lui attentivement.

Une entité illuminée qui témoignait de son grand intérêt pour l'agonisant, s'approcha de l'assistant et lui demanda si la mort était prévue pour ce jour.

– Oui – lui répondit l'interpellé –, il n'a plus de forces pour résister. Nous sommes autorisés à le soulager, c'est d'ailleurs ce que nous ferons, aujourd'hui même, en allégeant son lourd fardeau de matière dense.

L'interlocutrice évoqua encore la possibilité de réunir quelques bénéficiaires de la mission accomplie par le mourant qui désiraient lui témoigner leur reconnaissance en ce dernier jour sur le plan charnel.

– Chère amie, essayez de comprendre les difficultés inhérentes au cas présent – répondit notre directeur avec amabilité.

– Si Dimas était complètement maître de ses émotions, il n'y aurait absolument aucun inconvénient. Néanmoins, il est toujours en proie à une forte agitation psychique. Il sait que la fin approche, mais il ne peut se détacher brusquement des liens familiaux. L'avenir des siens l'inquiète beaucoup, il manque totalement de contrôle nerveux et reste sensible à l'affliction de son épouse et de ses enfants. Nous pensons que cette visite est inopportune à l'heure où nous devons procéder à sa désincarnation parce qu'elle pourrait aggraver son état de perturbation mentale, même s'il s'agit de ses meilleurs amis. Cependant, Dimas pourra être soutenu par l'affection de ceux qui lui sont attachés dès qu'il se sera défait de son corps physique. En outre, je suggère que des manifestations d'affection, méritée et juste, lui soit témoignées par ceux qui l'estiment, le jour où nous nous rendrons au Foyer transitoire de Fabian dans les zones plus élevées. Notre frère et collaborateur se reposera en ces lieux où l'on prendra soin de lui auprès d'autres amis dans des conditions analogues. Nous ne manquerons pas de les prévenir de son départ pour que ceux qui lui sont proches viennent se réunir avec nous dans une prière de reconnaissance que nous élèverons au Tout-Puissant.

La consultante qui s'avoua satisfaite fit remarquer :

– Très juste ! Nous attendrons votre communiqué le moment venu.

Peu après, elle prit congé et s'éloigna entourée d'autres visiteurs de notre sphère qui, dès lors, nous permettaient de poursuivre librement la tâche nécessaire.

L'affaire était, sans aucun doute, très délicate.

Au pied de son lit, malgré les veilles prolongées et les sacrifices éreintants dont témoignait son visage, l'épouse du médium restait stoïque à ses côtés. Les yeux pleins de larmes, elle faisait des efforts pour retenir le mourant qu'elle aimait en émettant des liens d'une énergie grisâtre. Dimas nous donnait l'impression d'être un poisson prisonnier dans un délicat filet.

Avec bonté, Jérôme fit le commentaire suivant la concernant :

– Notre pauvre amie est le premier obstacle à retirer. Nous apporterons une amélioration temporaire à l'agonisant afin de calmer son esprit angoissé. Ce n'est qu'après avoir pris de telles mesures que nous réussirons à le retirer sans difficulté majeure. Les courants de force qu'elle extériorise donnent une vie apparente aux centres d'énergie vitale qui se trouvent déjà en processus avancé de désintégration.

L'assistant demanda à Luciane et Hippolyte de se mettre à côté de l'épouse pour modifier ses vibrations mentales. Puis, il m'indiqua comment apporter mon aide afin de l'influencer comme cela était nécessaire.

Tandis qu'il gardait ses mains collées au cerveau de Dimas pour renforcer son état général, Jérôme lui appliquait des passes longitudinaux pour défaire les fils magnétiques qui s'entrecroisaient sur son corps épuisé.

Je remarquai que la situation du moribond était déjà très grave. Complètement dérangé, le foie commençait à paralyser définitivement toutes ses fonctions. L'estomac, le pancréas et le duodénum présentaient d'étranges anomalies. Les reins ne fonctionnaient pratiquement plus. Les glomérules restaient accrochés aux ramifications artérielles comme de petits boutons violets ; les tubes collecteurs endurcis annonçaient que son corps était à bout. Des symptômes de gangrène menaçaient tout son organisme.

Ce qui était le plus impressionnant, toutefois, c'était l'agitation de la faune microscopique. Différentes espèces de corpuscules nageaient dans les liquides accumulés dans son ventre et se concentraient surtout au niveau hépatique, comme s'ils cherchaient quelque chose avec avidité à proximité de la vésicule.

Le cœur battait difficilement. L'affaiblissement général avait atteint son paroxysme.

– Nous devons le soulager temporairement – affirma le chef des opérations pour calmer ses parents angoissés. La chambre est pleine de substances mentales torturantes.

L'assistant se mit alors à exercer intensément son influence.

Dimas, qui n'arrivait plus à raisonner, car il était obnubilé par la douleur, ne pouvait percevoir notre présence. Les frictions cellulaires du fait du développement rapide du virus porteur du coma l'empêchaient de percevoir les choses plus clairement. Les facultés médiumniques salutaires qu'il possédait s'étaient temporairement éclipsées face aux chocs de la souffrance. Toutefois, il était extrêmement sensible à l'action magnétique.

Peu à peu, grâce à l'interférence de Jérôme, l'ami se calma, il arrivait à respirer à un rythme presque normal. Il ouvrit ses yeux profonds et s'exclama réconforté :

– Grâce à Dieu ! Loué soit le Seigneur !

Un de ses garçons qui le dévisageait d'un regard suppliant, accompagnait anxieusement ses paroles et soulagé lui demanda :

– Tu vas mieux, papa ?

– Oh ! Oui, mon fils, maintenant je respire mieux…

– Tu sens les amis spirituels à tes côtés ? – lui fit le jeune garçon plein d'espoir.

Le malade lui sourit, un peu triste, et lui répondit :

– Non. Je pense que la souffrance physique bloque la porte de communication avec la sphère invisible. Malgré tout, je suis très confiant. Jésus ne nous abandonne pas.

Il fixa du regard sa compagne en larmes et ajouta :

– Nous nous sentons tous seuls dans les moments difficiles où nous devons mesurer nos valeurs spirituelles. Je suis convaincu que nos guides du plan supérieur ne m'oublieront pas… toutefois… je ne dois pas m'attendre à ce qu'ils prennent soin de moi en permanence…

Il parlait d'une voix presque imperceptible en raison de son abattement, et ses paroles étaient entrecoupées, car sa respiration était oppressée.

Son épouse chancelante était complètement soutenue par Luciane qui l'étreignait affectueusement. On pouvait noter sur son visage les signes marqués de son angoissante fatigue. De grosses larmes épaisses coulaient de ses yeux rouges.

Jérôme posa alors sa dextre sur le front du moribond pour lui donner des forces, l'inspirer et pour qu'il laisse libre cours à nos activités. Une nouvelle lumière brilla dans le regard de Dimas qu'il posa sur sa compagne, tout en s'efforçant de paraître calme, et lui fit d'une voix suppliante :

– Chérie, va te reposer !… Je t'en supplie… Tant de nuits passées à veiller finiront par t'achever. Que deviendrais-je, malade et épuisé que je suis, si le découragement nous empare tous ?

Il y eut un intervalle prolongé, puis il reprit :

– Va te reposer, je te le demande. J'aurais plaisir à te voir plus forte… Vas-y. Je me sens mieux et je sais que ce jour sera calme et nous apportera le réconfort.

L'épouse céda aux prières de son mari et sous la douce influence de Luciane et d'Hippolyte, la maîtresse de maison se retira dans sa chambre.

Vu l'amélioration obtenue, il y eut une augmentation de joie au sein de la famille. Le médecin fut appelé. Satisfait, il affirma que les pronostics contredisaient les hypothèses précédentes. Il renouvela le traitement, dispensa les anesthésiants et recommanda aux domestiques de laisser le malade se reposer dans le calme absolu. De manière surprenante, Dimas allait beaucoup mieux. Il était donc normal que la chambre reste plongée dans le silence pour qu'il ait un sommeil réparateur.

Le docteur avait répondu à nos souhaits.

En quelques minutes, la pièce était vide, facilitant de la sorte notre travail.

L'assistant attribua à chacun de nous une tâche précise.

Après avoir tissé un écran fluidique de protection autour du lit pour que les vibrations mentales inférieures fussent absorbées, Hippolyte et Luciane restèrent à ses côtés en prière, tandis que je gardais ma main droite posée au-dessus du plexus solaire de l'agonisant.

– À présent, les opérations définitives vont pouvoir commencer – nous fit Jérôme résolument –, mais avant, donnons à notre ami le temps d'une dernière prière.

L'assistant resta longuement en contact avec la partie postérieure de son cerveau. Nous vîmes alors l'agonisant émettre de belles pensées lumineuses. Il ne nous voyait ni ne nous entendait directement, mais son intuition était claire et active. Sous le contrôle de Jérôme, il ressentit un besoin impérieux de prier et, bien que ses lèvres fatiguées fussent immobiles, nous pouvions distinguer la prière mentale qu'il adressait au Maître divin :

– Seigneur Jésus, je crois que mon corps est à bout, ce corps que tu m'as accordé pendant un certain temps qui me fut un don précieux et béni. Je ne sais pas, Seigneur, combien de fois j'ai blessé cette machine physiologique que tu m'as confiée. Inconsciemment, du fait de mon indifférence, j'ai brisé différentes parties de ce patrimoine sacré par négligence, dont je reconnais la valeur après douze mois de souffrance charnelle constante. Je ne peux t'implorer la bénédiction d'une mort paisible parce que je n'ai rien fait de bon ou d'utile pour la mériter. Mais si c'est possible, Médecin bien-aimé, que ton amour compatissant et dévoué me vienne en aide ! Tu as guéri des paralytiques, des aveugles et des lépreux… Pourquoi n'aurais-tu pas pitié de moi, misérable pèlerin de la terre ?…

Ses yeux laissaient échapper d'abondantes larmes.

Après quelques minutes, nous vîmes l'agonisant se souvenir de sa lointaine enfance. Sur l'écran miraculeux de sa mémoire, il revoyait le giron maternel et avait soif de l'affection de celle qui fut sa mère. Oh ! Si seulement cette vénérable petite vieille que la mort avait ravie tant d'années auparavant pouvait lui venir en aide ! – se disait-il. Devant ses douces réminiscences, le cadre de sa prière se modifia, il se souvint de la scène de la crucifixion de Jésus, il chercha mentalement à percevoir la silhouette sublime de Marie et, mentalement agenouillé face à elle, il la supplia :

– Mère des cieux, Mère des mères humaines, refuge des orphelins de la terre, je suis aussi, à présent, le garçon fragile qui a faim d'affection maternelle en cette heure suprême ! Oh ! Mère divine, mère de mon Maître et de mon Seigneur, daigne me bénir ! Souviens-toi que ton fils divin a pu te voir au dernier instant et intercède en ma faveur, misérable esclave que je suis pour que ma sainte mère soit à mes côtés à l'heure de mon départ !... Viens à mon secours ! Ne m'abandonne pas, ange protecteur de l'humanité, toi qui es bénie entre toutes les femmes !

Oh ! Providence merveilleuse du Ciel ! Le cœur du mourant se transforma en lumière radieuse et par la porte d'accès entra une vénérable femme, couronnée d'un halo blanc comme neige. Elle s'approcha de Jérôme et, après nous avoir souhaité la paix divine, elle lui fit :

– Je suis sa mère...

L'assistant l'informa du caractère urgent de la tâche qui nous attendait et lui confia l'être cher.

Quelques minutes plus tard, nous avions devant nos yeux une scène d'amour inoubliable. La petite vieille était assise sur le lit, elle avait posé la tête du mourant sur ses genoux et la caressait tendrement.

En raison de ce précieux renfort, Hippolyte et Luciane, répondant à la demande de notre directeur, allèrent veiller au sommeil de l'épouse pour que ses émissions mentales ne viennent pas altérer nos efforts.

Dans la pièce, nous n'étions plus que trois.

Dimas éprouvait un indicible bien-être auprès de sa mère, il semblait oublier à présent toutes ses peines, car il se sentait protégé comme un enfant à moitié inconscient, presque heureux. Jérôme me demanda de rester vigilant, les mains collées au front du patient, pour passer ensuite à la tâche complexe et silencieuse de magnétisation. En premier lieu, il insensibilisa entièrement le souffrant pour interrompre l'activité de ses viscères plus facilement. À la suite de cela, grâce à des passes longitudinaux, il isola tout le système nerveux sympathique en neutralisant après les fibres inhibitrices de son cerveau. Il se reposa quelques secondes et affirma :

– Il vaut mieux que Dimas ne parle pas à sa famille. Il ferait peut-être des demandes inopportunes.

Il indiqua du regard le désincarné et fit le commentaire suivant :

– En d'autres temps, André, les anciens croyaient que des entités mythologiques coupaient les fils de la vie humaine. Nous sommes de véritables Parques, car nous effectuons une telle opération…

Et comme je lui demandai par où nous allions commencer, il me répondit :

– Comme tu le sais, il y a trois régions organiques fondamentales qui exigent une extrême attention lors des services de libération de l'âme : le centre végétatif lié au ventre qui est le siège des manifestations physiologiques ; le centre émotionnel qui est la zone des sentiments et des désirs, basé dans le thorax, et le centre mental, le plus important par excellence, qui est situé dans le cerveau.

Mais ma curiosité était sans mesure. Comprenant, néanmoins, que l'heure n'était pas aux longues explications, je m'abstins de poser d'autres questions.

Jérôme, néanmoins, avec sa gentillesse coutumière perçut mon désir d'en savoir davantage pour cela il ajouta :

– À une autre occasion, André, tu étudieras le problème transcendant des différentes zones vitales chez l'individu.

Puis, il me conseilla de prendre soin de bien appliquer les énergies magnétiques à l'esprit du mourant, car il se mit à opérer son plexus solaire en dénouant des liens qui retenaient ses forces physiques. Avec étonnement, je remarquai qu'une certaine quantité de substance laiteuse sortait de son nombril et restait en suspension tout autour. Ses membres inférieurs s'étirèrent en se refroidissant.

À moitié inconscient, Dimas se mit à gémir à voix haute.

Des amis effrayés accoururent. Des poches d'eau chaude furent posées à ses pieds. Mais avant que ses parents n'aient eu le temps d'entrer en scène, grâce à des passes concentrés sur le thorax du mourant, Jérôme détendit les liens qui maintenaient la cohésion cellulaire du centre émotif en agissant sur un endroit précis du cœur qui se mit à fonctionner comme une bombe mécanique déréglée. Une nouvelle quantité de substance se détacha du corps, de l'épigastre à la gorge. Mais je remarquai que tous les muscles réagissaient fortement au départ de l'âme et s'opposaient à la libération des forces motrices dans un effort désespéré causant une angoissante affliction au souffrant. Son corps physique nous résistait et cherchait à rester en vie en retenant son être spirituel.

Comme son pouls était devenu imperceptible, les parents et le médecin furent appelés, ceux-ci accoururent empressés. Sur les genoux de sa mère et sous notre influence directe, Dimas n'arrivait plus à articuler le moindre mot ou à formuler des idées.

Nous lui avions permis d'entrer dans le coma dans de bonnes conditions.

L'assistant fit une courte pause, puis se remit à intervenir au niveau du cerveau. C'était la dernière étape. Jérôme concentra tout son potentiel d'énergie sur la fosse rhomboïde, il brisa quelque chose que je ne pus percevoir en détail. Une fulgurante lumière violette et dorée se détacha de la zone crânienne absorbant instantanément la grande quantité de substance laiteuse déjà extériorisée. Je cherchai à fixer cette lumière fulgurante, mais j'avoue que c'était difficile. Rapidement, je remarquai que les forces en question étaient dotées d'un pouvoir plastifiant. La flamme citée se transforma en une tête merveilleuse qui ressemblait à celle de notre ami désincarné. Après elle, tout le corps périsprital de Dimas se constitua trait par trait, un membre après l'autre. Au fur et à mesure que le nouvel organisme surgissait devant nos yeux, la lumière violette et dorée, fulgurante au niveau du cerveau, pâlissait graduellement, jusqu'à disparaître complètement. C'était comme si elle représentait l'ensemble des principes supérieurs de la personnalité momentanément rassemblés en un seul point, se répandant ensuite dans tout l'organisme périsprital assurant, de cette manière, la cohésion des divers atomes des nouvelles dimensions vibratoires.

Dimas désincarné s'éleva à quelques mètres au dessus de Dimas cadavérique rattaché à peine à son corps par un fin cordon argenté qui ressemblait à un élastique entre le cerveau de matière dense abandonnée et le cerveau de matière raréfiée de l'organisme libéré.

Rapidement, sa mère abandonna son corps grossier, et accueillit la nouvelle forme en l'enveloppant dans une tunique de tissu très blanc qu'elle avait apportée.

Pour nos amis incarnés, Dimas était définitivement mort. Pour nous, cependant, l'opération était encore incomplète. L'assistant décida que le cordon fluidique devait rester en place jusqu'au lendemain, étant donné les besoins du « défunt », qui n'était pas encore tout à fait prêt à être déconnecté aussi rapidement.

Et, tandis que le médecin fournissait des explications techniques aux parents en larmes, Jérôme nous invita à nous retirer. Le nouveau désincarné fut confié à celle qui fut sa mère dans le monde physique :

– Ma sœur vous pouvez vous occuper de votre fils jusqu'à demain lorsque nous couperons le dernier fil qui le relie à sa dépouille avant de l'emmener dans un endroit adapté à son état. Pour l'instant, il se reposera et reverra son passé que se révélera à lui sous forme de vision panoramique intérieure. De plus, il accuse une faiblesse extrême après le laborieux effort qu'il vient de faire. Par conséquent, il ne pourra nous accompagner qu'après l'enterrement de son corps, auquel il est encore lié par les derniers résidus physiques.

Émue, la vieille femme le remercia. Puis, laissant entendre qu'il répondait à ses interrogations mentales, l'assistant finit par conclure :

– Il convient de monter la garde ici, de rester vigilant pour que ses amis et ses ennemis ne viennent pas déranger ce repos forcé de quelques heures.

La mère de Dimas nous exprima sa reconnaissance et nous partîmes en groupe en direction de la fondation de Fabian, car notre équipe de secours serait de retour sur terre le lendemain.

14
Mission de secours

Durant la nuit, mes compagnons de mission ne semblaient plus accorder autant d'intérêt au cas de Dimas. Jérôme non plus puisqu'il avait prévu de réserver ses efforts pour le lendemain quand viendrait l'heure de le transporter jusqu'au refuge de Fabian.

Personnellement, je ne voyais pas les choses de cette manière.

En d'autres temps, lorsque je fus amené à me détacher de mes liens physiques, ma situation était telle que je ne pus faire d'observations qui seraient venues accroître mes connaissances. Le choc sensoriel que je vécus à cette heure pour ma personnalité qui était encore ignorante quant aux questions de l'esprit éternel m'avait empêché de faire une analyse minutieuse du sujet. À présent, cependant, l'occasion m'était donnée de comprendre la situation des nouveaux désincarnés face à l'inhumation de leur enveloppe grossière.

Par conséquent, j'exposai mon désir d'apprendre à Jérôme qui m'accorda volontiers son autorisation. Je pouvais donc me rendre chez Dimas, comme bon me semblait et y rester aussi longtemps que je le souhaiterais.

Cette approbation était pour moi une source de joie. Non seulement parce que j'avais l'occasion d'approfondir mes connaissances au niveau pratique, mais aussi parce que le fait en lui-même était des plus expressifs. Pour la première fois, un compagnon de travail, une autorité en la matière, était d'accord avec mon souhait, moi qui n'était qu'un humble ouvrier. Son consentement était donc une précieuse conquête. J'avais la liberté de m'instruire avec la responsabilité de ma conscience et la confiance de mes supérieurs hiérarchiques.

Après avoir quitté le Foyer transitoire, en pleine nuit, je me retrouvai rapidement dans l'ambiance familiale où notre ami s'était défait des liens de la matière la plus dense.

Je pénétrai dans la pièce. La maison était pleine d'amis et de collègues, incarnés et désincarnés. Il n'y avait absolument personne pour contrôler les allées et venues. Les groupes de différentes provenances entraient librement.

Dans un coin en retrait, toujours relié à ses viscères inertes par le cordon fluidique argenté, Dimas reposait la tête posée sur les genoux de sa mère auprès de deux amis attentifs qui l'assistaient.

La noble femme me reconnut, émue, elle me présenta aux compagnons qui étaient présents.

L'un d'eux, Fabricien, m'accueillit aimablement et voulut avoir des renseignements sur le décès de Dimas. Je lui racontai en détail les travaux qui avaient eu lieu. Ensuite, mon interlocuteur se mit à me fournir les explications suivantes :

– J'ai toujours eu par Dimas une admiration sincère, pour le soutien salutaire qu'il a toujours su nous offrir. Je fais partie de la commission spirituelle de service qui, grâce à lui, s'occupe des nécessiteux depuis six ans. Il a toujours été assidu dans sa tâche, un bon compagnon, un frère loyal.

Comme ce qu'il venait de me dire m'étonnait, je lui demandai :

– Il y a donc des commissions de collaboration permanente pour les médiums en général ?

– On ne peut parler de généralité – répliqua mon interlocuteur –, car la médiumnité est une faculté comme une autre, et certains s'acharnent à obtenir des titres, mais dédaignent les devoirs qui leur correspondent. Certes, ils aimeraient communiquer avec notre plan, mais ils n'ont aucune notion des finalités et des responsabilités que cela représente. De sorte que l'on ne peut constituer des groupes de coopération pour les médiums en général, mais seulement pour ceux qui sont prêts à travailler activement. Beaucoup d'apprentis ne dépassent pas le stade de la tentative, de l'observation. Ils aimeraient trouver un chemin tout tracé et exigent la compagnie exclusive des bons Esprits. Ils s'engagent dans cette lutte constructive, mais ne s'en tiennent qu'à des études superficielles et à la première difficulté, ils abandonnent les engagements qu'ils ont assumés. Pour devenir une forteresse morale, on ne peut éviter les épreuves risquées et angoissantes. Toutefois, face aux exigences naturelles de leur apprentissage, ils se disent blessés dans leur dignité. Ils ne supportent pas l'approche des souffrants incarnés ou désincarnés et s'arrêtent au moindre signe de douleur. Pour de tels expérimentateurs, la formation d'équipes efficaces représentatives de notre plan serait extrêmement difficile. On ne sait jamais quand ils sont prêts à servir. S'ils reçoivent des facultés intuitives, ils demandent à incorporer ; s'ils ont le don de la voyance, ils veulent extérioriser des fluides vitaux pour les phénomènes de matérialisation.

J'écoutais attentivement les sages commentaires de mon nouvel ami, et tandis que je notai la noblesse de cette âme, je me mis à faire des considérations intimes sur la tâche qui nous avait amenés là.

Pourquoi avoir formé une expédition pour venir en aide à un serviteur qui disposait d'amis d'une telle compétence morale ?

Fabricien témoignait de connaissances élevées et d'une condition supérieure. L'obséquieux ami qui démontrait néanmoins une extrême acuité perceptive, sans me donner le temps de poser la moindre question inopportune, ajouta :

– Malgré toute l'amitié que nous portons au médium, nous n'avons pas pu suivre son départ. Nous avons une délégation de travail, mais en ce qui le concerne, l'autorité de nos supérieurs est entrée en jeu, et ils ont décidé qu'il avait plus besoin de repos, ce dont il n'aurait pu profiter s'il avait été amené à se trouver en notre compagnie.

Notre entretien me laissait entrevoir des angles très intéressants relatifs au problème de la mort. Séduit par ses considérations, je l'interrogeai sur ce qu'il savait déjà, car je cherchai à approfondir mes connaissances :

– Toute personne qui en est digne ne profite-t-elle pas du soutien des groupes secouristes lorsqu'elle se désincarne ?

– Non pas toutes – me confirma mon interlocuteur, puis il ajouta –, tous les processus de détachement reçoivent le soutien charitable de différentes organisations d'assistance. Toutefois, une mission spéciale ne peut être accordée à celui qui ne s'est pas distingué dans l'effort persévérant du bien.

– Mais – lui fis-je voulant aborder l'aspect qui m'intéressait le plus –, n'est-il pas de créatures profondément bonnes qui se libèrent des liens physiques – plus ou moins rattachées à des commissions de service spirituel de nature supérieure – sans que des missions secouristes soient préalablement désignées pour les aider ?

Après une courte pause, pour être plus clair, j'ajoutai :

– Supposons que Dimas n'ait été que récemment en liaison avec votre commission de travail et qu'il ait été amené à se désincarner sans les soins d'un groupe secouriste : Serait-il resté à la merci des circonstances ?

Fabricien eut un rire franc et me fit :

– C'est possible. Nous avons déjà eu des précédents. En général, de tels cas se produisent avec les travailleurs qui cherchent à tout prix à désincarner en prétextant qu'ils ont besoin de repos. Très souvent, au fond, ce sont des créatures qui sont bonnes de nature, mais qui ne sont pas très rationnelles et peu intelligentes. La semaine dernière, d'ailleurs, nous avons eu un cas de cet ordre. Une femme respectable, jeune encore, vu les fortes dispositions qu'elle révélait dans le domaine de la bienfaisance sociale, a été rattachée à un groupe de service dévoué, organisé par certains de nos amis. Comme elle avait du mal à s'entendre avec son mari et ayant connaissance de l'immortalité de la vie après la tombe, la pauvre créature voulut ardemment mourir. De stupides étourderies de la part de son mari avaient suffi pour qu'elle maudisse le monde et l'humanité. Elle n'arrivait pas à briser la coquille de ses tendances inférieures pour prendre la voie de la vie supérieure. Sous le coup de la colère et par manque de modération mentale, elle s'était mise en tête de se libérer de son corps à tout prix, sans toutefois recourir directement au suicide. Elle connaissait les amis spirituels qu'elle avait rejoints, et plutôt que d'accepter sagement leurs conseils, elle repoussait leurs avertissements fraternels pour n'accepter que les paroles de consolation qui lui étaient agréables entre les reproches bienveillants qui lui étaient adressés. Elle insista tellement pour mourir entre l'amertume et l'irritation persistantes qu'elle en vint à désincarner des suites d'une crise d'ictère compliquée due à une simple grippe. Il s'agissait d'un véritable suicide inconscient, mais cette femme au fond était extraordinairement charitable, bien qu'ingénue. Le repos ne lui fut donc pas accordé et encore moins une assistance spéciale. Malgré l'intercession efficace dont bénéficia la malheureuse, les bienfaiteurs de notre sphère ne réussirent à l'éloigner de ses viscères cadavériques que depuis deux jours et dans des conditions impressionnantes et lamentables. Les autorités supérieures n'avaient prescrit aucune assistance particulière la concernant, mais elle ne pouvait être abandonnée à son propre sort en raison des vertus potentielles dont elle était porteuse, par conséquent, par esprit de compassion, le directeur de la commission de service à laquelle était affiliée cette amie imprévoyante la recueillit en pleine lutte. Immédiatement, elle se mit à travailler activement dans des conditions bien plus sérieuses et beaucoup plus compliquées.

Cette explication me toucha profondément.

Il avait répondu aux informations que je souhaitais avoir. La loi divine, en fait, parfaite dans ses fondements est aussi harmonieuse dans ses applications.

Fabricien eut un beau sourire et en déduisit :

– La paix légitime ne fructifie pas sans la semence nécessaire. Pour jouir du repos, il faut avant tout le mériter. Les âmes inquiètes se livrent facilement au désespoir et provoquent de cruelles souffrances.

Puis il dévisagea le nouveau désincarné comme pour nous faire comprendre que nous devrions concentrer notre attention sur son bien-être, et ajouta en lui caressant le front :

– Notre ami se repose à présent, la tempête des épreuves incessantes est achevée. Pauvre homme, il est bien faible. Sa sensibilité mise au service du devoir bien accompli a flagellé son âme jusqu'au bout. Néanmoins, il a planté la foi, la sérénité, l'optimisme et la joie dans des milliers de cœurs en édifiant de solides bases de bonheur pour l'avenir. Pour l'instant, comme un oiseau fragile, il est incapable de voler loin de son nid.

– Heureusement – fit sa mère satisfaite –, il va de mieux en mieux. Les résidus qui le reliaient à son cadavre ont presque disparu.

Elle balaya du regard la modeste résidence et ajouta :

– S'il pouvait recevoir une collaboration plus soutenue de ses amis incarnés, il se rétablirait bien plus rapidement.

Toutefois, chaque fois que ses parents fondent en larmes sur sa dépouille, il est rappelé à son cadavre, ce qui nuit à son prompt rétablissement.

– C'est bien lamentable – lui fit Fabricien –, mais nos frères incarnés ignorent les secrets des connaissances réelles pour savoir comment réagir en cette heure.

– Face à cela – répondit la mère résignée –, j'insiste pour que Dimas dorme, même si son sommeil, qui pourrait être doux et calme, est peuplé de cauchemars.

Devant mon étonnement, le compagnon s'empressa de m'expliquer :

– Les images contenues dans les évocations faites lors des entretiens qu'ont ses proches ont une incidence sur l'esprit du désincarné qui se repose, après s'être plongé rapidement dans la contemplation des événements relatifs à son existence qui vient de s'achever. Il n'y a pas que les images. Parfois, nos amis présents bavardent pour ne rien dire. Ils exhument avec exaltation le souvenir de certains faits qui ramènent jusqu'ici certains protagonistes déjà désincarnés.

Les affirmations entendues éveillaient ma curiosité. Mais Fabricien désirait me faire profiter d'une expérience directe, il me conseilla donc :

– Attends quelques minutes dans la salle d'à côté où la dépouille reçoit les visites.

Je lui obéis.

La veillée se déroulait normalement. Des fleurs parfumées, des visages graves et des conversations discrètes.

Près du cadavre, les amis avaient une attitude réservée et circonspecte. À quelques pas de là, néanmoins, on se laissait aller à de vives anecdotes sur l'ami en transit pour « l'autre monde ». Des incidents en tout genre concernant la vie du « défunt » étaient rappelés avec humour et vivacité.

Je m'approchai de l'un des groupes qui évoquaient sa mémoire.

Un jeune homme s'adressa à un vieillard en lui demandant :

– Colonel avez-vous reçu votre argent ?

– Pas pour l'instant – répondit le vieil homme interpellé en se préparant une cigarette roulée à l'ancienne mode –, mais je ne m'inquiète pas de ce retard. Dimas a toujours été un bon camarade et ses fils n'oublieront pas l'engagement paternel. C'est une question de temps…

Soucieux de mettre en valeur les précieuses qualités du « défunt » et révélant ses bonnes dispositions de chroniqueur municipal, il continua :

– Dimas était un homme intéressant et exceptionnel. J'ai toujours envié sa sérénité. En matière de prudence, j'en ai connu très peu comme lui. Le fait est que je ne me suis jamais penché sur les études spirites, mais j'admets qu'en observant sa conduite, j'ai toujours désiré connaître la doctrine qui avait forgé son caractère.

Jusque-là tout allait bien. En dépit du fait que les dettes du « défunt » avaient été évoquées, le créancier ne prononçait que des paroles réconfortantes et de paix.

Toutefois, l'état actuel de l'éducation humaine fait qu'il est très difficile d'alimenter pendant plus de cinq minutes une conversation digne et cristalline dans un groupe de plus de trois créatures incarnées.

La voix du vieil homme changea d'inflexion, il regarda en direction du cadavre et fit observer sur un ton confidentiel :

– Peu d'hommes firent preuve d'autant de réserve que lui. J'ai rencontré Dimas il y a de nombreuses années, et je suis sûr qu'il a été témoin oculaire de crimes épouvantables qu'il n'a jamais révélés à la justice des hommes.

Après une courte pause, il alluma sa cigarette et demanda, suscitant à nouveau la curiosité de ses auditeurs :

– Vous ne l'avez jamais su ?

Comme pour répondre négativement, ils gardèrent le silence.

– Il y a environ trente ans – continua le narrateur –, Dimas habitait près d'une noble famille qui détenait un patrimoine important appartenant à la collectivité et qui en avait reçu publiquement la responsabilité. Il émanait de ce groupe familial, qui d'après l'appréciation générale était très bien considéré, des ordres et des bénéfices importants qui satisfaisaient tout le monde. Comme vous le savez, il y a trois décennies la vie à la campagne portait encore les marques expressives de l'héritage du Brésil impérial. L'économie était centrée autour de la « grande maison » symbolique où l'on prenait les décisions relatives à la vie de la population. Dans le voisinage d'une résidence traditionnelle, notre ami menait l'existence d'un modeste travailleur qui se préparait à l'avenir d'un homme de bien.

Le vieillard, qui ignorait toute question relevant de l'esprit, révéla des noms, donna des dates et rappela des détails insolites, tout en poursuivant avec une malveillante malice :

– Voilà qu'une nuit, à l'aube, un dirigeant politique réputé sortit de la résidence par le fond accompagné d'une femme qui affichait une totale insouciance alors qu'elle lui faisait ses adieux en manifestant des marques d'affection intempestive. Une fois ce moment étrange passé, croyant qu'il était seul, le « Dom Juan » fit quelques pas pour se retirer, néanmoins, il vérifia autour de lui s'il n'y avait personne et allait continuer son chemin quand il remarqua que quelqu'un l'avait observé en compagnie de l'épouse de son ami respectable. Il s'agissait d'un ouvrier très modeste qui se trouvait peut-être là en vertu de circonstances qu'il ne pouvait apprécier. D'un bond, l'homme politique le rejoint. Cet homme d'une robuste carrure et d'un tempérament violent s'approcha du spectateur inattendu et l'interpella brutalement. Le pauvre homme lui répondit avec humilité :

– Monsieur – je ne vous épiais pas, je le jure !

– De toute façon, tu mourras – lui fit son athlétique agresseur d'une voix enrouée par la colère.

Il l'attrapa par la manche et lui fit en serrant les dents :

– Les vers qui dérangent doivent mourir.

– Ne me tuez pas, Monsieur ! Ne me tuez pas ! – suppliait le malheureux – j'ai une femme et des enfants ! Je saurai vous respecter !...

La victime eut beau se mettre à genoux, le supplier, aveuglé par la haine, l'homme cruel prit son arme, lui tira une balle en plein cœur et s'éloigna précipitamment.

À une courte distance, Dimas avait tout observé et se mit à crier. L'assassin l'entendit et le reconnut immédiatement. Dimas s'élança pour secourir le blessé qui n'eut même pas le temps de gémir. Alors qu'il se tenait près de la victime, d'autres personnes empressées vêtues de blanc accoururent pour voir ce qui s'était passé, son attitude ne révéla pas la moindre suspicion. Lorsqu'il fut amené à témoigner devant les autorités, lui qui savait tout, ne fit aucune révélation. Il accompagna le défunt lors des funérailles, il lui dispensa tous les soins, ainsi qu'à sa famille, mais il évita toujours de fournir le moindre indice pour que le criminel soit capturé, alléguant même ne pas connaître les détails à l'origine de ce malheureux événement. L'enquête de la police en conclut donc qu'il devait s'agir d'un vol. L'unique témoin préférait le silence au scandale qui aurait provoqué de graves dissidences au niveau familial et social.

Le regard fixé sur la dépouille, le narrateur ajouta :

– Il savait garder un secret ! Je n'ai pas connu d'homme plus discret.

Perspicace, l'un des auditeurs lui demanda :

– Mais, colonel, comment connaissez-vous tous ces détails si Dimas n'a jamais rien révélé ?

L'interpellé eut un geste de satisfaction et répondit :

– Avoir de bonnes relations avec le curé a ses avantages. C'est mon vieil ami, le père F…, que Dieu le garde, fortement impressionné par cette histoire qui m'a rapporté les faits. Il a entendu l'assassin en confession avant de mourir et obtint tous les détails sur cette sombre affaire. L'homicide, qui fit une soigneuse exposition de ses erreurs, n'oublia pas de nommer Dimas au vicaire comme étant le seul témoin du péché mortel qu'il avait commis. Le prêtre qui était un excellent ami et qui avait une large expérience du monde préféra ne pas rendre l'affaire publique. Les personnes concernées par le drame avaient des enfants qui devaient être respectés et il eut été cruel de rappeler un fait aussi triste.

Le narrateur eut une curieuse expression sur le visage et en vint à conclure en éteignant sa cigarette :

– Tout passe… Tout le monde est mort, la victime, l'adultère, l'assassin, le confesseur et, maintenant, le témoin. Il existe certainement un endroit, qui n'est pas de ce monde, où la justice est rendue.

À cet instant, une horrible figure, accompagnée de plusieurs autres tout aussi monstrueuses, surgit brusquement. Elle s'approcha du narrateur insouciant, entendit ses derniers mots et se mit à le secouer en criant :

– Je suis le meurtrier ! Qu'est-ce que tu me veux ? Pourquoi m'appelles-tu ? Est-ce que tu es juge ?

Le narrateur ne voyait pas ce que je pouvais voir, mais son corps sursauta ce qui fit éclater de rire ceux qui étaient présents.

Peu après, l'homicide désincarné, qui fut peut-être attiré par l'odeur forte des fleurs qui se trouvaient sur l'estrade improvisée, prit conscience qu'il s'agissait d'une veillée. Troublé, il se tourna vers le défunt qu'il reconnut immédiatement.

Profondément surpris, il s'agenouilla et se mit à crier :

– Dimas, Dimas, alors toi aussi tu viens à la vérité ?! Où es-tu mon ami, toi, qui as posé sur ma faute le voile de la charité sans limites ? Aide-moi ! Je suis désespéré ! Où puis-je trouver celui que j'ai tué pour implorer son pardon ? Aide-moi, encore une fois ! Aie de la compassion pour moi ! Tu dois savoir ce que j'ignore ! Aide-moi ! Aide-moi !…

À côté du malheureux, en prière, il y avait différentes entités souffrantes qui restaient immobiles.

À cet instant, Fabricien surgit, il ordonna aux envahisseurs de s'éloigner sur le champ.

Une fois que la pièce eut retrouvé son calme, mon nouvel ami me fit observer :

– Je suis sûr que ce groupe est entré ici par invocation directe.

D'un air impressionné, je lui racontai ce qui s'était passé.

Il m'écouta calmement et me fit :

– L'observation que nous faisons de nous-mêmes est toujours plus précieuse. Bien que voué à la cause du bien et amené à faire de grands efforts pour coopérer à l'œuvre collective, Dimas a négligé de stimuler la pratique méthodique de la prière au sein de sa famille, dans le sanctuaire domestique. C'est pour cela qu'il a des défenses personnelles, mais son foyer reste à la merci des visites en tout genre.

Son élucidation était significative. Je commençais à comprendre pourquoi l'émotivité de la famille inconsolable était préjudiciable. Mais comme je souhaitais concentrer l'apprentissage de la soirée sur le sujet concernant la désincarnation, je lui demandai :

– Notre ami récemment désincarné aura-t-il entendu la supplication faite par le malheureux frère ?

– Il gémit sous le coup de terribles cauchemars dans les bras de sa chère mère – expliqua Fabricien avec bienveillance –, alors qu'il se souvient des faits relatés. Nous pouvions constater que Dimas était en proie à une forte agitation, car il recevait des chocs désagréables à travers l'ultime lien qui le retenait encore à la terre.

– A-t-il vu et entendu les tableaux invoqués ? – insistai-je.

– Vu son état de perturbation, il n'a pas réussi à voir, ni à entendre intégralement les faits relatés, mais il s'est aperçu et a ressenti quelque chose, il s'est senti opprimé et en souffre, ce qui nuit à son rétablissement. Les forces mentales sont revêtues de merveilleux pouvoirs.

Puis, indiquant les groupes qui continuaient à bavarder, charitable, il souligna :

– Nos amis de la sphère charnelle ignorent profondément tout ce qui se rapporte à la mort. Au lieu d'alimenter des pensées amicales et réconfortantes, des prières d'aide et de vibrations fraternelles, ils jettent aux nouveaux désincarnés les pierres et les épines qu'ils ont laissées en chemin. C'est pour cela que les défunts qui livrent leur dépouille aux morgues solitaires de l'indigence sont en quelque sorte moins malheureux.

Il n'eut pas le temps de terminer ses considérations que l'épouse de Dimas en sanglots se leva du lit où elle reposait et se dirigea vers le cadavre tout en répétant son nom de manière émouvante :

– Dimas ! Dimas ! Que vais-je devenir ? Nous serons donc séparés, pour toujours ?...

Comme Fabricien se dirigeait précipitamment vers la modeste pièce où le désincarné reposait, je décidai de l'accompagner. Vainement, la mère du médium faisait des efforts pour le retenir. Par le fil argenté, un vigoureux contact s'était établi entre lui et sa compagne, car Dimas se leva, chancelant, malgré la tendresse maternelle. Il était livide, comme fou. Fabricien avançait vers la salle mortuaire tout en priant pour la paix de Dimas, mais avant de pouvoir nous approcher de sa dépouille, il appliqua un passe à l'épouse imprudente qui fut reconduite à son lit, à présent calmée, tandis que Dimas retournait au giron de sa mère, à son tour moins angoissé.

L'air serein, mon ami m'expliqua :

– Il est des situations où l'on doit adopter une attitude drastique. Notre frère a beaucoup fait pour l'harmonie des autres pendant sa vie, il mérite d'être libéré pacifiquement. Je me sens, donc, dans le devoir de garantir sa paix pour qu'il se débarrasse des derniers résidus qui le retiennent encore à la matière dense.

D'autres amis et proches du médium arrivèrent chez Dimas. Ils venaient l'aider et, comme il était déjà tard, je pris congé de mes compagnons pour retourner à l'accueillant Foyer de Fabian.

Le lendemain, en me voyant, après m'avoir salué, Jérôme me dit :

– J'espère, André, que la veillée d'hier t'aura apporté des enseignements utiles et instructifs.

Oui, ce cher Jérôme parlait fort justement et avait tout à fait raison. J'avais beaucoup appris pendant la nuit. J'avais appris que les chambres mortuaires ne doivent pas être utilisées comme des lieux de rencontres sociales, mais comme des enceintes consacrées à la prière et au silence.

15
Toujours apprendre

Deux heures avant le départ du cortège funèbre, nous étions en poste.

Peu à peu, le foyer de Dimas se remplissait de personnes importantes, en plus d'une assemblée d'entités spirituelles estimables.

Sans hésitation, Jérôme pénétra dans la maison, tandis que nous le suivions. Il se dirigea vers la pièce où le nouveau désincarné gisait abattu et somnolent, protégé par la tendresse de sa mère. Je notai qu'à présent le corps périsprital du médium avait gagné en perfection, il était plus concret. J'eus la nette impression qu'à travers le cordon fluidique, le désincarné absorbait les principes vitaux restés au niveau physiologique et qui passaient du cerveau mort au cerveau vivant. Notre directeur le dévisagea, attendri, et demanda des nouvelles à sa mère qui les lui fournit bien volontiers :

– Grâce à Jésus, il va sensiblement mieux. De toute évidence, notre influence restauratrice porte ses fruits et je crois qu'il suffira de débrancher le dernier lien pour qu'il reprenne conscience.

Jérôme qui était un médecin expérimenté l'examina, puis l'ausculta attentivement. Ensuite, il coupa l'ultime lien, et l'on put constater que Dimas désincarné était à présent comme un convalescent abruti qui s'efforçait de se réveiller après un long sommeil.

À cet instant seulement, je remarquai que si l'organisme périsprital recevait les dernières forces du corps inanimé, celui-ci, à son tour, absorbait aussi quelque peu l'énergie de l'autre, l'empêchant ainsi de se décomposer. Le cordon argenté était une véritable artère fluidique qui supportait le flux et le reflux des principes vitaux en phase de réadaptation. Une fois que fut retiré le dernier lien qui permettait cet échange, le cadavre révéla presque immédiatement des signes de décomposition avancée.

Dans un tel état, Dimas faisait peine à voir.

Des germes microscopiques innombrables envahissaient son corps comme des armées voraces, combattant ouvertement, libérant des gaz latents qui dénonçaient la pourriture des tissus et des liquides en général. Les traits du défunt étaient altérés, tandis que la structure de ses membres se dégradait aussi. À leur tour, les organes autonomes perdaient leur forme caractéristique, ils étaient déjà tuméfiés et immobiles.

En compensation, Dimas-libre, Dimas-esprit, s'éveillait. Soutenu par sa mère, il ouvrit les yeux, regarda tout autour de lui comme un enfant alarmé, et appela son épouse d'une voix affligée. Il avait beaucoup dormi, aussi allait-il beaucoup mieux. Il percevait que la maison était pleine de monde et désirait en savoir plus. Sa chère mère, qui le caressait tendrement, le calma et lui expliqua :

– Écoute, Dimas : La porte par laquelle tu communiquais avec le plan charnel, somatique, s'est refermée avec tes yeux physiques. Reste serein, confiant, car ton existence au niveau physique est terminée.

Le désincarné ne put dissimuler la pénible impression d'angoisse qui l'envahissait et la regarda avec un étonnement profondément amer, il arrivait vaguement à identifier sa voix.

– Tu ne me reconnais pas, mon fils ?

Cette question affectueuse prononcée avec une inflexion spéciale de tendresse avait suffi pour que le désincarné se jette dans les bras de la petite vieille en s'écriant dans un mélange de joie et de souffrance :

– Mère ! Ma mère !... Serait-ce possible ?

La vieille femme l'étreignit tendrement dans ses bras et lui dit :

– Écoute ! Freine tes émotions qui peuvent t'être extrêmement préjudiciables. Garde ton équilibre devant le fait accompli. Nous sommes ensemble à présent dans une vie plus heureuse. N'aie pas d'inquiétudes quant à ceux qui sont restés en arrière. Tout se résoudra en temps voulu comme il convient. À toute pensée qui t'incline à rester prisonnier de l'environnement que tu viens de quitter, place ta confiance sincère et ferme en notre Père céleste.

– Oh, ma mère ! Mais ma femme, et mes enfants ?... La sage bienfaitrice lui coupa la parole et pour le consoler, elle lui fit :

– Les liens terrestres qui existaient entre vous ont été interrompus. Remets-les entre les mains de Dieu. Sois sûr que le Seigneur éternel de la vie, à qui nous appartenons vraiment, permettra toujours que nous nous aimions les uns les autres.

Dimas la dévisagea à travers un épais voile de larmes, et avant qu'il n'ait eu le temps de poser de nouvelles questions, sur un ton aimant, sa mère lui présenta Jérôme qui, très ému, assistait à la scène :

– Voici l'ami qui t'a détaché des liens temporaires. Bientôt, tu partiras avec lui pour recevoir l'aide dont tu as besoin.

Encore tout étourdi, son fils esquissa calmement un geste de contrariété face à la perspective d'être à nouveau séparé de la convivialité maternelle, mais celle-ci intervint immédiatement en ajoutant :

– Je suis venue jusqu'ici parce que tu l'as demandé en faisant appel à la Mère divine. Pour l'instant, cependant, tu ne peux être admis au sein de mes activités. Mais sache que le frère Jérôme est un excellent orienteur, il saura t'aider à te rétablir. Aie confiance. J'irai te voir aussi souvent que cela me sera possible jusqu'à ce que nous puissions à nouveau être réunis dans un foyer plein de bonheur, sans les larmes de la séparation et sans les ombres de la mort.

Puis, elle lui chuchota quelques mots qu'il fut le seul à pouvoir entendre et, sous le coup d'une profonde émotion, je le vis lâcher les bras maternels et avancer chancelant vers Jérôme pour lui baiser respectueusement les mains. L'assistant le remercia de cet affectueux témoignage de reconnaissance et d'amour et le regard ému, il lui dit :

– Nous ne faisons que notre devoir. Garde ta reconnaissance pour Jésus, notre Bienfaiteur divin.

Les larmes aux yeux, Dimas étaient partagé entre la joie et la douleur, la nostalgie et l'espoir.

Une fois encore, sa chère mère lui apporta son soutien avec des paroles d'encouragement :

– Dimas, certains de tes amis qui se réjouissent de ton arrivée se trouvent ici réunis pour te souhaiter la bienvenue. Mais comme tu es encore convalescent, que tu es plein de cicatrices qui exigent des soins, parle peu et prie beaucoup. Ne t'afflige pas, ne te plains pas. Ne demande plus rien pour aujourd'hui, mon fils. Sois docile, surtout, pour que notre aide ne soit pas mal interprétée par la vision imparfaite que tu conserves encore de la sphère obscure. Nous accompagnerons ta dépouille jusqu'à sa dernière demeure en guise d'exercice préliminaire au grand voyage vers ton rétablissement que tu feras soutenu par nos amis et qui va avoir lieu dans quelques minutes. Sois sans crainte, tu es déjà prêt à recevoir notre coopération pour avoir semé le bien pendant de longues années d'activités spirites. Ne laisse pas la peur te surprendre, car elle engendre toujours de dangereuses vibrations dans les moments de transition comme celui que tu vis actuellement.

Puis, elle le conduisit à la chambre mortuaire où son corps gisait immobile, prêt à partir. La vieille femme ajouta, sous le regard bienveillant que Jérôme lui adressait :

– Viens voir l'appareil qui t'a fidèlement servi pendant tant d'années. Contemple-le avec gratitude et respect. Ce fut ton meilleur ami, le compagnon d'une longue bataille rédemptrice.

Mais comme la veuve et ses enfants pleuraient copieusement, elle l'avertit :

– Je déplore les sentiments négatifs auxquels se laissent aller les êtres qui te sont chers et qui ignorent les réalités de l'Esprit. Ne t'arrête pas, Dimas, aux larmes qu'ils versent parce qu'ils sont plongés dans une incompréhension dévastatrice. Ces sanglots et ces exclamations angoissantes ne traduisent pas la vérité des faits. Tu sais à présent, plus que jamais, que l'immortalité est sublime. Il n'y a jamais d'adieu pour toujours dans la symphonie éternelle de la vie. Abstiens-toi donc de répondre pour l'instant aux lamentations que ta femme et tes enfants adressent à ton cadavre. Quand tu iras mieux, tu retourneras les aider en leur consacrant, encore et toujours, un amour inestimable.

Dimas chercha à se retenir face à la perturbation générale qui régnait dans son foyer et, titubant, il se pencha sur le cercueil en versant de grosses larmes. On pouvait remarquer l'effort inédit qu'il faisait pour rester serein en cette heure. Tout près, son épouse prononçait des paroles pleines d'une profonde douleur. Toutefois, obéissant aux recommandations maternelles, il gardait une attitude discrète de tristesse et de tendresse.

Je remarquai que Dimas avait du mal à réfléchir, car il essayait vainement d'articuler une prière à voix haute. Comme Jérôme perçut son profond désir, il s'approcha d'un frère incarné sensible et lui toucha le front de sa main droite lumineuse. Le compagnon, qui déclara se sentir inspiré, se leva et demanda l'autorisation de prononcer une courte prière. La permission lui fut accordée et tout le monde l'accompagna.

Sous l'influence de l'orienteur spirituel, le compagnon put ainsi prier avec émotion. Je constatai que, grâce au geste amical de Jérôme, Dimas ressentit un immense réconfort.

Peu après, devant les expressions de douleur de la famille, le cercueil fut fermé et le cortège se mit en route silencieusement.

Nous le suivions, nous qui étions plus d'une vingtaine d'entités désincarnées en comptant Dimas.

Soutenu par sa mère, car ses pas étaient incertains et lents, il écoutait ses discrètes exhortations et ses sages conseils.

Ses nombreux amis du cercle charnel étaient profondément affectés, alors que parmi nous régnait une grande tranquillité.

Nous suivions le cortège tout en gardant notre calme, lorsque nous nous approchâmes du cimetière.

Brusquement, j'eus une étrange surprise. À l'exception de Dimas, aucun de mes compagnons ne faisait d'effort pour garder son calme ou manifestait la moindre émotion devant le tableau que nous avions devant nos yeux. Mais je ne pus retenir l'étonnement qui envahit mon cœur. Une foule d'entités de la sphère invisible, qui poussait des hurlements, se tenait devant les grilles de la nécropole. Une véritable concentration de vagabonds sans corps physique se serrait à la porte. Ils adressaient des injures et des railleries au long cortège d'amis du défunt. Mais lorsqu'ils perçurent notre présence, ils prirent un air ennuyé. L'un d'eux plus courageux, après nous avoir lancé un regard dépité, cria aux autres :

– Ça ne sert à rien ! Il est protégé…

Perplexe, je me tournai vers le père Hippolyte et je lui demandai ce que tout cela signifiait.

L'ancien curé ne se fit pas prier.

– En accompagnant la dépouille – m'expliqua-t-il aimablement –, notre fonction ne se limite pas à aider le désincarné à faire les premiers pas vers sa libération. Il faut aussi que nous le défendions. Dans les cimetières, quantité de malfaiteurs ont l'habitude de s'y rassembler pour attaquer les viscères cadavériques, pour dérober leurs résidus vitaux.

Ma surprise était telle qu'Hippolyte ajouta :

– Il n'y a rien d'étonnant à cela, lorsque l'Évangile décrit la rencontre de Jésus avec les démons, il se rapporte aux Esprits perturbés qui habitent au milieu des tombes.

Comme il constata mon manque de connaissance en matière religieuse, Hippolyte continua :

– Comme tu ne l'ignores pas, les églises dogmatiques de la croûte terrestre ont des idées erronées concernant le diable, mais on ne peut nier que les démons existent. Nous sommes ces démons quand nous nous dévions des desseins divins, quand nous pervertissons notre cœur et notre intelligence pour satisfaire des caprices criminels…

– Oh ! Mais quel paysage répugnant ! – m'exclamai-je, très surpris en interrompant cette explication édifiante.

– Effectivement – acquiesça mon interlocuteur –, c'est un tableau écœurant, toutefois, il reflète le monde où, nous aussi, nous n'avons pas toujours été loyaux envers Dieu.

Le commentaire me satisfaisait pleinement.

Nous entrâmes.

Peu après, devant mes yeux stupéfaits, Jérôme se pencha miséricordieusement sur le cadavre dans le cercueil momentanément ouvert avant l'inhumation. Par le biais de passes magnétiques longitudinaux, grâce à un processus indescriptible dans le langage humain par manque de comparaison analogue, il retira les restes de vitalité qu'il dispersa dans l'atmosphère, empêchant ainsi les entités inférieures sans scrupule de se les approprier.

Une fois cette curieuse opération achevée, mon attention fut attirée par des gémissements lancinants qui émanaient de différents endroits de cette demeure respectable qui ressemblait à présent à une vaste morgue d'âmes.

Jérôme échangea quelques propos avec plusieurs collègues, tandis que la majorité des compagnons incarnés, conformément à la tradition, jetaient la pelletée de chaux ou de poussière sur le cercueil déposé au fond de la tombe.

Impressionné par les sanglots qui venaient d'un tombeau à proximité, irrésistiblement, je ressentis le besoin d'aller voir ce qui se passait.

Assise sur la terre fraîche, une malheureuse femme désincarnée, qui devait avoir dans les trente six ans, la tête dans ses mains, se lamentait de manière émouvante.

Pris de compassion, je lui touchai l'épaule et lui demandai :

– Que se passe-t-il, ma sœur ?

– Qu'est-ce qui se passe ? – se mit-elle à crier en me fixant d'un regard dément – vous ne le savez pas ? Oh ! Vous m'appelez ma sœur… qui sait si vous pouvez m'aider à retrouver ma conscience ? Si possible, aidez-moi, par pitié ! Je ne sais pas différencier le réel de l'illusion… On m'a emmenée à l'hôpital et depuis je vis un véritable cauchemar.

En vain, elle essayait de se lever et implorait en me tendant les mains :

– Monsieur, je dois rentrer ! S'il vous plaît, raccompagnez-moi chez moi ! Je dois retourner auprès de mon mari et de mon petit garçon !… Si ce cauchemar se prolonge, je suis capable de mourir !… Réveillez-moi, réveillez-moi !…

– Pauvre créature ! – m'exclamai-je, sans le moindre sentiment de curiosité vu la compassion que ce triste tableau m'inspirait – elle ignore que son corps est retourné au lit de cendres ! Qu'elle ne pourra plus être utile à son mari et à son petit garçon dans de telles conditions de désespoir.

Elle me regardait, angoissée, comme si elle était en proie à un sentiment de révolte inutile. Mais avant qu'elle n'explose en cris de douleur, j'ajoutai :

– Vous avez déjà prié, mon amie ? Vous êtes-vous déjà rappelée de la Providence divine ?

– Je veux un médecin, rapidement ! Je n'entends que des prêtres ! – cria-t-elle sur un ton irrité. – Je ne peux pas mourir… réveillez-moi ! réveillez-moi !…

– Jésus est un Médecin infaillible – lui fis-je – et je vous recommande la prière comme remède providentiel pour qu'Il vous assiste et vous guérisse.

Mais la malheureuse semblait étrangère à toute notion de spiritualité. Elle essayait de me saisir avec ses mains pleines de taches étranges, et comme elle ne pouvait m'atteindre, elle se mit à pousser des hurlements :

– Appelez mon mari ! Je n'en peux plus ! Je suis en train de pourrir !… Oh ! Mais qui me réveillera ?!

Après cet élan de rage angoissée, elle fondit en larmes, ce qui me toucha profondément. Je compris alors qu'elle ressentait tous les symptômes de la décomposition cadavérique. Tandis que je l'examinais de plus près, je pus remarquer que son singulier cordon n'avait pas la lumière argentée qui caractérisait celui de Dimas, il pendait de sa tête et pénétrait le sol.

J'allais à nouveau l'exhorter à faire appel aux ressources sublimes de la prière lorsque la figure sympathique d'un travailleur s'approcha de moi et m'informa avec une bonté spontanée :

– Mon ami, ne soyez pas affligé.

Je n'appréciai guère ce conseil. Comment ne pas m'inquiéter devant la pauvre femme qui se déclarait épouse et mère ? Comment ne pas essayer de l'arracher à cette dangereuse illusion ? N'était-il pas juste de la consoler, de l'aider ? Je ne pus retenir la série d'interrogations qui me venaient à l'esprit.

Pas du tout troublé, l'interpellé me répondit tranquillement :

– Je comprends que vous trouviez cela étrange. C'est certainement la première fois qui vous fréquentez un cimetière comme celui-ci. Vous manquez d'expérience. Quant à moi, je travaille au centre d'assistance spirituelle de la nécropole.

Désarmé par la sérénité de cet interlocuteur, je changeai d'attitude. Je reconnus que le lieu était plein d'entités vagabondes, mais n'était pas dépourvu de serviteurs du bien.

– Nous ne sommes que quatre compagnons – continua l'informateur –, de fait, nous ne pouvons répondre à tous les besoins qui surgissent. Croyez bien, néanmoins, que nous veillons à résoudre tous les problèmes fondamentaux. Malgré nos soins, nous ne pouvons oublier l'impératif de souffrance bénéfique pour tous ceux qui se retrouvent ici après avoir délibérément méprisé les dons sublimes de la vie humaine.

J'entrevis le sens occulte de ses explications. Le collaborateur voulait dire, bien sûr, qu'en raison du grand nombre de désœuvrés et de malfaiteurs s'éloignant quotidiennement de la croûte terrestre leur présence en ces lieux était justifiée. C'était le *similia similibus* en action accomplissant la loi du progrès. En se punissant et en se flagellant mutuellement, les égarés atteindront la notion du véritable chemin du salut.

Je regardai la malheureuse et je lui exposai mon intention de l'aider.

– C'est inutile – me fit le gardien, sûr de ses connaissances en matière de justice et de son expérience pratique pour être quotidiennement en contact avec la douleur –, notre pauvre sœur est profondément déséquilibrée émotionnellement. Complètement folle. Elle a vécu une trentaine d'années dans la chair, ignorant complètement les problèmes spirituels d'importance. Elle a joui de la vie physique autant qu'elle a pu. Après un heureux mariage, réalisé sans la moindre préparation d'ordre moral, elle est tombée enceinte, un état qu'elle a complètement dédaigné. Elle comparait le phénomène organique qui était le sien à un événement ordinaire. De ce fait, elle accumula les extravagances, tout en manifestant une fausse supériorité, ce qui fut fatal à sa santé. Appelée au témoignage édifiant de l'abeille ouvrière au sein de son foyer, elle préféra la condition de papillon volubile, assoiffée de nouveautés éphémères, le résultat fut funeste. Une fois l'accouchement difficile achevé, des infections et une fièvre maligne surgirent qui annihilèrent son organisme. Nous avons su que dans les derniers instants les gémissements de son tendre enfant éveillèrent son instinct maternel et la malheureuse lutta sauvagement contre la mort, mais il était trop tard. Depuis, elle a décidé de rester auprès de sa dépouille et fait preuve d'insoumission. Plusieurs amis visiteurs en mission d'assistance auprès des désincarnés sont venus visiter la nécropole et ont essayé de la libérer. Après avoir traversé des existences purement matérialistes, la pauvre femme n'arrive pas à assumer la moindre attitude réceptive à l'aide supérieure. Elle exige que son cadavre revive et pense passer par un atroce cauchemar, mais elle ne fait rien d'autre qu'aggraver son désespoir. De sorte que les bienfaiteurs s'inclinent et attendent qu'elle manifeste une amélioration intime. Il serait dangereux de forcer sa libération, car elle se livrerait probablement aux malfaiteurs désincarnés.

Tout en indiquant le lien fluidique qui la retenait à son enveloppe enterrée, je lui fis la remarque suivante :

– Cependant, on peut voir que la misérable passe par de terribles souffrances puisqu'elle ressent la désintégration de son corps grossier, car elle garde l'impression de la matière putréfiée. Ne pourrions-nous pas la soulager ?

Spontanément, je me comportai comme si je désirais trouver le moyen de la libérer et je lui demandai :

– Qui sait si l'heure n'est pas venue ? Ne serait-il pas raisonnable de couper le lien ?

– Comment ? – objecta, mon interlocuteur surpris – non, ce n'est pas possible ! Nous avons des ordres.

– Pourquoi une telle exigence – insistai-je.

– Si nous coupions le cordon bénéfique, elle retournerait immédiatement au foyer abandonné comme une folle révoltée qui détruirait tout ce qu'elle trouverait devant elle. En tant que mère infidèle à son devoir, elle n'a pas le droit de flageller de sa folle passion le tendre petit corps de son bébé et, comme épouse négligente face à ses obligations, elle ne peut perturber la recomposition psychique de son honnête compagnon qui lui a offert dans le monde ce qu'il avait de meilleur. La loi naturelle veut que le cultivateur récolte le fruit qu'il a planté. Quand les passions déchaînées qui brûlent son âme seront calmées, lorsque son cœur orgueilleux se sera humilié de sorte qu'elle respectera l'harmonie des êtres aimés qu'elle a laissés dans le monde, alors elle sera libérée et dormira d'un sommeil réparateur dans un havre de paix. Une paix qui ne manque jamais au nécessiteux qui reconnaît les bénédictions de Dieu.

La leçon était dure, mais logique.

La triste créature, étrangère à notre conversation, n'arrêtait pas de crier comme une folle hospitalisée dans une douloureuse prison.

J'essayai d'élargir mes commentaires, mais le serviteur m'indiqua d'autres endroits d'où partaient des gémissements stridents.

– Ce sont différents malheureux pris de folie – dit-il calmement.

Puis, désignant un vieillard désincarné accroupi sur son propre tombeau, il ajouta :

– Viens et écoute-le.

J'accompagnai mon nouvel ami et je remarquai que lui aussi était relié à sa dépouille.

– Oh, mon Dieu ! – disait-il – qui gardera mon argent ? Qui gardera mon argent ?

Comme il vit que nous nous approchions de lui, il se mit à supplier !

– Qui êtes-vous ? Vous voulez me voler ! Au secours ! Au secours !...

En vain, j'essayai de lui adresser des paroles d'encouragement et de réconfort.

– Il n'entend pas – m'informa la sentinelle d'un air obligeant –, son esprit est plein d'images de pièces de monnaie, de billets de banque, de lettres de créances et de symboles monétaires. Il va encore rester longtemps dans une telle situation, et comme tu le vois bien, nous ne pouvons en toute conscience faciliter sa tâche, car quotidiennement, il retournerait punir et harceler ses héritiers.

Comme je n'arrivais pas à dissimuler mon épouvante, optimiste, le serviteur souligna :

– Il n'y a pas de raison de t'effrayer de la sorte. Nous sommes face à des malheureux qui ne manquent pas de protection ni d'espoir, car il en existe d'autres qui sont si furieux et si pervers que du fond obscur de leur tombe, ils se précipitent dans les sombres abîmes des sphères sous la croûte terrestre, si déplorable est l'état de leur conscience attirée par de lourdes ténèbres.

Sans perdre son calme, le collaborateur conscient du travail à réaliser ajouta :

– D'après ce que nous avons pu en conclure, s'il est des joies pour tous les goûts, il existe aussi des souffrances pour tous les besoins.

À cet instant, Jérôme m'appela à mon poste.

Je remerciai mon aimable informateur, profondément ému par ce que j'avais vu, et je pris congé immédiatement. Les compagnons incarnés avaient quitté la nécropole et le fossoyeur se dirigeait vers la sortie.

L'adieu entre Dimas et sa mère fut un moment émouvant. Elle promit de lui rendre visite aussi souvent que possible.

Après des remerciements mutuels et des vœux réciproques de paix, nous étions, finalement, prêts à partir à notre tour.

Mais avant, je ne pus retenir mon insatiable curiosité. Comment Dimas se sentait-il à présent ? Ne serait-il pas intéressant d'avoir son avis pour récolter des informations ? Il pourrait me fournir un témoignage précieux afin d'en éclairer d'autres si l'éventualité venait à se présenter.

Personnellement, je n'avais pu recueillir de détails puisque la mort m'avait surpris absolument étranger aux thèses de la vie éternelle et, aux derniers instants de ma vie corporelle, mon inconscience était complète.

Notre directeur perçut mon intention et me fit avec bonne humeur :

– Tu peux demander à Dimas ce que tu désires savoir.

Je lui manifestai ma reconnaissance, tandis que Dimas accepta gentiment de répondre à mes questions. Pour commencer, je lui demandai :

– Sens-tu encore la douleur physique ?

– Je garde intégralement l'impression du corps que je viens de quitter – répondit-il délicatement.

– Je note, cependant, que lorsque je souhaite rester auprès des miens et continuer là où j'ai toujours été pendant de nombreuses d'années, je recommence à éprouver les souffrances dont j'ai souffert. Toutefois, si je me résigne et que j'accepte les desseins supérieurs, je me sens vite plus léger et réconforté. Malgré le peu de temps passé depuis que je suis réveillé, j'ai déjà pu faire une telle observation.

– Et les cinq sens ?

– Ils fonctionnent parfaitement.

– As-tu faim ?

– J'arrive à noter que mon estomac est vide et je serais heureux de recevoir quelque chose à manger, mais ce désir n'est pas dérangeant ou torturant.

– As-tu soif ?

– Oui, même si je n'en souffre pas.

J'allais poursuivre ma curieuse enquête, mais Jérôme, souriant, interrompit ma recherche en déclarant :

– Tu peux intensifier le rapport de tes impressions autant que tu le veux, puisque tu cherches à collaborer à la création d'une technique descriptive de la mort. Sache, toutefois, qu'il n'existe jamais deux désincarnations rigoureusement identiques. L'impression dépend de la condition spirituelle de chacun.

Tout le monde souriait vu mon impulsion juvénile à tout connaître. Puis, soutenant Dimas avec tendresse, nous prîmes le chemin du retour, satisfaits de notre mission.

16
Exemple chrétien

Conformément au programme tracé par le responsable de notre groupe, Hippolyte et Luciane devaient rester au Foyer transitoire pour s'occuper de Dimas en cas de besoin, tandis que nous devions aider Fabien dans son processus désincarnatoire.

– Fabien se porte bien – nous expliqua notre orienteur – par conséquent, il ne nous sera pas difficile de l'aider. Face à cet événement, il s'est préparé, mais il a aussi préparé les siens qui plutôt qu'être un sujet d'inquiétude pour nous, comme cela arrive le plus souvent, seront d'utiles collaborateurs dans la réalisation de notre tâche.

Jérôme avait raison, Dimas était très abattu. Malgré la foi qui l'habitait, la nostalgie de son foyer était en lui une source d'angoisse inexplicable. Il arrivait parfois qu'après avoir eu une conversation sereine au cours de laquelle il s'était révélé calme et sûr de ses propos, en proie à une soudaine inquiétude, il se mît à gémir péniblement et appelât sa femme et ses enfants. Dans de tels moments, il manifestait à nouveau les symptômes de la maladie qui avaient emporté son corps physique. Nous avions alors beaucoup de mal à le soustraire à cette étrange psychose pour le faire revenir à son état normal. Il cherchait à se détourner de notre influence amicale, comme si brusquement il était devenu fou et avait l'intention de fuir sans savoir où aller. Il criait, gesticulait, s'affligeait, comme un somnambule inconscient.

Je ne pus dissimuler la surprise qui m'assaillait face à son comportement. S'il s'était agi d'une créature étrangère aux interventions de la spiritualité supérieure, le tableau qui se déroulait devant nos yeux serait compréhensible. Mais Dimas avait été un instrument dévoué du spiritisme évangélique qui avait consacré son existence aux réalisations de la doctrine consolatrice de la tombe vide bénie par la vie éternelle. D'avance, il savait que dans la sphère charnelle il serait soumis aux leçons de la mort et que les occasions de rester auprès de sa famille, bien que séparé matériellement parlant, ne lui manqueraient pas. Pourquoi passait-il par de telles perturbations ? N'avait-il pas mérité l'attention exceptionnelle de nos supérieurs hiérarchiques ?

Le moment venu, j'en profitai pour exposer à notre dirigeant les questions qui hantaient mon esprit. Jérôme ne fut absolument pas surpris et me répondit avec bonne humeur :

– Tu sais certainement, André, que chacun de nous est un monde en soi. Toutes clarifications et consolations sont des dons de Dieu, Notre Père, mais les convictions et les réalisations sont notre œuvre personnelle. Chaque serviteur a sa propre échelle d'édifications dans le cadre des valeurs immortelles. L'ensemble des apprentis recevra le même bagage d'enseignements organisé de manière générale pour tous les individus. Cependant, les élèves sont différents quant au profit personnel qu'ils en font. Le mérite n'est pas un bien commun, quoiqu'il représente la gloire du sommet à défier tous ceux qui avancent dans la vie vers l'élévation suprême. Dimas s'est distingué en tant que disciple de l'Évangile, principalement dans le domaine de l'assistance et de la diffusion, mais sur le plan personnel il n'a pas intégralement profité des leçons reçues. Comme il a répandu les semences de lumière et de vérité, qu'il s'est largement consacré à la cause du bien, en conséquence, il a mérité un secours très spécial. Au niveau personnel, cependant, il ne s'est pas suffisamment préparé. C'est ce qui se passe avec la majorité des hommes, il s'est trop attaché à sa famille sans faire preuve d'un plus grand entendement. Il a manifesté un amour excessif à ses proches sans notion d'équité alors qu'il vivait sur terre. Sur le plan humain, il s'est surtout consacré à sa compagne et à ses petits, mais s'il leur a prodigué beaucoup de tendresse, il ne leur a pas donné les enseignements dont il disposait pour les libérer d'une bonne dose d'incompréhension. Il est donc naturel qu'à présent, il souffre de leur harcèlement. L'inquiétude de sa famille le touche à travers les fils invisibles de leur affinité magnétique.

À cet instant, il eut un sourire bienveillant et poursuivit :

– De toute évidence, notre frère méritait l'aide de notre plan, car il s'est fait de nombreux amis prestigieux qui lui rendent de précieux services en intercédant pour lui, mais il ne s'est pas préparé intérieurement si l'on considère le détachement constructif nécessaire à chacun. De sorte qu'il mettra quelques jours à se créer des résistances.

Cet enseignement était précieux à mes yeux. J'avais devant moi un serviteur si dévoué, entouré des plus honorables considérations de la part des autorités de notre plan, mais en lutte avec lui-même pour retrouver son équilibre. J'en conclus, une fois de plus, que l'amour peut improviser des ressources infinies d'assistance et d'affection, éveillant les facultés supérieures de l'Esprit, mais que la loi divine est toujours la même pour tous. La bonté est un sentiment sublime quand on cultive activement la coopération fraternelle, toutefois, tout homme s'élèvera au ciel ou descendra en enfer de façon transitoire selon les dispositions mentales qui sont les siennes.

Une fois ces précieux commentaires terminés et comme la libération de notre nouvel ami était programmée, en compagnie de Jérôme, nous reprîmes le chemin de la croûte terrestre afin de remplir notre nouvelle mission.

Nous nous approchâmes du quartier pauvre où se trouvait le nid domestique de Fabien. La modeste maisonnette était un véritable enchantement. Entourée de feuillages et de fleurs, on pouvait constater que, de toute part, la tendresse de ses habitants était présente.

Au loin, on entendait le bruit de la grande ville. Des esprits vagabonds se promenaient dans une lamentable promiscuité. Aux abords, il y avait de nouveaux bungalows qui leur donnaient libre accès et nous laissaient deviner la triste influence dont ils étaient l'objet. Cependant, dans la résidence petite et humble, régnait la paix et le silence, l'harmonie et le bien-être. À nos yeux, elle ressemblait à une délicieuse oasis au milieu d'un vaste désert.

Nous entrâmes.

Trois amis spirituels nous reçurent. L'un d'eux, Ariste Fraga, était un ami de Jérôme. Il l'étreignit, heureux de le revoir, et lui annonça qu'ils rendaient visite au mourant qui vivait ses dernières heures sur le plan matériel. Il nous remercia de l'intérêt que nous portions au désincarnant et nous présenta le frère Silveira, père de Fabien sur la terre, qui souhaitait nous apporter sa collaboration et soutenir son cher fils. Il se disait satisfait. Son fils avait pris toutes les mesures nécessaires quant à sa proche libération en se soumettant docilement aux desseins supérieurs. Il avait vécu une existence modeste, limité ses ambitions les plus nobles au culte de la spiritualité rédemptrice ; il avait fait de gros efforts pour la tranquillité de sa famille. Au cours de l'expérience qui prenait fin, il avait été flagellé par des difficultés sans nom. Il laissait une femme et deux garçons soutenus dans leur foi ardente, et bien que ne leur léguant pas de facilités économiques, il s'éloignait de son corps physique, joyeux et réconforté, dans la gloire d'avoir mis à profit ce que la sphère supérieure lui avait accordé. En plus de l'attachement profond qu'il vouait à l'Évangile du Christ en vivant de toutes ses forces ses principes rénovateurs, Fabien avait réussi à illuminer l'esprit de sa compagne et à construire de solides bases dans l'esprit de ses garçons, les préparant de la sorte à l'avenir.

Il faisait de tels éloges le concernant que j'osai poser une question :

– Fabien désincarnera-t-il à l'heure prévue ?

– Oui – élucida Jérôme avec gentillesse –, nous avons reçu des instructions. Notre ami désincarnera en temps voulu.

– Effectivement – confirma son père ému –, il a fait bon usage de tous les moyens qui lui furent conférés malgré un corps fragile et malade depuis l'enfance.

Tout en trahissant ma condition de médecin toujours désireux d'en apprendre davantage, je considérai :

– Quel dommage qu'il soit revenu dans un tel organisme, lui qui a servi si valeureusement la cause du bien !...

Mais son père ressentit le besoin d'apporter des explications à ce sujet, car il poursuivit calmement :

– En fait, c'est un argument humain des plus pondérables. Encore incarné, je fus souvent surpris par la santé fragile de Fabien étant enfant. Très tôt, j'avais remarqué le caractère vertueux de son âme, son penchant pour la rectitude et pour la justice, ses dispositions naturelles pour les travaux de la foi ardente. En tant que père, je passais de longues nuits de veille soucieux de son avenir incertain. Comment une âme aussi sensible et belle pouvait-elle naître dans un corps aussi imparfait ? À l'âge de douze ans, il fut atteint d'une sévère pneumonie qui l'emporta presque. Un ami médecin attira mon attention quant à la faiblesse physique de mon garçon. Cependant, nous étions bien trop pauvres pour nous permettre de lui offrir des traitements coûteux dans un établissement de repos. Avant d'avoir quatorze ans, une fois qu'il eut terminé le cycle scolaire, il fut contraint de travailler parce que nous avions impérativement besoin qu'il gagne aussi sa vie. En tant que père, je savais que Fabien désirait poursuivre ses études pour améliorer ses facultés intellectuelles en raison de ses penchants pour le dessin et pour la littérature. Plus d'une fois, je le surpris à rôder près de l'école à côté de chez nous à regarder avec envie les groupes d'étudiants se divertir. Nos conditions de vie, néanmoins, nous demandaient d'énormes sacrifices. Mon fils qui fut très tôt obligé de gagner son pain ne trouva pas l'occasion de se réaliser dans le domaine artistique comme il l'aurait souhaité. Isolé dans l'atelier de mécanique où il travaillait, dans un environnement bien trop dur pour sa constitution physique, il ne le supporta pas longtemps et contracta facilement une tuberculose pulmonaire.

– Mais êtes-vous arrivé à connaître la cause déterminante de la condition physique de Fabien une fois que vous êtes retourné au plan spirituel ? – lui demandai-je.

– Ce fut l'un des premiers problèmes que j'ai cherché à élucider. Au bout d'un certain temps, j'ai dûment été renseigné. Mon fils et moi avions été de riches fermiers, nous appartenions à l'ancienne noblesse agricole de Rio de Janeiro. À cette époque, qui n'est pas si lointaine, Fabien, sous un autre nom et un autre physique, était aussi mon fils. Je l'avais éduqué avec amour et, plus d'une fois, je l'avais envoyé en Europe soucieux d'élever son niveau intellectuel et vigilant quant à notre supériorité financière. Nous avons néanmoins tous les deux commis de graves erreurs, principalement au niveau du traitement que nous affligions aux descendants d'esclaves africains. Mon fils était sensible et généreux, mais excessivement rude envers les serviteurs voués aux tâches les plus dures. Il les rassemblait tous dans la senzala[4] et démontrait à leur égard une très grande sévérité. Nous perdîmes ainsi de nombreux collaborateurs à cause de l'air vicié qui régnait dans la construction déficiente que Fabien avait conservée en l'état, juste par entêtement.

Les yeux du narrateur brillèrent plus intensément. On aurait dit qu'il ne se sentait pas bien au contact de tels souvenirs et souligna avec mélancolie :

– Cette histoire est longue et je vous demande la permission de l'interrompre.

J'éprouvai des remords à l'idée de l'avoir mis en difficulté, mais Jérôme vint à mon secours.

– N'y pensons plus – s'exclama notre assistant avec bonne humeur –, je n'apprécie guère l'exhumation de cadavres...

Tandis que la joie reprenait le dessus, mon orienteur ajouta :

– Apportons au souffrant le soutien dont il a besoin. Cette nuit, nous l'éloignerons définitivement de son corps charnel.

Nous nous levâmes pour pénétrer dans la chambre.

Fabien était profondément abattu, il respirait difficilement et révélait un indéfinissable malaise.

À ses côtés, son épouse attentive veillait sur lui.

À travers la fenêtre ouverte, le malade remarqua que les rues de la ville s'illuminaient.

Il leva ses yeux tristes vers sa compagne et lui fit observer :

– Il est intéressant de noter comme l'affliction s'aggrave quand vient la nuit...

– C'est une sensation passagère, Fabien – lui affirma son épouse tout en essayant de lui sourire.

Quant à nous, nous prîmes des mesures pour lui apporter immédiatement notre aide. Le père du mourant s'adressa à Jérôme :

[4] La senzala était le local qui abritait les esclaves dans les anciennes exploitations agricoles au Brésil. NDT

– Je sais que la libération de Fabien exige de grands efforts. Toutefois, j'aimerais l'assister lors de la dernière prière en famille à laquelle il prendra part physiquement auprès des siens. En règle générale, les dernières paroles des mourants sont enregistrées avec plus d'amour dans la mémoire de ceux qui restent. Pour cette raison, je serais très heureux de pouvoir l'aider à adresser des conseils et des encouragements à sa compagne.

– Volontiers – acquiesça Jérôme –, nous vous apporterons notre soutien. Il vaut mieux que la famille reste seule avec lui.

– En effet ! – dit son père, reconnaissant.

Je remarquai que Jérôme et Ariste se mirent à appliquer des passes longitudinaux au malade et laissaient les substances nocives sur la surface de la peau, s'abstenant de faire plus d'efforts pour l'en débarrasser une fois pour toutes. Dès que cette opération fut terminée, je cherchai à connaître les raisons qui les amenaient à prendre une telle mesure.

– Il est très faible, il agonise presque – me dit Jérôme – et nous faisons notre possible pour le soulager, sans augmenter sa fatigue. Les substances retenues à la surface de la peau seront absorbées dans quelques minutes par l'eau magnétisée du bain.

En effet, répondant à l'influence des amis spirituels qui lui donnaient indirectement des intuitions, Fabien s'adressa à sa femme, et exprima le désir de prendre un bain tiède. Immédiatement, elle répondit à son souhait.

Jérôme et Ariste mirent dans l'eau pure certains agents d'absorption et prêtèrent main-forte à l'épouse dévouée qui, à son tour, aida son mari à se laver comme si elle satisfaisait le souhait d'un enfant.

Je remarquai, admiratif, que l'opération eut des effets très salutaires, et je fus surpris une fois de plus par la capacité d'absorption de l'eau ordinaire. La matière fluidique nocive avait entièrement été retirée des glandes sudoripares.

Lorsque le bain fut terminé, le souffrant regagna son lit en pyjama. Il semblait plus serein et l'esprit bien disposé. Quelques frictions d'alcool vinrent compléter cette amélioration passagère.

L'horloge indiquait quelques minutes après dix-neuf heures.

Silveira, qui s'était absenté, revint rapidement pour informer Jérôme en particulier :

– Tout est prêt. Seule la famille sera réunie.

L'assistant manifesta sa satisfaction et nous fit signe d'accélérer le rythme du travail. Le père désincarné prit les devants. Le moment le plus touchant de notre intervention fut quand Fabien s'adressa à sa femme avec pondération :

– Je pense qu'il vaut mieux ne pas retarder la prière. Je ne sais comment, mais je me sens mieux et je désirerais profiter de cette pause pour me reposer.

Mercedes, son épouse dévouée appela leurs deux enfants qui s'assirent respectueusement pour écouter. Pendant que sa femme prenait place à côté des petits, le souffrant, soutenu par son père, ouvrit le Nouveau Testament à la première épître de Paul de Tarse aux Corinthiens et lut le verset quarante-quatre du chapitre quinze :

– « Il est semé corps animal, il ressuscite corps spirituel. S'il y a un corps animal, il y a aussi un corps spirituel. »

Il y eut un moment de silence que le malade interrompit en entamant la prière d'une voix émue :

– Je prie Dieu, notre Père éternel, de m'inspirer ce soir pour que je m'exprime avec profondeur et j'espère que la Providence divine par l'intermédiaire de ses messagers bénis m'aidera à énoncer ce que je souhaite avec la facilité requise. Tant que nous avons la santé physique, tant que les jours et les nuits passent calmement, nous pensons que notre corps nous appartient. Nous croyons que tout tourne autour de nos impulsions, mais… quand arrive la maladie, nous vérifions que la santé est un trésor que Dieu nous prête en toute confiance.

Il sourit alors, calme et résigné. Jusqu'à cet instant, on voyait bien que Fabien maîtrisait ses propos. Il s'exprimait d'une voix fluide, mais sans enthousiasme vu son état d'extrême faiblesse.

À la fin de cet intervalle prolongé, son père posa sa main droite sur le front de son fils et se mit à prier avec une profonde dévotion. Je remarquai, surpris, qu'un courant lumineux s'était établi dans l'organisme affaibli allant de la masse encéphalique jusqu'au cœur, illuminant les cellules nerveuses semblables à de minuscules points de lumière condensée et rayonnante. Peu à peu, les yeux de Fabien acquirent plus de luminosité et sa voix se fit entendre, à nouveau, mais sur un ton différent. Il s'adressa à son épouse et à ses garçons avec un regard tendre qui était à présent optimiste et incisif. Il leur dit d'une voix inspirée :

– Je suis heureux que nous puissions échanger des idées entre nous, dans la foi qui nous est commune. L'absence des vieux amis qui accompagnent nos prières familiales depuis plusieurs années n'est pas sans raison d'être. Nous devons parler de nos attentes avec courage tout en gardant la notion de mon départ imminent. La parole de l'apôtre des gentils est symbolique dans la situation présente. Tout comme il y a des corps matériels, il existe aussi des corps spirituels. Et nous n'ignorons pas que mon corps animal sera dans peu de temps restitué à la terre accueillante, cette mère commune aux formes périssables qui y vivent. Quelque chose dit à mon cœur que c'est peut-être la dernière nuit que, dans ce corps, je me trouve avec vous... Dans les moments où le sommeil me bénit, je me sens à la veille de vivre une grande liberté... Je vois que des amis illuminés préparent mon cœur et je suis sûr de partir à la première occasion. Pour notre tranquillité à l'heure de notre séparation, je crois que toutes les mesures ont déjà été prises. Le fait est que je ne vous laisse pas d'argent, mais la certitude que nous avons construit un foyer spirituel grâce à notre union sublime me réconforte, ce qui est une référence impérissable au bonheur éternel…

Il regarda en particulier sa femme, pris de plus forte émotion, et continua :

– Toi, Mercedes, n'aie pas peur des obstacles de l'ombre. Le travail digne sera pour nous une source bénie de réalisation. Sache bien que la nostalgie édifiante sera toujours au fond de moi, où que je sois, ta présence et ton affectueux dévouement me manqueront. Toutefois, ce ne sera pas lourd à porter, car nous deux nous avons appris à l'école de la simplicité et de l'équilibre que l'amour légitime et pur ne peut se passer de la compréhension sanctifiante. Certes, j'aurai besoin de paix afin de me réadapter à une vie différente, par conséquent je souhaite que vous viviez tranquillement pour que nous nous ajustions tous aux desseins du Seigneur. Je connais la noblesse héroïque de ton caractère, car tu t'es consacrée de bonne heure à ta tâche et je comprends la pureté de tes idéaux d'épouse et de mère. Toutefois, Mercedes, pardonne ma franchise en cet instant expressif par lequel nous passons : je sais que mon absence sera suivie de problèmes qui seront peut-être angoissants pour ton esprit sensible. La solitude est affligeante pour une femme jeune sans la compagnie des liens affectueux de parents et de frères consanguins qui ne sont déjà plus de ce monde, et quand on ne peut conserver la même vibration de foi face aux circonstances qui surgissent en chemin… Je ne peux exiger de ta part une fidélité absolue aux liens matériels qui nous unissent, car ce serait exercer une cruelle oppression plutôt que de l'amour. En outre, rien ne brisera notre alliance spirituelle, définitive et éternelle.

J'observai que Fabien haletait, fortement ému.

Après avoir marqué une courte pause, il poursuivit alors que ses yeux irradiaient une profonde affection et une fidèle sincérité :

– Par conséquent, Mercedes, quoique nous ayons pris des mesures pour que tu puisses gagner ta vie honnêtement, je veux te dire que je serais très satisfait si Jésus t'envoyait un digne compagnon et un frère loyal. Si cela arrive, chérie, ne refuse pas. Par bonheur, en ce qui nous concerne nous cultivons le lien impérissable de l'âme, sans que le monstre de la jalousie frénétique hante notre forteresse affective… Nous ne savons pas combien d'années il te reste à vivre en ce monde. Il est probable que la volonté divine prolonge ta permanence sur terre pendant encore un temps, et, si cela est possible, je coopérerai pour que tu ne sois pas seule. Nos enfants, encore fragiles, ont besoin d'un soutien aimant dans l'orientation de la vie pratique…

Mercedes, sécha ses yeux larmoyants et esquissa un geste voulant protester, toutefois, le malade ne lui en laissa pas le temps et ajouta :

– Je sais déjà ce que tu veux dire. Mais sache que je n'ai jamais douté de ta vertu incorruptible, de ton amour dévoué, ni ne suis-je en train de me désintéresser de ma loyale compagne de lutte que le Seigneur m'a confiée. Je reconnais que nous avons vécu en profonde communion spirituelle et nous devons envisager raisonnablement et sincèrement mon prochain départ. Si tu arrives à vaincre toutes les obligations de la vie humaine en tenant les rênes des exigences naturelles de l'existence terrestre, Jésus récompensera certainement tes efforts de la félicité des bienheureux. Cependant, ne cherche pas à escalader le sommet glorieux de la victoire spirituelle d'un seul coup. Nos cœurs, Mercedes, sont comme les oiseaux : certains ont déjà conquis la fabuleuse force de l'aigle, quand d'autres gardent, encore, la fragilité du colibri. Certes, je souffrirais à mon tour si je te voyais affronter la montagne rédemptrice sans la force nécessaire. N'aie pas peur. Les créatures perverses n'effrayent pas les âmes prudentes. Le Seigneur nous a accordé suffisamment de lumière spirituelle pour un bon discernement. Tu ne seras jamais victime d'explorateurs inconscients parce que l'Évangile de Jésus se trouve devant tes yeux pour éclairer le chemin que tu as choisi. En conséquence, l'observation et le bon sens, l'exercice spirituel et l'inspiration d'ordre supérieur seront au service de tes décisions sentimentales. Crois bien que je ferai tout ce qui est en mon pouvoir pour t'aider en ce sens.

Il fit l'effort de sourire, tandis que son épouse pleurait discrètement. Après un long intervalle, il souligna :

– Si je le peux, j'apporterai des étoiles du firmament pour décorer tes espérances. Tu seras chaque fois plus vivante dans mon cœur, et sache que j'aimerai tous ceux qui seront marqués de ta noble estime.

Puis, après avoir longuement regardé ses enfants, il leur dit :

– La parole apostolique de l'Évangile nous réconforte et nous éclaire comme il se doit. Dans peu de temps, je serai avec nos proches de la vie éternelle. Je perdrai mon corps charnel, mais je conquerrai la résurrection dans mon corps spirituel afin de vous attendre le cœur joyeux.

On pouvait voir que le mourant faisait d'énormes efforts. Il était fatigué.

Son père retira sa dextre du front de Fabien, et c'est ainsi que disparut le lien fluidique lumineux qui l'avait aidé à prononcer cette impressionnante allocution d'amour pur.

Tout en démontrant une sublime sérénité dans son regard brillant, il s'adossa contre les volumineux oreillers quelque peu abattu.

Mercedes chercha à se reprendre, essuya ses larmes, et dit à son fils aîné :

– À toi, Charles, fais la prière pour conclure.

Fabien démontra sur son visage une certaine satisfaction tandis que le garçon se levait, obéissant à la demande de sa mère.

D'un air tout à fait naturel, il récita une courte prière que sa mère lui avait enseignée :

– Notre Père tout puissant qui êtes aux Cieux, bénissez-nous, et donnez-nous la force nécessaire d'exécuter votre loi offerte au monde dans l'Évangile de notre Seigneur Jésus-Christ. Rendez-nous meilleurs aujourd'hui pour que nous puissions vous trouver demain. Si vous le permettez, ô mon Dieu ! Nous prions pour la santé de papa, et nous nous en remettons à votre volonté souveraine. Ainsi soit-il !...

Une fois la prière terminée, alors que les petits embrassaient leur mère avant d'aller se coucher tranquillement, le souffrant demanda humblement à son épouse :

– Mercedes, si tu es d'accord, je serais heureux d'embrasser les enfants aujourd'hui…

Profondément émue, elle acquiesça.

– Apporte-moi un autre mouchoir – demanda son mari attendri.

Peu après, elle lui présentait un petit mouchoir en lin. Ému, je vis le père chrétien appliquer le bout de tissu blanc sur la chevelure des enfants et embrasser le lin, au lieu de leur baiser les cheveux. Mais il y avait tant d'amour, une telle ferveur affective dans ce geste que je vis un jet de lumière sortir de sa bouche et atteindre l'esprit des petits. Ce baiser était saturé de magnétisme sanctifiant. Jérôme, à son tour particulièrement ému, me fit en murmurant :

– D'autres verraient des microbes ; nous, nous voyons de l'amour…

Peu après, la petite famille alla se coucher. Singulièrement, le patient se sentait mieux, bien disposé.

Dans notre groupe, la satisfaction régnait.

Les enfants s'endormirent sans tarder et Ariste les conduisit, hors de leur corps physique, dans un paysage de joie pour se divertir en toute insouciance…

Seuls à présent avec le malade et son épouse qui essayaient de trouver le sommeil, nous commençâmes le service de libération.

Tandis que Silveira soutenait son fils avec une indicible affection, Jérôme lui appliquait des passes anesthésiants. Fabien se sentit caressé par une délicieuse sensation de repos. Ensuite, l'assistant entama une opération magnétique compliquée sur les organes vitaux de la respiration et j'observai la rupture d'un vaisseau sanguin important. Le patient toussa et, en un instant, le sang lui monta à la bouche d'un seul jet.

Mercedes se leva, effrayée, mais son mari, bien que parlant difficilement, la tranquillisa :

– Tu peux appeler le médecin… cependant, Mercedes… ne t'inquiète pas… c'est juste la fin…

Tandis que Jérôme poursuivait la séparation de l'organisme périsprital du corps affaibli, Mercedes demandait de l'aide à un voisin qui, serviable, sortit chercher un médecin.

Le docteur ne tarda pas, car il arriva rapidement en voiture. Mais ce fut en vain qu'il appliqua une injection d'adrénaline, lui fit une saignée dans le bras, des cataplasmes aux pieds et lui mit des ventouses sèches sur la poitrine. Dans des jaillissements rouges, le sang coulait toujours, et toujours…

Je notai que Jérôme répétait le processus de libération pratiqué sur Dimas, mais avec une étonnante facilité cette fois. Après l'opération réalisée sur le plexus solaire, le cœur et le cerveau, une fois que le *nœud vital* fut détaché, Fabien était complètement séparé de son corps physique. Finalement, le cordon fluidique argenté brillait d'une belle lumière. Soutenu par son père, le désincarné reposait en paix, somnolent, sans avoir vraiment conscience de la situation qui était la sienne.

Je pensais que le cas de Dimas se répéterait dans tous ses détails, mais une heure après la désincarnation, Jérôme coupa le fil lumineux.

– Il est complètement libre – déclara mon orienteur, satisfait.

Son père attendri déposa sur le front de son fils désincarné plongé dans un doux sommeil un baiser rempli d'amour et le livra à Jérôme en déclarant :

– Je ne souhaite pas qu'il me reconnaisse tout de suite. Ce ne serait pas bon de le ramener dès à présent à des souvenirs du passé. Je le retrouverai plus tard, quand il devra quitter l'institution secouriste pour se rendre dans les sphères supérieures. Vous pouvez l'emporter dès maintenant. Je me chargerai de veiller sur son cadavre en rendant les résidus vitaux inutilisables pour éviter que des entités inconscientes et perverses en abusent.

Emu, l'assistant le remercia et nous partîmes emportant avec nous le précieux trésor qui nous avait été confié.

Tandis que nous prenions le chemin des hauteurs, je contemplai respectueusement les premiers rayons de l'aurore et, observant Fabien endormi, j'eus l'impression que de glorieux havres dans les Cieux s'éclairaient de la lumière du soleil pour recevoir cet homme, ce sublime exemple chrétien qui quittait victorieusement la terre…

17
Demande spéciale

Alors que Dimas se rétablissait progressivement, Fabien retrouvait des forces avec une remarquable rapidité. Les longs et difficiles exercices de la spiritualité supérieure qui avaient été menés à bien sur la croûte terrestre fructifiaient à présent sous forme de bénédictions de sérénité et de compréhension. Tous deux reposaient au Foyer transitoire entourés de la sympathie que leur témoignaient les membres de l'institution que Zénobie dirigeait. En même temps, notre attention était tournée vers les autres à qui nous prodiguions des soins constants, et surtout à Cavalcante dont la situation organique empirait sans cesse alors qu'il approchait de la fin.

Grâce à l'exemple de Fabien, Dimas, quant à lui, reprenait courage. Il réagissait plus vigoureusement face aux exigences de sa famille restée sur terre. En conséquence, sa sérénité s'en trouvait fortifiée avec l'efficacité requise. L'ancien tuberculeux, ravi et heureux, remarquait que d'autres horizons s'ouvraient à son esprit sensible et bon. Fabien pouvait se lever comme bon lui semblait, se rendre dans les différentes sections que comportaient les travaux de l'institution, et c'était un plaisir de le voir s'intéresser aux études ayant trait aux plans élevés de l'univers sans fin. Il retrouvait sa tranquillité. En soi, ce n'était pas un génie, il n'avait pas encore comblé son manque de sagesse et d'amour ; néanmoins, il s'agissait d'un serviteur spécial dans une position enviable vu les dettes dont il s'était acquitté et la chance qu'il avait de pouvoir continuer à s'élever vers les hauteurs et les glorieux sommets de la connaissance. Sœur Zénobie l'écoutait volontiers dans ses courts moments de loisir, et très souvent elle commentait avec Jérôme ses agréables impressions le concernant.

Ce fidèle disciple fit naître tant de joie vu la discipline émotive dont il témoignait que notre assistant prit l'initiative de faire venir son épouse lors d'une visite rapide. Je me souviens de la réaction de Mercedes au bras de notre orienteur lorsqu'elle passa le portique d'entrée de l'institution. Elle était ébahie, émerveillée, extasiée. Elle n'avait pas une conscience parfaite de la situation, mais elle était profondément reconnaissante. Lorsqu'elle fut conduite à la chambre où son compagnon l'attendait, instinctivement, elle s'agenouilla. Nous fûmes tous émus par son geste spontané d'humilité.

Fabien, souriant, masqua autant qu'il le put son émotion, et lui adressa la parole en ces termes :

– Lève-toi, Mercedes ! Partageons à présent ce moment de bonheur éternel ! Ivre de joie, son épouse restait silencieuse. Notre ami s'avança, la releva et l'étreignit avec une immense affection.

– Ne sois pas effrayée de ton veuvage, chérie ! – continua-t-il – nous serons toujours ensemble. Tu te souviens de notre dernier entretien ?

Mercedes entrouvrit ses lèvres et fit un signe affirmatif.

– Donne-moi des nouvelles de nos petits ! – lui demanda son compagnon désincarné en souriant – tu n'as encore rien dit… Pourquoi ? Parle, Mercedes, parle ! Montre-moi ton allégresse !

De son regard tendre et brillant, sa femme le fixa avec plus d'attention, et lui dit en pleurant de joie :

– Fabien, je remercie Jésus de la grâce qu'il m'accorde… Que je suis heureuse de te revoir !…

Des larmes abondantes coulaient sur son visage.

Puis, après un court intervalle, elle ajouta :

– Nos petits vont bien. Nous parlons de toi constamment… Toutes les nuits, nous nous réunissons pour prier, et nous implorons Dieu, notre Père, de t'accorder la joie et la paix dans ta nouvelle vie.

Dignement, sa femme fit une autre pause pour retenir ses larmes.

– Il faut que tu saches – continua-t-elle – que j'ai déjà trouvé du travail. Monsieur Frédéric, notre vieil ami, m'a offert un poste. Charles veille sur son frère pendant que je m'absente, et nous ne manquons de rien, semble-t-il au point de vue matériel. Nous avons seulement…

Mais l'épouse dévouée interrompit à cet instant ses réserves, de peur peut-être de l'offenser.

– Continue ! – lui fit son compagnon ému.

– Tu ne te fâcheras pas – lui dit Mercedes, reprenant courage – si je te dis combien tu nous manques ? Lors de nos repas et de nos prières, il y a une place vide, c'est la tienne. Crois bien, néanmoins, que je fais mon possible pour ne pas te nuire. Mentalement, j'ai placé l'image de Jésus, notre Maître invisible, là où tu t'asseyais. De cette manière, ton absence à la maison est pleine d'une ardente confiance en cet ami fidèle que tu m'as enseigné à découvrir…

Je remarquai que malgré l'élévation qui le caractérisait, le mari faisait de grands efforts pour ne pas pleurer. Sur un ton qu'il voulait optimiste, il lui fit remarquer :

– N'éteins pas la lumière de l'espoir. Je ne me fâche pas de savoir combien je vous manque, car vous aussi vous me manquez beaucoup, ta tendresse, les caresses de nos enfants, mais je serais contrarié de savoir que la tristesse a envahi notre joyeux nid d'amour. Reste forte, ne te décourage pas. Dès que possible, je reprendrai ma place en esprit. Je serai avec toi pour t'aider dans ton travail, dans les moments de prière et je respirerai l'atmosphère de ton affection. Mais pour l'instant, j'ai besoin de me soutenir à la force de ton courage et je ne peux me passer de ton concours. Je sens bien que je suis entouré d'amis précieux qui ne nous oublient pas et, qui sait, nous serons peut-être à nouveau l'un auprès de l'autre dans un proche avenir ! On m'a prévenu que la bonté divine m'a accordé la permission d'intégrer une colonie sanctifiée afin de poursuivre mon travail d'élévation. Je pourrais peut-être construire un nid différent et plus charmant en t'attendant. Mercedes, on dit ici que la beauté du soleil est plus sublime dans ce paysage de lumière enchantée et que, lorsque vient la nuit, les arbres fleuris ressemblent à de lumineux lampadaires parce que les fleurs merveilleuses retiennent le divin clair de lune...

À cet instant, une question me vint à l'esprit. Si en d'autres temps, Fabien s'était fait tant d'amis au sein de nos activités au point de mériter une attention particulière de leur part, comment pouvait-il être aussi étranger aux questions relatives à notre sphère ? Je cherchai à synthétiser l'idée qui m'était venue à l'esprit et j'interrogeai Jérôme qui me répondit par deux courtes phrases :

– La mort ne fait pas de miracles. Retrouver ses souvenirs est une tâche comme une autre qui relève des activités divines de la nature, elle se fait progressivement.

Je me tus, attentif.

Attendri, le mari récemment désincarné regardait sa femme et lui dit :

– Crois-tu donc qu'il ne vaille pas la peine de souffrir un peu pour parvenir à un patrimoine aussi sacré ? Nos enfants grandiront rapidement, les luttes seront brèves, les situations charnelles sont transitoires. Pour autant, ne te décourage pas. La Providence ne s'appauvrit jamais et nous couvrira de bénédictions.

Le visage heureux de son épouse révélait une belle expression de réconfort, et mobilisant les énergies les plus intimes de son âme pleine d'humilité, elle resta pendant quelques instants les mains jointes, comme pour remercier Dieu de l'immense joie qu'elle vivait en cette heure.

Jérôme eut un geste significatif pour l'informer en silence que la visite touchait à sa fin.

Émue, sœur Zénobie qui accompagnait la scène avec nous prit une fleur qui ressemblait à un grand camélia doré et la donna à Fabien pour qu'il en fasse cadeau à sa compagne.

Mercedes l'accepta et la serra contre son cœur.

Notre directeur s'approcha de moi et me fit :

– André, accompagne-nous sur la croûte terrestre. Notre amie a perdu beaucoup d'énergie avec tant d'émotions et ta coopération nous sera utile sur le chemin du retour.

La veuve fit ses adieux, et peu après, nous la reconduisions chez elle. En racontant cette expérience, je vois encore l'étrange sensation de bonheur que Mercedes ressentit lorsqu'elle s'éveilla dans son lit avec l'impression très claire de tenir la délicate fleur entre ses doigts.

Les travaux qui nous avaient été confiés suivaient leur cours lorsque notre mentor fut appelé par une autorité supérieure de notre communauté. J'attendais impatiemment son retour, car Jérôme, qui obéissait aux ordres reçus, avait dû partir immédiatement pour résoudre une affaire pressante.

Il nous avait recommandé de l'attendre au Foyer transitoire puisqu'il devait être bref.

Le fait est qu'il ne s'absenta qu'un jour. À son retour, il nous informa de la nouvelle. La sœur Albine avait été autorisée à rester sur la croûte terrestre quelque temps encore, pour cette raison sa désincarnation avait été reportée *sine die*. Une demande particulière avait influencé son cas de manière décisive. Une exigence impérieuse avait été prise en considération par notre colonie. Face à cela, le programme de notre mission fut altéré. Au lieu de l'aider à se libérer, la vieille éducatrice allait recevoir des forces pour rester plus longtemps sur la terre. Nous devions nous rendre chez elle sans perdre de temps, et fournir à son organisme les ressources magnétiques indispensables dont nous disposions.

J'aurais souhaité poser des questions pour connaître certains détails. Mais Jérôme avait l'habitude de nous dire tout ce que nous devions savoir, je n'osais donc pas l'obliger à me donner des informations anticipées. Pourquoi une décision d'une telle importance avait-elle été modifiée ? Qui possédait, après tout, un tel pouvoir pour avoir une influence sur les directives de notre colonie spirituelle ? Cet ajournement était-il juste ? Pourquoi une prière particulière imposait-elle un changement dans le programme à suivre ?

L'assistant perçut les interrogations qui se bousculaient dans ma tête et me fit :

– Ne te torture pas, André. Tu sauras tout au moment opportun.

Puis, il nous fit un rapide schéma de la programmation à suivre et ajouta :

– Allons-y, Hippolyte et Luciane veilleront sur les convalescents.

Mais, une fois que nous fûmes en chemin, je ne pus résister plus longtemps. Je lui demandai la permission de l'entendre, ne serait-ce que de manière sommaire quant à cette nouvelle décision, et Jérôme acquiesça en m'expliquant :

– Cette mesure ne doit pas t'étonner. Personne, excepté Dieu, ne détient de pouvoirs absolus.

Lorsque nous réalisons les tâches dont nous avons la responsabilité, nous ressentons tous des limites quant aux attributions ou à l'étendue de nos devoirs qui dépendent des desseins supérieurs. L'avenir peut être tracé dans ses grandes lignes, mais nous ne pouvons préjuger de rien quant à l'interférence divine. Notre Père procède à l'organisation universelle avec une indépendance illimitée dans le domaine de la sagesse infaillible. Nous coopérons avec une liberté relative à l'œuvre du monde, nous sommes sujets à une interdépendance nécessaire et édifiante du fait de l'imperfection de notre individualité. Dieu sait, alors que nous, nous n'imaginons même pas ce qu'est le savoir.

Puis avec un geste expressif de bonne humeur, il continua :

– Par conséquent, il n'est pas de nouveauté proprement dite. D'ailleurs, il serait plus juste de se dire que la désincarnation d'Albine ne sera pas reportée indéfiniment. Son organisme est usé et cette nouvelle décision ne cherche qu'à pallier une situation difficile pour aider un grand nombre. La prière, en toute occasion, améliore, corrige, élève et sanctifie. Mais lorsque s'établit un changement de programme identique à celui d'aujourd'hui, seul l'intérêt collectif se place au-dessus des circonstances ordinaires. Bien que la mesure ne prévale que pour une durée limitée, à savoir, tant que durera la cause qui la motive.

Je me souvins alors d'une expérience précédente[5] où j'avais observé qu'un frère avait reçu quelques jours supplémentaires à vivre sur terre pour résoudre des problèmes particuliers, et je compris la modification qui s'était produite. De toute façon, ma surprise n'était pas déraisonnée, car nous formions une commission de travail défini avec des activités tracées par nos

[5] Voir chapitre 7 des « Missionnaires de la Lumière » – Note de l'auteur spirituel.

supérieurs hiérarchiques. Dans le cas mentionné, des amis de notre sphère avaient intercédé auprès d'autres amis dans l'intérêt d'un tiers. Mais dans le cas d'Albine, il s'agissait d'une demande émanant de la croûte terrestre qui agissait directement sur notre groupe à distance.

Quoique ma curiosité ne fût pas satisfaite, j'accompagnai Jérôme jusqu'à l'appartement confortable où habitait l'intéressée.

Les pronostics concernant l'état physique de la souffrante étaient décourageants.

Malgré la profonde perturbation de son corps physique, son esprit restait calme et confiant.

Il n'y avait pas que le cœur et les artères qui présentaient de graves symptômes, mais aussi le foie, les reins, l'appareil gastro-intestinal. La dyspnée l'affligeait fortement.

Nous arrivâmes au moment où des jeunes filles sympathiques, quatorze au total, se livraient au culte domestique de l'Évangile autour de la patiente. Tandis qu'elles priaient et faisaient des commentaires édifiants l'âme tournée vers la source sublime de leur foi ardente, nous nous mîmes au travail, suivis de près par d'autres amis de notre plan liés à la mission de la noble éducatrice.

L'ambiance équilibrée par la prière et par les pensées d'élévation morale contribuait efficacement à l'exécution de nos objectifs.

La région de son corps abattu qui comportait des risques était justement celle où se trouvait l'anévrisme qui était probablement à l'origine de sa libération. La tumeur avait provoqué la dégénérescence du muscle cardiaque et menaçait de rompre immédiatement. Une fois de plus, Jérôme se révéla être un médecin expérimenté et compétent. Il se mit à appliquer des passes pour régénérer le système de stimulation dans son organisme et s'attarda plus particulièrement sur le tissu nerveux. Ensuite, il fournit une certaine quantité d'énergie au péricarde ainsi qu'aux stries tendineuses, assurant la résistance de l'organe. Peu après, mon orienteur magnétisa longuement la zone où se trouvait la tumeur qui était bien développée en isolant certains complexes cellulaires, et il nous expliqua :

– Nous pouvons être sûrs qu'elle ira bien pendant quelques mois. Effectivement, une fois cette opération magnétique complexe terminée, j'observai que le cœur malade battait différemment, de manière équilibrée à présent. Les valves cardiaques devenaient plus régulières. L'affliction de la malade cessa, ce qui fut attribué à l'effet de la prière, à juste titre d'ailleurs.

Albine était réconfortée, plus calme. Émue, elle regarda les disciples qui étaient venues lui rendre un hommage affectueux et leur fit d'une voix satisfaite :

– Comme je me sens mieux ! Comme l'apôtre Jacques avait raison lorsqu'il recommandait la prière aux souffrants !

Contentes, les élèves et ses filles se mirent à rire et élevèrent immédiatement une belle prière de gratitude qui toucha nos cœurs.

Contrairement à l'attente générale, la patiente accepta de prendre un bouillon chaud.

Vu la joie qui régnait, je demandai brusquement à Jérôme :

– La prière des disciples aurait-elle été le mobile du changement ? Qui sait ? Peut-être, leur manquerait-elle...

– Non, ce n'est pas tout à fait cela – élucida le mentor –, l'intercession des filles a prodigué à la malade une part naturelle de bienfaits ; néanmoins, il faut savoir qu'Albine a déjà accompli sa tâche auprès d'elles. Elle leur a donné ce qu'elle pouvait en se dévouant autant qu'elle le devait. En vertu de l'abnégation de la souffrante, les apprenties sont riches de bonnes semences... Il leur appartient à présent d'organiser les conditions favorables au développement intensif des trésors spirituels dont elles sont porteuses.

C'est curieux, osai-je dire :

– Serions-nous par hasard en présence d'une sollicitation sentimentale de la part de ses filles ?

Jérôme regarda les deux femmes qui apportaient leur aide à la malade avec une tendresse infinie, il secoua la tête négativement et répliqua :

– Non, ce n'est pas ça non plus. Il ne s'agit pas d'une réponse à une requête de ce genre. Dans le cadre de ses devoirs maternels, Albine a tout fait pour le bien-être de ses filles. Elle s'est consacrée à elles autant qu'elle a pu. Pour elles, elle a veillé pendant des nuits entières et ses jours furent remplis d'une inquiétude dévorante et rédemptrice. Elle les a éduquées avec amour, les a guidées vers la sanctification et, par-dessus tout, en les préparant à la vie, elle les a livrées au Père éternel sans égoïsme destructeur. Le travail maternel a été pleinement accompli. Désormais, il incombe aux filles de suivre son exemple en imitant sa conduite chrétienne. Les pensées aimantes de Loïde et d'Eunice l'entourent d'une atmosphère d'amour reposante. Par conséquent, ce ne serait pas les suppliques filiales qui, dans de telles circonstances, pourraient modifier le projet des autorités supérieures dans l'accomplissement des lois divines. Les suppliques de ses deux filles relèvent de dispositions parfaitement assumées par la missionnaire en processus de libération et ne pourraient en aucun cas la retenir.

À cet instant, la patiente réconfortée par son amélioration inopinée s'adressa à sa fille aînée et lui demanda :

– Loïde, crois-tu que nous pourrions faire venir Jeannot jusqu'ici ?

Sa fille approuva cette requête faite si tendrement et immédiatement, elle prit le téléphone pour appeler quelqu'un.

Tandis que la femme s'entendait avec son époux qui était à une certaine distance, mon orienteur m'annonça avec bonne humeur :

– Dans quelques instants, tu auras la solution à ton problème.

Alors que nous ne cessions d'apporter le secours nécessaire à l'organisme physiologique de la patiente, nous pouvions observer toute la joie manifestée par les disciples qui se retiraient satisfaites. Mère et filles se retrouvèrent seules dans la pièce avec nous et d'autres amis spirituels qui étaient aussi là pour aider, dont la sœur sympathique qui nous avait accueillis à notre arrivée ; c'était elle d'ailleurs qui avait évoqué la probabilité de prorogation.

Les travaux d'assistance se poursuivaient avec beaucoup d'attention, quand un homme d'allure élégante entra accompagné d'un petit garçon chétif qui devait avoir dans les huit ans.

Une fois dans la chambre, le petit révéla être conscient de l'endroit où il se trouvait, il salua respectueusement les deux femmes et se tourna d'un regard anxieux vers la souffrante pour lui baiser la main avec une indicible tendresse.

Albine pria Dieu de le bénir et le garçon lui demanda :

– Grand-mère, comment vas-tu ?

Tout en le désignant du regard, Jérôme m'expliqua :

– La supplique de cet enfant a atteint notre colonie spirituelle et nous a fait changer notre programme.

– Comment ?... lui fis-je très surpris.

Toutefois, Jérôme continuait :

– Ce n'est pas le petit-fils consanguin de la malade bien qu'il se considère comme tel. C'est un orphelin qui a été abandonné à sa porte après sa naissance, et dont Loïde s'occupe depuis que notre sœur se trouve alitée. Malgré cette épreuve, Jeannot est un grand serviteur profondément dévoué à Jésus. Il s'agit d'un missionnaire réincarné de l'Évangile. Il a beaucoup de crédits à son actif. Lié à la famille d'Albine depuis plusieurs siècles, il est revenu au sein de ces créatures qui lui sont très chères pour se consacrer au service apostolique de l'avenir.

J'allais poser de nouvelles questions, mais mon orienteur m'indiqua la patiente qui étreignait l'enfant et avec bienveillance me conseilla :

– Observe de toi-même…

Entre elle et le petit, le dialogue était empreint d'une charmante douceur.

– Je n'allais pas bien, mon fils – lui avoua la respectable femme.

– Oh ! Grand-mère ! – lui fit le garçon, les yeux rayonnants de foi – j'ai prié sans cesse pour que tu ailles rapidement mieux.

– Tu as la foi ?

– J'ai confiance en Jésus. La dernière fois que je suis allé à l'église, j'ai demandé à tout le monde de prier le Ciel pour que tu retrouves la santé.

– Et si Dieu m'appelle ?

Ses yeux se remplirent de larmes, mais il souligna d'une voix ferme :

– Nous avons besoin de toi en ce monde.

Albine l'étreignit, maternellement, elle l'embrassa avec tendresse, puis continua :

– Jean, tes hymnes de l'école m'ont beaucoup manqué. As-tu fait ta prière au Seigneur régulièrement ?

– Oui.

– Alors, chante, mon enfant.

Le petit sourit, heureux, de pouvoir faire plaisir à sa chère grand-mère et lui demanda tout naturellement :

– Lequel ?

La souffrante réfléchit un bon moment, et finit par dire :

– « Si Jésus m'appartient ».

Soudain, l'expression du visage du garçon changea, il prit un air triste, se mit près du lit, s'agenouilla, leva les yeux au ciel et se mit à chanter un hymne ancien et délicat appartenant aux églises évangéliques :

« Si Jésus m'appartient,
Je suis très heureux,
Je vais au Ciel,
Voir mon beau pays… »

Sa voix était si triste que l'hymne ressemblait à une lamentation amère. Une fois qu'il eut terminé la première strophe, il s'efforça de continuer, mais n'y parvint pas. Une intense émotion étouffait sa gorge, les larmes jaillissaient de ses yeux spontanément. En vain, il essayait de fixer Loïde pour reprendre courage et, remarquant que son émotion affectait la famille, il se précipita dans les bras de la malade et s'écria de toutes ses forces :

– Non, grand-mère, non ! Tu ne peux pas t'en aller au Ciel maintenant ! Dieu ne le permettra pas !…

Albine le retint dans ses bras, aimante et heureuse.

– Eh bien, alors, Jean ? – fit-elle en cherchant à lui sourire.

Je remarquai à cet instant que moi, aussi, pris d'émotion, je versai quelques larmes…

Jérôme, quant à lui, restait ferme et riait de bon cœur en affirmant :

– Le garçon a raison. Albine ne s'en ira pas cette fois…

Pour répondre à ma curiosité, finalement, il me donna des explications :

– Que remarques-tu de particulier chez Loïde ?

Faisant appel à des observations qui m'étaient déjà venues à l'esprit, je répondis sans hésiter :

– J'ai remarqué qu'elle attend un enfant ; une petite fille que nous avons déjà entrevue… Depuis notre première rencontre, j'avais noté qu'elle était enceinte, à la veille d'accoucher.

– Exactement – confirma le mentor amical, la prière de Jean est importante parce qu'elle se revêt d'une profonde signification pour l'avenir. La petite fille qui est sur le point de réincarner est une compagne qu'il a eue de nombreux siècles en arrière. Tous deux ont en commun une admirable tâche à réaliser sur la croûte planétaire et ont choisi cette nouvelle mission en toute conscience du devoir à accomplir. Ils se sont associés à Albine à plusieurs reprises et, bientôt, ce seront les continuateurs de son œuvre d'éducation évangélique. Ce ne sont pas des Esprits purifiés, rédimés, mais de précieux travailleurs avec suffisamment de crédit moral pour parvenir à des niveaux plus élevés. En dépit de sa condition infantile, le serviteur réincarné, par la richesse des perceptions qui le caractérisent hors de la sphère physique, a pris connaissance du fait que notre vénérable sœur était prête à mourir. Tout de suite, il comprit que le fait aurait une répercussion néfaste sur l'organisme de Loïde et lors de son accouchement. La douleur morale serait si grande qu'elle pourrait effectivement la conduire à un avortement qui imposerait de profondes transformations à la mission dont Jean était l'heureux porteur. Il fit donc appel à tous les modes d'intersessions dont il disposait à l'instant où son âme lucide put opérer en l'absence de son corps physique qui triompha avec ses suppliques insistantes. Il parvint ainsi à obtenir un court délai quant à la désincarnation d'Albine.

Toujours modéré dans la teneur de ses informations, Jérôme se tut et prépara notre départ.

Ce singulier événement me remplissait d'enchantement et de surprise. Ravi, je contemplais la petite famille réunie dans la joie domestique, et j'en vins à la conclusion que même dans un cas de maladie grave, la prière, cette fille du travail effectué avec amour, pouvait vaincre le puissant pouvoir de la mort.

18
Détachement difficile

À présent, nous avions sous les yeux le cas de Cavalcante en phase finale.

Le pauvre ami était retenu à son corps physique par la vigoureuse envie de rester soumis à la chair. L'intervention réalisée sur l'appendice enflammé, alors que nous cherchions à remédier à la situation du duodénum, s'était faite tardivement. La suppuration du péritoine s'était aggravée et c'était en vain que nous luttions contre l'infection dévastatrice.

Le patient perdait des forces, et comme il n'arrivait pas à s'alimenter correctement, il n'avait pas d'énergie pour compenser les pertes abondantes.

L'intestin inspirait de la répugnance et de la compassion. Tel un étrange organe destiné à la fermentation, il contenait des milliards de bacilles de différentes espèces. Un profond déséquilibre avait atteint les fonctions des vaisseaux sanguins et lymphatiques de l'intestin grêle. Le côlon transverse et le côlon descendant ressemblaient à de petits tunnels remplis de colonies microbiennes des plus diverses. Les villosités étaient pleines de sang purulent et, de temps en temps, des veines plus fragiles éclataient provoquant une abondante hémorragie. Dans tout l'appareil intestinal, on pouvait constater la disparition graduelle de tonus dans les fibres. Le pancréas n'arrivait plus à travailler pour faciliter la désintégration des aliments et l'estomac, à son tour, ne fonctionnait plus. Les glandes gastriques étaient presque inertes. Des troubles destructifs s'étaient installés dans le foie où des bestioles voraces profitaient de l'absence graduelle de contrôle psychique pour se manifester à loisir comme des attaquants microscopiques furieusement déchaînés.

Le malade, au fond, ne supportait plus aucune alimentation. Son estomac rejetait même un simple verre d'eau qui l'épuisait, vu les efforts énormes qu'il faisait dus aux vomissements réitérés.

Le système nerveux central et abdominal, ainsi que les systèmes autonomes, accusaient un déséquilibre grandissant.

Toutefois, on reconnaissait chez cet agonisant qui s'entêtait à vivre dans son corps physique, le pouvoir gigantesque de l'esprit qui, avec une admirable volonté, mettait toutes ses forces dans les organes et les centres vitaux en décadence.

Au bout de quatre jours de soins auprès du moribond, Jérôme décida de détacher les liens qui le retenaient à la matière grossière.

Boniface, serviable et bon, nous assistait dans notre tâche.

Comme il eut une vague intuition de notre résolution, par le biais de sa chère mère, le malade fit appeler l'aumônier qui l'écouta. Après une courte confession que le prêtre réduisit au minimum de temps en vertu des émanations déplaisantes qui se détachaient du corps du moribond, le pauvre Cavalcante, qui ne soupçonnait pas le moins du monde la paix qui l'attendait dans l'au-delà, chercha à retenir l'ecclésiastique avec des propos désolants :

– Père – dit-il d'une voix suppliante –, je sais que je vais mourir, je sais que c'est la fin…

– Tu dois t'en remettre à Dieu, mon ami. Lui seul sait ce qu'il adviendra en définitive. Qui sait si tu n'as pas encore de longues années devant toi ? Tout peut arriver…

L'aumônier parlait précipitamment, il cherchait à raccourcir leur entretien, voulant dissimuler ses pénibles impressions olfactives, mais le moribond continuait :

– J'ai peur, très peur de mourir…

– Bien – obtempéra le religieux, sans cacher un geste d'ennui qui passa inaperçu aux yeux du croyant –, nous devons préparer notre esprit à tout ce qui peut arriver.

– Écoutez, mon père !… Croyez-vous que je serai sauvé ?

– Sans aucun doute. Tu as toujours été un bon catholique…

– Mais… écoutez ! – et la voix du souffrant se fit triste, plus éplorée, étouffée – j'aimerais mourir dans d'autres conditions. Comme je vous l'ai dit, j'ai été abandonné par ma femme, il y a de nombreuses années de cela… Vous savez qu'elle est partie vivre avec un autre homme, qu'elle s'est enfuie et qu'elle n'est plus jamais revenue… J'ai toujours considéré que j'avais vécu une telle épreuve par incapacité de compréhension de sa part, mais à présent, père… alors que je regarde la mort en face, je suis amené à mieux réfléchir… Qui sait si je ne suis pas directement coupable ? Peut-être, ai-je poussé trop loin mon désir de vivre pour la religion, et qu'elle a manqué d'attention… Je me souviens que parfois elle disait que j'étais un « curé sans soutane ». Il est possible que mon attitude irréfléchie ait été à l'origine de l'égarement de ma compagne…

Après avoir longuement regardé l'ecclésiastique, il lui dit sur un ton suppliant :

– Aurez-vous la charité de continuer à prier pour moi ? J'ai besoin de la voir afin de calmer ma conscience… Voilà onze ans que je l'ai perdue de vue…

Mais le prêtre n'avait pas vraiment l'air de s'intéresser à sa demande et répétait avec impatience :

– Repose-toi, repose-toi… Je continuerai ma tâche. Aie du courage, Cavalcante ! Il est probable que tout se passe selon nos désirs.

La voix entrecoupée par la fatigue, le mourant murmura :

– Merci, père, merci !…

Le religieux essaya de sortir, mais Cavalcante, effrayé, lui demanda encore :

– Vous croyez que je resterai longtemps au purgatoire ?

– Quelle idée ! – grommela son interlocuteur agacé – tu manques tant de confiance en Dieu et en son pouvoir ?

Il prononça ces derniers mots avec tant d'irritation dans la voix que le souffrant perçut son mécontentement, il sourit humblement et se tut.

Alors qu'il s'éloignait soulagé, le prêtre rencontra le médecin et lui demanda :

– Mais enfin, que se passe-t-il avec Cavalcante ? Il meurt ou il ne meurt pas ? J'en ai assez de cette situation qui n'en finit plus.

– Il s'est montré très résistant – l'informa le médecin avec bonne humeur. – Mais réflexion faite, vu qu'il est condamné, j'en viens à examiner la possibilité de pratiquer l'euthanasie.

– Je crois que ce serait charitable – répliqua le religieux –, car le malheureux est en train de pourrir vivant…

Le docteur étouffa un rire franc et ils se saluèrent.

Le manque de respect de cette scène était choquant. Les deux professionnels, l'un de la religion et l'autre de la science, ne remarquaient que le côté superficiel de la situation, incapables qu'ils étaient de pénétrer les mystères sacrés de l'âme. Toutefois, pour compenser une incompréhension aussi peu charitable, Cavalcante était l'objet de notre plus grande affection. En ce qui me concerne, je n'étais pas en mesure de lui apporter un très grand réconfort, vu le caractère limité de mes capacités, mais Jérôme et Boniface l'entouraient d'une grande attention en le soutenant comme s'il s'agissait d'un enfant bien-aimé.

Maintenant que l'ecclésiastique s'était éloigné, mon assistant me fit :

– Le pauvre prêtre, il n'a pas encore « d'yeux pour voir ». Avant tout, Cavalcante a été un travailleur persévérant du bien.

Pendant cela, le mourant cherchait à sécher ses copieuses larmes. L'attitude de l'aumônier l'avait averti de l'état déplorable dans lequel se trouvait son corps physique. Il se mit à sentir l'odeur désagréable de ses propres viscères, ce qui aggrava son malaise. Sous le coup d'une indicible angoisse, il demanda qu'une religieuse particulière parmi celles qui s'occupaient de la maison vienne à son chevet. Il ressentait un profond besoin de consolation, il avait besoin du courage d'autrui. Il trouverait probablement dans un cœur féminin le réconfort que le confesseur n'avait pas su lui prodiguer. Malheureusement, la « sœur de charité » n'était pas de meilleure humeur. Elle accepta de l'écouter tout en respirant un puissant désinfectant, ce qui fut pour lui encore plus douloureux. Cavalcante pleurait, se plaignait. Humilié, il déclarait vouloir vivre quelques jours de plus. Il ne voulait pas partir sans s'être réconcilié avec son épouse. Il implorait des mesures médicales plus efficaces et promettait de payer toutes les dépenses dès qu'il pourrait reprendre ses activités. Il prétendait faire appel à des parents aisés qui habitaient à une certaine distance. Il rembourserait sa dette jusqu'au dernier centime.

Après l'avoir entendu avec une impassible froideur, la « sœur de charité » fut encore plus brève :

– Mon ami – lui fit-elle sèchement –, gardez la foi. La maison est pleine de souffrants, certains dans des conditions bien plus pénibles.

Comme le malade insistait, elle conclut durement :

– Je n'ai pas le temps.

L'agonisant se mit à pleurer silencieusement. L'âme oppressée en proie à une angoissante nostalgie, les souvenirs de son enfance et de sa jeunesse lui revinrent en mémoire. Il avait vécu sur cette terre le cœur ouvert à la pratique du bien. Il ne pouvait concevoir un Jésus enfermé dans les temples en pierre, loin des affamés et des souffrants qui pleuraient de toute part. La doctrine qu'il avait embrassée ne lui donnait pas l'occasion d'appliquer dans une plus large mesure l'exemple évangélique. Il devait satisfaire des obligations conventionnelles et perdre beaucoup de temps dans la pratique du culte extérieur. Néanmoins, il avait profité de toutes les occasions qui lui avaient été offertes pour manifester de la compréhension autour de lui dans un profond sentiment chrétien. Parce qu'il avait aimé l'exercice du bien avec constance et fidélité, il s'était fâché avec les prêtres et ses parents en général. Tout le monde chez lui, y compris sa femme, le prenait pour un fanatique, un déséquilibré, un raté. Malgré tout, il avait persévéré. En dépit des conditions élevées de sa foi, il ignorait les enseignements relatifs à l'au-delà et craignait la mort. Il aurait souhaité avoir la certitude du chemin à suivre. La vision mentale de l'enfer, conformément aux croyances catholiques, faisait frémir son esprit épuisé. La probabilité de se retrouver au purgatoire à souffrir l'effrayait terriblement. Il désirait quelque chose de mieux, de plus beau que le vieux monde où il avait vécu jusqu'à présent… Il aspirait à entrer dans une communauté différente où il pourrait trouver des cœurs en harmonie avec le sien. Il avait faim et soif d'une profonde compréhension, mais les principes dogmatiques de l'école religieuse à laquelle il était affilié le desservaient, tant et si bien qu'il repoussait notre action.

Jérôme lui appliqua des passes magnétiques et essaya de l'endormir doucement de manière à le délivrer de ses craintes pour le secourir directement hors de son corps physique. Mais le mourant luttait pour rester éveillé. Il avait peur de s'endormir et de ne pas se réveiller, pensait-il, anxieux. Il voulait voir sa femme avant de partir, se disait-il. Serait-ce donc impossible ? N'était-il pas juste de vouloir mourir tranquille ? Oh, si seulement elle apparaissait ! – il caressait cette possibilité – il se repentirait de ses erreurs passées, il lui demanderait pardon. Il était sous le coup d'une telle humilité en cette heure de grande faiblesse qu'il ne serait pas blessé de recevoir sa visite avec l'« autre ». Pourquoi haïrait-il, donc ? Ne lui avait-on pas enseigné la leçon de Jésus que la fraternité représente toujours la bénédiction du Très-Haut ? Qui était le plus coupable ? Lui, qui avait redoublé d'indifférence quant aux exigences affectives de sa compagne par son dévouement invétéré pour la foi, ou cet homme, indifférent à toute responsabilité auprès de qui elle s'était peut-être réfugiée, poussée par le désespoir ? S'il avait toujours lutté pour la pratique de la charité, pour quelle raison lui, Cavalcante, n'avait-il pas donné un tel exemple dans son propre foyer ? En fait, les suggestions sublimes de la foi religieuse avaient enflammé son esprit d'amour universel. Elle n'avait pas supporté l'idéalisme ardent qui le suffoquait. Nul ne pouvait le lui reprocher. Mais si ce chemin était celui qui lui était destiné pourquoi avait-il été amené à épouser une pauvre créature incapable d'appréhender sa soif de lumière ? Pourquoi avait-il fait des promesses à ce cœur féminin conscient du fait qu'il ne pourrait les tenir ? La douleur dessine au fond de la conscience avec une plus grande clarté que toute autre notion celle de la logique. La mort qui approchait remplissait cette belle âme de sublimes réflexions. Cependant, la peur s'y était logée comme un invisible bourreau.

Cavalcante qui appréhendait si bien le paysage des sentiments humains restait aveugle quant à « l'autre côté de la vie » d'où nous essayions vainement de l'assister.

Jérôme aurait pu utiliser des moyens plus radicaux, mais il s'en abstenait. Quand je le questionnai concernant les soins infinis qu'il lui appliquait, très calmement, il m'expliqua :

– Nul ne coupe là où on peut détacher…

La réponse en disait long.

Toutefois, il aida le malade à trouver un peu de repos réparateur. Cavalcante réagissait toujours. Comme il sentait notre approche et notre interférence, légèrement, il bougeait rapidement ses lèvres et se mettait à réciter des prières en implorant la grâce de voir sa compagne avant de mourir.

– Pauvre frère ! – fit Boniface, ému – il ne sait pas que son épouse est morte depuis plus d'un an sur un brancard, victime de la syphilis.

Jérôme n'eut pas la moindre réaction, mais je luttai intérieurement pour ne pas laisser jaillir le flot de questions qui assaillait mon esprit assoiffé de détails. Par bonheur, je réussis à me contrôler. L'heure n'était pas aux questions inutiles. Le plus naturellement du monde, Jérôme adressa la parole à notre compagnon en lui disant :

– Boniface, notre ami ne peut vivre plus longtemps dans son corps charnel. Sa machine l'abandonne. Dans quelques heures, la nécrose gagnera du terrain, nous devons donc le délivrer. Il s'entête à vouloir rester accroché à la chair pourrissante et demande désespérément la présence de son épouse. Nous avons déjà essayé de l'aider à se libérer en relâchant les liens incarnatoires de son plexus solaire, mais il réagit avec une force étonnante. Face à cela, j'ai décidé d'ouvrir les petits vaisseaux de l'intestin pour provoquer une hémorragie continuelle jusqu'à la nuit quand nous effectuerons sa libération. Je te demande de faire venir sa compagne désincarnée. Sa faiblesse physique va rapidement s'accentuer. À partir de maintenant et en quelques heures, les perceptions spirituelles de Cavalcante vont augmenter. De sorte qu'il verra sa femme avant de mourir et pourra s'endormir plus tranquillement.

Nous assurant qu'il ferait son possible, Boniface partit immédiatement pour accomplir cet ordre.

Peu après, prudemment, Jérôme opéra la région intestinale en rompant certaines veines mineures, ce qui atténua sa capacité de résistance.

Nous devions nous absenter pendant quelques heures. L'horloge indiquait que midi venait à peine de sonner. Mais avant de nous éloigner, vu le tableau émouvant de l'infirmerie publique que nous avions devant nos yeux où le mourant était installé, admiratif, je demandai à Jérôme :

– Notre protégé, qui deviendra si faible au point d'observer le plan invisible alors qu'il est encore vivant, pourra-t-il aussi voir les visions de vampirisme qui m'impressionnent tant dans cette enceinte ?

– Oui – me répondit Jérôme, spontanément.

– Oh ! Mais aura-t-il suffisamment d'énergie pour voir tout cela sans se troubler ?

– Je ne peux le garantir – fit-il en souriant. – Naturellement, tout Esprit incarné devant un tableau comme celui-ci pourrait être pris de folie, et passerait certainement quelques heures de grand déséquilibre, vu la nouveauté que représenterait pour lui un tel spectacle. Lorsque la lumière se fait pour la créature sur un certain plan qu'elle est « apte à voir », elle verra aussi bien le ciel que l'abîme. C'est juste une question de clarté et de syntonie.

Cette remarque me fit frémir de pitié.

L'infirmerie était pleine de scènes déplorables. Des entités inférieures, que les malades retenaient d'eux-mêmes par une forte viciation de l'esprit, s'installaient sur différents lits pour leur infliger des souffrances atroces en leur suçant tels des vampires leurs précieuses forces ou en les tourmentant, en les harcelant.

Depuis que nous avions commencé le traitement de Cavalcante, de telles démonstrations dans ce lieu d'assistance charitable me choquaient profondément et j'en vins même à consulter Jérôme quant à la possibilité d'améliorer la situation. Mais celui-ci me dit, le plus naturellement du monde, que l'effort le plus extraordinaire serait inutile, car les patients eux-mêmes, en raison de leur manque d'éducation mentale, se chargeaient de rappeler les bourreaux en les attirant à leurs dérèglements organiques. Par conséquent, nous ne pouvons que manifester notre bonne volonté et pratiquer le bien autant que possible, sans toutefois violer la condition de chacun.

Dans de telles circonstances, j'admets que j'avais beaucoup de mal à m'acquitter de ma tâche, car les interpellations des malheureux désincarnés m'indisposaient sans cesse. Ils demandaient toute sorte de faveurs, se plaignaient de ne pas aller mieux, explosaient en lamentations sans fin. Serein et stoïque, mon orienteur réussissait à travailler l'esprit concentré sur sa tâche, inaccessible aux perturbations extérieures. Quant à moi, je n'avais pas encore atteint un tel pouvoir. Les demandes, les lamentations, les injures me choquaient et m'empêchaient de conserver ma paix intérieure.

Par conséquent, alors que nous nous retirions, la surprise amère que pourrait avoir le mourant me vint à l'esprit lorsque le voile qui couvrait sa vision spirituelle s'ouvrirait.

Curieux, j'attendis la tombée de la nuit, à l'heure de notre retour quand, en compagnie de mon orienteur, nous pénétrâmes dans l'hôpital.

Cavalcante était presque dans le coma. Le sang inondait les draps qui étaient sans cesse remplacés. Son état de faiblesse générale progressait rapidement.

L'agonisant faisait pitié. Certaines capacités psychiques se manifestèrent, vu la condition avancée de son abattement physique, et le malheureux se mit à voir les désincarnés de la même sphère évolutive qui se trouvaient là, à une courte distance. Il n'arrivait pas encore à noter notre présence comme nous l'aurions souhaité, mais il observait atterré son état personnel. D'autres malades le dévisageaient à présent d'un air effrayé. Pour tous, leur collègue de souffrance délirait, inconscient.

– Suis-je en enfer ou sommes-nous dans une maison de fous ? – criait-il en proie à une horrible torture morale – oh ! les démons ! les démons !... Regardez, cet « esprit infecte » qui s'attaque à des plaies !...

L'expression contractée, il montrait un misérable vieillard dont les jambes étaient pleines de varices.

– Mais ! que dit-il ? – continuait-il visiblement étonné – il dit que ce n'est pas le diable, il affirme que le malade lui doit de l'argent...

Anxieux, l'oreille tendue, il se tut pour entendre les propos insensés et criminels du bourreau désincarné. Mais n'y parvenant pas, il se mit à pousser des cris de lamentations qui nous remplirent de compassion. S'il n'avait pas été sous le coup de cette invincible faiblesse, il se serait levé dans un élan de folie. Les malades et les infirmiers, alarmés, demandaient à ce qu'il soit déplacé. Ils avaient peur. Cavalcante délirait. Mais ils se consolaient en se disant que l'hémorragie abondante annonçait sa fin prochaine.

Charitablement, Jérôme lui apporta à cet instant un peu de réconfort, et l'agonisant se calma lentement...

Peu après, Boniface entra conduisant un véritable fantôme. L'ex-épouse, convoquée à la scène, ressemblait surtout à une ombre spectrale. Elle ne voyait pas notre collaborateur, mais lui obéissait. Presque en se traînant, elle pénétra dans la pièce. Suivant l'indication de son guide, automatiquement, elle se dirigea vers le lit de Cavalcante, le regarda avec une indicible expression d'horreur et se mit à crier désespérément. Ce qui le perturba alors qu'il se reposait.

Le mourant se retourna et la vit. Un joyeux sourire apparut sur son visage cadavérique.

– Mais c'est toi, Belle ? Grâce à Dieu, je ne mourrai pas sans te demander pardon !

La tendresse avec laquelle il s'adressait à un être aussi misérable portait à la compassion.

L'épouse s'approcha du lit et essaya de s'agenouiller. À l'entendre, épouvantée, elle lui rétorqua d'une voix affligée :

– Joaquim, pardonne-moi, pardonne-moi !...

– Te pardonner, mais de quoi ? – répliqua-t-il en cherchant vainement à la caresser. Oui, j'ai été injuste envers toi en t'abandonnant au gré du sort... S'il te plaît, ne m'en veux pas. En d'autres temps, je n'ai pas pu te comprendre et je t'ai aidée à trébucher. Sans réfléchir, j'ai collaboré à ce que tu te précipites dans un sombre précipice. Je n'ai pas compris nos difficultés domestiques comme j'aurai dû le faire... Aujourd'hui, alors que la mort vient me chercher, je veux que ma conscience trouve la paix. J'avoue m'être trompé et je te demande pardon... Excuse-moi...

Il avait d'énormes difficultés à parler. Pourtant, on pouvait noter que cet entretien lui faisait un bien immense. Son esprit se pacifiait. Il contemplait sa femme avec reconnaissance, presque heureux.

– Oh, Joaquim ! – supplia la misérable – pardonne-moi aussi ! Je n'ai rien contre toi. Le temps m'a enseigné la vérité. Tu as toujours été mon loyal ami et un mari dévoué !

Le mourant l'écoutait en esquissant une expression de joie profonde. Il la regarda en extase totalement modifié et murmura :

– Maintenant, je suis satisfait, grâce à Dieu !...

À cet instant, le même médecin que nous avions vu dans la matinée s'approcha du lit pour l'inspection nocturne, accompagné d'une attentive infirmière.

Quand il l'appela, Cavalcante se retourna et de toutes les forces qui lui restaient, il lui fit d'une voix heureuse :

– Vous voyez, docteur, ma femme est finalement arrivée !

Désireux d'attirer l'attention de son interlocuteur, il poursuivit :

– Je suis content, résigné… Mais ma pauvre Belle semble malade, abattue… Aidez-la, pour l'amour de Dieu !

Puis, il parcourut du regard la grande infirmerie et fixant les tristes scènes entre incarnés et désincarnés qu'il avait devant les yeux, il lui demanda :

– Pourquoi y a-t-il tant de fous internés ici ? Regardez, regardez celui-là ! On dirait qu'il étouffe le malheureux…

Il indiquait le pénible cas d'une entité qui persécutait un pauvre malade souffrant d'asthme cardiaque.

Compatissant, le médecin le dévisagea, et dit à la servante qui se trouvait là :

– C'est le délire avant la fin.

Entre-temps, Jérôme avait demandé à Boniface de retirer la malheureuse ex-épouse de Cavalcante en soulignant :

– Il vaut mieux désormais qu'elle ne reste pas là. Elle s'est déjà acquittée de sa tâche en venant ici, mais elle en a encore beaucoup d'autres qui l'attendent.

La misérable chercha à réagir, car elle voulait rester, mais Boniface employa efficacement la force magnétique pour atteindre l'objectif nécessaire.

À son tour, Cavalcante remarqua que son ex-compagne s'éloignait en criant, l'agonisant se mit aussi à crier comme un halluciné :

– Reviens, Belle ! Reviens !

Le médecin s'efforça de le faire reprendre ses esprits, mais ce fut en vain. Cavalcante continuait à invoquer la présence de sa femme d'une voix rauque, oppressée, défaillante.

Le médecin secoua la tête et s'exclama presque dans un murmure :

– On ne peut pas continuer comme ça. Il sera soulagé.

Jérôme comprit ce qu'il voulait dire et eut un air très soucieux. Sur un ton grave, il me fit :

– Soulageons le mourant à notre tour en employant des mesures drastiques, le docteur à l'intention de lui administrer un anesthésique qui lui sera fatal.

Immédiatement, je m'exécutai, je tins le front de l'agonisant, alors qu'il lui appliquait des passes longitudinaux pour le préparer à sa libération. Mais l'entêté ne cessait de réagir.

– Non – s'exclamait-il mentalement –, je ne peux pas mourir ! j'ai peur ! j'ai peur !

Le médecin ne fut pas long, et comme le patient luttait toujours désespérément en s'opposant à notre aide, il nous fut impossible de prendre des mesures extrêmes. Sans la moindre connaissance des difficultés spirituelles que cela représentait, le médecin lui administra ladite « injection de la compassion », alors que mon directeur eut un geste de profonde désapprobation.

Quelques secondes plus tard, le mourant se taisait. Lentement, ses membres devinrent rigides. Son visage se figea. Ses yeux encore mobiles devinrent vitreux.

Pour tout mortel, Cavalcante était mort. Mais pas pour nous. La personnalité désincarnante était prisonnière à son corps inerte en complète inconscience et incapable de la moindre réaction.

Sans perdre sa sérénité optimiste, Jérôme m'expliqua :

– La décharge fulminante de l'anesthésique qui agit directement sur tout le système nerveux affecte aussi l'organisme périsprital. Cavalcante est à présent collé à des milliards de cellules neutralisées, dormantes, alors qu'il est plongé dans une étrange torpeur qui l'empêche de répondre à tous nos efforts. Nous ne pourrons certainement le libérer qu'après une douzaine d'heures.

Quand Boniface fut de retour, Jérôme l'informa des faits encourus et lui confia notre pauvre ami qui fut immédiatement transporté à la morgue.

Effectivement, ce ne fut qu'après plus de vingt heures qu'il nous fut possible de libérer le nouveau désincarné, néanmoins, il nous donna beaucoup de travail. Malgré cela, Cavalcante ne s'en alla pas dans des conditions favorables et encourageantes. Apathique, somnolent, ayant perdu la mémoire, il fut conduit à l'asile de Fabian. De toute évidence, il avait besoin de très grands soins.

19
La fidèle servante

Récemment libéré, Cavalcante m'offrait l'occasion d'élargir mes recherches. L'injection sédative, qui avait propagé la forte dose d'anesthésique, avait affecté son périsprit comme un choc électrique. Pour cela, il restait presque inerte, ignorant tout de lui-même. Plusieurs fois, je lui posai des questions, mais il n'arrivait pas à formuler des raisonnements pour répondre aux questions les plus élémentaires quant à sa propre identité.

Jérôme remarqua l'intérêt que je portais à son cas, et après lui avoir procuré les premiers soins magnétiques au Foyer transitoire, il me donna les explications suivantes :

– Dans le monde infinitésimal des noyaux cellulaires, toute drogue injectée est ressentie à travers ses propriétés électriques spécifiques. À l'avenir, la médecine se chargera d'ajuster les applications chimiques en fonction des besoins physiologiques. Le médecin du futur apprendra que tout remède est saturé d'énergies électromagnétiques dans son rayon d'action. C'est pour cela que le poison détruit les viscères et le stupéfiant modifie la nature même des cellules en les empêchant temporairement de fonctionner. La substance médicamenteuse détient des principes électriques, comme les associations d'atomes qui vont la recevoir. D'après ce que nous savons, la nature n'agit nulle part en faisant des bonds. Formé à la base de matière raréfiée, le périsprit mobilise également des milliards d'unités unicellulaires de notre sphère d'action qui abandonnent le domaine physique saturées de leur propre vitalité. D'où les souffrances et les angoisses ressenties outre-tombe par certaines créatures. Pendant longtemps, les suicidaires éprouvent l'affliction des cellules violemment annihilées, tandis que les drogués passent par de terribles tourments qui résultent de leur désir insatisfait.

L'élucidation était logique et humaine. À mon tour, je comprenais peu à peu l'importance de l'indifférence relative aux émotions inférieures pour les hommes et les femmes incarnés sur la croûte terrestre. Matière et esprit, contenant et contenu, forme et essence, se confondaient à mes yeux comme la flamme de la bougie et le matériel incandescent. Une fois intégrés, ils produisaient la lumière nécessaire aux objectifs de la vie.

L'examen des cas de décès m'avait apporté un singulier enrichissement dans le domaine de la science mentale. Éternel dans ses fondements, l'Esprit profite de la matière transitoire dans ses associations comme d'un matériel didactique toujours plus élevé au cours de l'expérience qui sans cesse le mène vers son intégration avec la Divinité suprême. En nuisant à la matière, nous compliquons notre tâche. Une tâche qui nous est indispensable et nous stagnerons dans un tel état tant que nous n'aurons pas restauré le patrimoine sublime mis à notre disposition par la bonté impérissable. De sorte que nous sommes contraints au travail régénérateur en tant qu'incarnés comme en tant que désincarnés, dans l'existence de la chair comme après la mort, aussi bien au présent que dans l'avenir. Nul ne sera victorieux au faîte de la vie éternelle, sans apprendre à trouver l'équilibre qui lui permettra de s'élever. D'où les activités complexes du chemin évolutif, les différences innombrables, la multiplicité des conditions, les éventails de possibilités et les niveaux d'intelligence sur les différents plans de la vie.

Pour résoudre les problèmes immédiats de Cavalcante, notre directeur s'adressa au père Hippolyte pour qu'il le suive de plus près afin de l'aider à se rétablir. Le « convalescent » nous fixait des yeux, méfiant, il se croyait victime d'un cauchemar dans un autre hôpital. Il disait vouloir continuer à vivre dans son corps physique et appelait sa femme avec insistance. Il revoyait des images du passé avec une sensibilité admirable. Plus d'une fois, il repoussa Jérôme en employant des arguments sévères. Mais lorsqu'il était près d'Hippolyte, humblement, il se calmait. Il était influencé par le respect et la confiance qu'il avait l'habitude de manifester aux ecclésiastiques. Notre compagnon avait sur le nouveau désincarné un ascendant spirituel important. Il pourrait l'aider plus facilement et plus rapidement. Malgré tout, notre assistant lui administrait régulièrement des passes magnétiques qui élevaient le niveau de sa santé spirituelle.

Le désincarné s'éveillait avec une lenteur extrême et mettait beaucoup de temps à se reprendre. Toutefois, ses entretiens avec le frère Hippolyte étaient impressionnants, car il le criblait d'interrogations intempestives. Au fur et à mesure que ses conditions mentales s'amélioraient, il se faisait de plus en plus pressant. Il voulait savoir où se trouvaient le ciel et l'enfer ; il demandait des nouvelles des saints, prétendant vouloir rendre visite à ceux à qui il consacrait une plus grande dévotion ; il implorait des explications afférentes au limbe ; il se plaignait de ne pas revoir des parents qui l'avaient précédé dans la tombe ; il sollicitait des élucidations quant à la valeur des sacrements de l'Église catholique ; il commentait la nature des différents dogmes, jusqu'au jour où il en arriva même à l'absurdité de demander s'il lui serait possible d'obtenir une audience avec Dieu, à la cour céleste. Hippolyte devait mobiliser une infinie bonne volonté pour le traiter avec respect et en toute bonne foi.

Sœur Zénobie venait souvent assister à ces surprenants entretiens et, un beau jour, alors que nous étions ensemble à une courte distance du patient, elle commenta avec un sourire sur les lèvres :

– Notre ancienne Église romaine, si vénérable pour ses traditions culturelles et ses services rendus au progrès humain est, en fait, de nos jours la grande spécialiste « d'enfants spirituels »…

Vu les difficultés naturelles qu'il éprouvait et par manque de temps, Jérôme dispensa Hippolyte et Luciane de leur tâche concernant le nouveau désincarné.

Vingt-cinq jours s'étaient déjà écoulés depuis le début de notre mission.

– Nous devons repartir – informa Jérôme –, nous devons retourner sur terre, car l'arrivée d'Adélaïde ne devrait pas tarder, d'autant qu'elle ne restera pas plus d'un jour dans cette fondation. Nous devons donc accélérer la préparation de Cavalcante de toutes les manières possibles.

Chaleureusement, les compagnons travaillaient d'arrachepied. Au fond, nous avions tous la nostalgie de notre lointain foyer plein de bénédictions de paix et de lumière. Même Fabien, équilibré et bien disposé, nous aidait à résoudre ce problème, car il aspirait à pouvoir entrer dans des sanctuaires plus élevés.

Pour répondre aux services assumés, Jérôme et moi poursuivions nos activités dans l'institution évangélique où la fidèle servante de Jésus serait finalement libérée. Mais Adélaïde ne semblait pas dépendre de liens physiques. Pour ma part, je ne réussis pas à ausculter l'état de son organisme. Vu l'affaiblissement avancé de son corps physique, la digne missionnaire l'abandonnait dès que nous nous manifestions et venait nous rejoindre pour nous parler.

En général, des compagnons n'appartenant pas à notre plan participaient aux relations fraternelles.

L'avant-veille de son détachement, j'eus l'occasion d'observer l'extrême simplicité du dévoué Bezerra de Menezes qui, en visite, apportait son réconfort à la fidèle collaboratrice.

– Je ne veux pas être une source de difficultés pour mes bienfaiteurs – disait-elle un peu triste –, par conséquent, j'aimerais conserver une bonne forme spirituelle à l'instant suprême.

– Voyons, Adélaïde – lui fit l'apôtre de la charité –, c'est beaucoup plus facile de mourir que de naître. La plupart du temps, pour organiser les choses des soins infinis sont nécessaires, tandis que pour désorganiser, il suffit parfois d'un léger coup de pouce. En de telles circonstances, la résolution est presque tout. Aide-toi toi-même en libérant ton esprit des liens qui te retiennent aux personnes, aux événements, aux choses et aux situations de la vie terrestre. Que rien ne te retienne ! Quand l'heure sera venue, ne regarde pas en arrière.

Souriant, il ajouta :

– Rappelle-toi que la femme de Lot transformée en statue de sel n'est pas un symbole inexpressif. Il est des créatures qui, à l'instant d'abandonner leur corps parfois malade et inutilisable, se remettent à penser au chemin parcouru et revivent des souvenirs peu édifiants... Face à leurs propres appréhensions, elles trébuchent comme si elles étaient des pierres laissées au hasard sur les sentiers arpentés, et passent plusieurs jours prises au piège de désirs incohérents et insatisfaits sans suffisamment d'énergie pour se résigner dignement.

– J'espère – lui affirma son interlocutrice sur un ton grave – que mes amis m'aideront. Je me sens secourue, soutenue, mais... c'est de moi que j'ai peur.

– Pourquoi s'inquiéter de la sorte, mon amie ? – objecta l'ancien médecin bienveillant. Ce n'est pas la peine. Pourtant, je comprends ton anxiété. Moi, aussi je suis passé par là. Crois bien, néanmoins, que le souvenir de Jésus au pied de Lazare fut l'aide dont mon cœur avait besoin au même instant. Alors, j'ai cherché à m'isoler, à rester sourd aux appels du sang, à fermer mes yeux à la vision des intérêts terrestres, et la libération finalement se fit en quelques secondes. Je me mis à penser aux enseignements du Maître, à l'appel de Lazare qui avait repris le cours de son existence, et je me suis souvenu de ses paroles : – « Lazare, sors ! » Alors que mon attention était concentrée sur ce passage évangélique, je m'éloignai petit à petit de mon corps grossier sans la moindre difficulté.

La simplicité du narrateur l'enchantait.

Adélaïde sourit, sans pour autant arriver à masquer son inquiétude profonde.

À cet instant, Jérôme profita de cette pause, et allégua :

– D'ailleurs, il nous faut souligner les conditions exceptionnelles dans lesquelles notre amie partira. Dans de telles circonstances, je ne peux que déplorer le départ de ceux qui restent excessivement attachés aux caprices charnels. Pour eux, oui, la situation n'a rien d'agréable, car le semeur d'épines ne peut s'attendre à récolter des fleurs. Ceux qui préparent leur avenir à la vie éternelle à travers les manifestations de la spiritualité supérieure apprennent instinctivement tous les jours à mourir à l'existence inférieure.

Je remarquai que notre sœur dévouée était plus calme et réconfortée à présent.

Puis, la conversation fut interrompue, car Adélaïde devait reprendre conscience afin de recevoir la dernière dose de son remède nocturne. De retour à notre plan, Jérôme lui offrit son bras amical pour faire une rapide excursion à l'établissement de Fabian.

Sœur Zénobie désirait la voir avant l'abandon de son corps. La directrice de l'asile erratique admirait les services qu'elle avait rendus sur terre et, plus d'une fois, avait profité de son aide fraternelle pour réaliser des activités de régénération et de clarification.

Adélaïde nous accompagna bien volontiers.

Quelques minutes plus tard, nous étions reçus par l'administratrice. On aurait dit que l'entretien, qui avait eu lieu juste auparavant, se répétait à la seule différence près que Zénobie avait pris la place du dévoué Bezerra pour l'encourager.

Sur le point de quitter la croûte terrestre, cette disciple de Jésus suscitait la sympathie générale.

Après les considérations convaincantes de Zénobie qui s'efforçait de lui donner du courage, Adélaïde lui exposa humblement ses dernières difficultés.

Elle était profondément attachée à l'œuvre entamée au niveau charnel et se sentait étroitement liée, non seulement à l'œuvre, mais aussi aux amis et aux assistants qui étaient à ses côtés. En vertu des circonstances impérieuses, elle avait accumulé diverses fonctions dans le cadre général des activités réalisées. Elle avait toute une équipe de sœurs très dévouées qui collaboraient en témoignant un sincère détachement et une grande valeur morale pour soutenir l'enfance malheureuse. Si elle avait une profonde estime pour ces collaboratrices, celles-ci en retour l'appréciaient beaucoup. Comment faire face aux difficultés qui s'aggravaient ? Au fond d'elle-même, elle était prête à partir, mais elle reconnaissait l'étendue et la complexité des obstacles mentaux. Chez elle sur la terre, sa chambre à coucher ressemblait à une cloche de pensées circonspectes prêtes à intercepter son départ. Moins elle se sentait prisonnière de son corps, plus les exigences autour d'elle s'amplifiaient, ses proches, les… Comment faire face à une telle situation ? Comment leur faire comprendre la réalité ? Elle était liée à de vastes engagements. Involontairement, elle était devenue le soutien spirituel d'un grand nombre.

Toutefois, elle-même reconnaissait l'inutilité de son véhicule physique. Son corps était à bout. Même si on lui accordait une prorogation de temps à vivre, il ne la supporterait pas.

La directrice l'écoutait, attentive, tel un médecin avisé devant un malade angoissé et, finalement, lui fit observer :

– Je reconnais les obstacles, mais ne te décourage pas. La mort est le meilleur antidote à l'idolâtrie. Après ton départ, la décentralisation nécessaire du travail se fera parce que de nouveaux efforts s'imposeront naturellement à chacun. Réjouis-toi, mon amie, de la transformation qui se produira d'ici peu. Reprends surtout courage pour que ta situation se réajuste naturellement sans le moindre questionnement une fois que ton expérience actuelle sera terminée.

Elle se tut quelques secondes, puis elle ajouta :

– Nous avons encore la nuit de demain. J'en profiterai pour m'adresser à tes collaborateurs et faire appel à la compréhension générale. Des amis à nous apporteront leur contribution pour qu'ils se réunissent en assemblée comme de nécessaire.

Reconnaissante, la visiteuse la remercia.

Alors que la même vibration de cordialité nous enveloppait tous, Zénobie modifia le cours de la conversation.

Elle abandonna les sujets relatifs à la mort et à la souffrance, et se mit à faire des commentaires sur les services édifiants réalisés par une expédition secouriste dont les membres faisaient d'admirables expériences au sein de l'institution, les jours où ils ne s'occupaient pas des travaux courants de la croûte terrestre. Elle fit un rapport si brillant sur leurs activités qu'Adélaïde en oublia pendant quelques minutes, sa situation personnelle et s'intéressa vivement au sujet exposé. La mesure était couronnée de résultats encourageants, car la conversation qui traitait d'un thème différent lui avait fait le plus grand bien, et lui apporta un apaisement mental provisoire propice en cette heure.

La désincarnante retourna à son corps physique, bien disposée, réconfortée.

Dans le courant de la journée, Jérôme et la directrice du Foyer transitoire prirent des mesures relatives à la réunion de la nuit. L'assistant ferait tous les efforts possibles pour que l'organisme physiologique de la patiente se trouve dans les meilleures conditions, tandis que deux auxiliaires actifs de Zénobie se chargeraient d'amener l'entourage d'Adélaïde à l'assemblée.

De sorte que ce jour-là, tout le monde s'affairait aux différentes tâches relatives aux objectifs convoités.

Grâce à des passes magnétiques réitérés sur les organes de la circulation – pour lesquels mon concours fut dispensé parce qu'il était inutile, vu l'extrême passivité de la patiente –, Adélaïde entra dans une phase d'accalmie inespérée qui apaisa ses proches.

Subitement, tout le monde reprenait espoir. La réaction organique apparue était un nouvel élan, améliorait le cadre des pronostics en général. Les vibrations de paix et les prières de reconnaissance se multiplièrent.

Dans de telles conditions, le travail préparatoire de la grande réunion commença après minuit beaucoup plus facilement.

Les auxiliaires de notre plan amenèrent les compagnons de l'institution venus de diverses régions, provisoirement éloignés de leur corps physique qui restait plongé dans un profond sommeil.

Alors qu'ils intégraient le groupe de travailleurs qui organisait l'ambiance, curieusement, je notai que la plupart des nouveaux arrivants étaient des femmes et je dois dire que c'était un plaisir d'observer le respect et la considération qu'elles manifestaient. Toutes priaient pour la bienfaitrice malade qui était l'objet de leur admiration et de leur tendresse. Respectueuses et timides, elles nous regardaient tout en faisant leurs supplications sans la moindre pensée inutile ou nocive. Les quelques hommes qui étaient présents galvanisés par la vénération collective avaient la même posture mentale.

L'ambiance élevée répandait des fluides harmonieux qui étaient une source de sensations agréables de confiance et de tranquillité.

Jérôme avait suggéré de réaliser la réunion dans le grand salon d'études et de prières publiques qui avait été préparé à ces fins. Pour cela, nous n'avions pas économisé nos efforts. Grâce à la coopération efficace d'un bon nombre, nous avions soumis cette énorme salle à un rigoureux service de nettoyage. Les membres de l'assemblée pouvaient s'installer tranquillement sans risquer d'être harcelés par les courants mentaux inférieurs. Le charme des lumières et des fleurs de notre sphère donnaient à la pièce une touche spéciale. Nous pouvions apprécier avec d'autant plus de plaisir l'arrivée incessante de ces femmes éloignées de leur corps physique qui pénétraient dans l'enceinte en prière tout en irradiant d'admirables expressions de lumière nettement différentes les unes des autres.

Tous rassemblés, nous restions vigilants afin de maintenir l'équilibre vibratoire indispensable. Puis, juste après une heure, avec quelques amis de la maison, sœur Zénobie pénétra dans l'enceinte en compagnie d'Adélaïde qui était extrêmement faible.

La directrice de l'organisation transitoire de Fabian présidait. Avant d'aborder le thème principal qui l'avait amenée jusque-là, elle leva sa main droite et supplia la bénédiction divine pour la communauté vénérable et pleine d'attention réunie en ce lieu.

Une fois de plus, j'eus l'occasion de vérifier le fabuleux pouvoir de cette femme sanctifiée. Sa main renvoyait sur l'assemblée des rayons d'une clarté saphirine avec une telle prodigalité que nous avions l'impression que nous étions en communication avec un énorme réservoir de lumière mystérieux.

Une fois qu'elle eut terminé son évocation qui avait été prononcée avec une belle inflexion de tendresse, elle changea le ton de sa voix pour s'adresser à ses auditeurs et avec fermeté, elle leur fit :

– Mes sœurs, mes amis, je serai brève. Je viens jusqu'ici pour vous lancer un appel. Vous n'ignorez pas que notre Adélaïde doit être libre de regagner la spiritualité supérieure. Depuis bien longtemps déjà, elle est malade, et malgré tout elle a coopéré avec nous pendant toutes ces années en nous donnant le meilleur de ses forces. Docile aux influences du bien, ce fut un instrument précieux dans l'organisation de cette maison d'amour évangélique. Elle a dirigé cette œuvre avec soin et, très souvent, dans notre institution de secours, au-delà des cercles charnels, nous avons reçu la précieuse collaboration de ses efforts, de sa bonne volonté.

Elle adressa un regard ferme à l'assistance et obtempéra :

– Pourquoi la retenez-vous ? Certains jours, la chambre où repose le corps de notre chère malade reste imprégnée de pensées angoissantes. Il n'y a pas le moindre doute, ce sont des forces que vous émettez, vous ses collègues soucieux du travail bien fait, mais qui oubliez le fameux « que votre volonté soit faite » que nous devons adresser au Seigneur suprême chaque jour de notre vie. Je déplore les circonstances qui m'obligent à vous parler avec une telle franchise. Néanmoins, nous n'avons pas d'autre alternative. Croyez-vous donc à la victoire de la mort face à la glorieuse éternité de la vie ? Adélaïde ne fera que rendre une machine usée au laboratoire de la nature. Malgré tout, elle continuera à contribuer aux services de la vérité et de l'amour avec un courage inaltérable. Quant à vous, n'oubliez pas combien il est nécessaire d'agir individuellement dans le domaine du bien. Que dire du viticulteur qui n'estime la valeur de sa vigne qu'à travers les tâches réalisées par des mains étrangères ? Comment peut-on être l'amant des fleurs sans n'être jamais descendu cultiver son propre jardin ? Ne faites pas la consécration de l'oisiveté tout en restant éloignés du développement de vos capacités infinies. Sans aucun doute, la coopération et l'affection sont des stimulants sublimes dans l'exécution du bien, mais il faut éviter l'intromission du fantôme de l'égoïsme qui est l'expression de la tyrannie sentimentale. Nous ne pouvons affirmer que vous empêchez volontairement la libération de votre compagne. L'existence charnelle est un apprentissage trop sublime pour que nous en fassions une simple prison ordinaire. Non, mes amis, nous ne nous risquerions pas à une telle déclaration. Nous ne nous rapportons qu'à la violente impulsion d'idolâtrie à laquelle vous vous livrez déraisonnablement dans l'égarement de la tendresse ambiguë. L'angoisse avec laquelle vous essayez de retenir la missionnaire du bien relève de l'égoïsme et de la peur. En faveur de votre triste état d'âme, vous alléguez la confiance dont Adélaïde est devenue la fidèle dépositaire, comme si vous ne deviez pas développer vos propres facultés spirituelles en créant un sentiment de confiance en Dieu et en vous-mêmes dans la tâche d'autoréalisation qui vous incombe et qui ne peut être ajournée. Vous prétextez aussi être des orphelins spirituels du simple fait que vous craignez d'affronter par vous-mêmes les douleurs et les risques, les adversités et les témoignages inhérents à l'illumination du chemin pour la vie éternelle. Vous profitez de cette occasion bénie pour répéter la vieille expérience de l'idolâtrie incompréhensible. Vous convertissez des compagnons de bonne volonté en oracles érigés sur des piédestaux sculptés dans l'argile fragile, alors qu'ils ont autant besoin de rénovation et de lumière que vous. Vous créez des demi-dieux que vous encensez excessivement de références personnelles, générant de la sorte des problèmes complexes qui réduisent leur capacité à servir, tout en oubliant les semences divines dont vous êtes porteurs. Vous en faites des idoles sur l'autel de l'esprit et leur imposez une vie fugace, indifférents à la glorieuse destinée que l'univers vous a assignée, de sorte que vous vous contentez du moindre effort qui vous incarcère dans des automatismes et des récapitulations. Si l'idole ne correspond pas à votre attente, vous alimentez la discorde, l'irritation, vous devenez exigeants. Une fois entamée l'excursion vers la connaissance supérieure, s'il vient à faillir, vous êtes déconcertés ; s'il tombe de son piédestal, vous ressentez la froide épouvante de l'inconnu et vous vous laissez aller à renoncer à votre rénovation intérieure. Pourquoi ériger de telles statues pour les contempler, puisqu'il est inéluctable que vous les briserez en chemin vers l'ascension ? N'êtes-vous pas encore fatigués de courir après des reliques déchues ? Comprenant nos déficiences mentales face à la conquête de la vie éternelle, la volonté du Maître suprême a placé au seuil de la législation ancienne « tu n'auras pas d'autres dieux que moi ». Le Père connaît nos vices millénaires en matière d'inclination affective et cherche à nous prévenir des fausses divinités. Dans le cadre restreint de nos cogitations du moment, nous faisons appel à de telles images dans l'intention d'élever votre compréhension à des niveaux supérieurs pour que vous vous détachiez de notre sœur dévouée, cette digne servante qui vous précède, en partance pour le grand voyage libérateur.

Les paroles de Zénobie avaient produit une très forte impression sur ses auditeurs. Tant les dames que les quelques hommes présents à cette occasion furent touchés par l'intense lumière dégagée par ses propos et désarmés par la sagesse sublime de ses paroles. Leur visage révélait une visible émotion. L'oratrice eut un geste délicat, bienveillant, et poursuivit :

– Nous ne sommes pas opposés aux manifestations d'affection. La nostalgie et la reconnaissance marchent côte à côte. Toutefois, dans le contexte des relations amicales, toute imprudence résulte en désastre. Qu'adviendrait-il de nous, si Jésus restait continuellement en contact avec nos organisations et nos besoins ? Nous ne serions peut-être que de merveilleuses fleurs de serre, sans vie essentielle. Par excès de consultation et par abus de confiance, nous ne développerions pas la capacité de diriger ou d'obéir. Dénués de valeur propre, nous errerions de toute part en bandes compactes d'incapables à la recherche de l'oracle divin. C'est peut-être pour cela que le Maître dans sa sagesse a limité au minimum de temps l'apostolat personnel et direct, en nous traçant des tâches honorables pour de nombreux siècles, en peu de jours. Il nous laisse comprendre de cette manière que l'homme est la colonne sacrée du Royaume de Dieu, que le cœur de chaque créature doit s'illuminer comme le sanctuaire de la divinité pour refléter sa grandeur auguste et compatissante. N'oubliez pas, mes amis, que nous tous, individuellement considérés, nous sommes les heureux héritiers de la sagesse et de la lumière.

Zénobie fit une interruption et, à cet instant, comme si on répondait à ses appels silencieux, émanant de très haut, des rayons de lumière balsamique commencèrent à tomber sur nous augmentant notre sensation de félicité et de contentement.

Après un long moment de silence, au cours duquel la directrice de l'institution de Fabian sembla consulter les dispositions intimes de l'assemblée, sur un ton significatif, elle reprit :

– Vous affirmez mentalement qu'Adélaïde est la poutre maîtresse de ce refuge d'amour, que des difficultés peut-être insurmontables surgiront pour qu'elle soit remplacée à la direction générale. Cependant, vous savez que votre sœur, malgré les valeurs incontestables de sa personnalité, n'a été que l'instrument digne et fidèle de cette création de bienfaisance sans, toutefois, en être sa fondatrice. Pleine d'amour pour l'esprit chrétien, auquel nous nous adapterons à notre tour, le Donneur de bénédictions a disposé d'elle dans les vastes missions de l'Évangile purificateur. Ne posez pas sur le front de notre amie la couronne de toutes les responsabilités, dont le « poids des gloires » doit être partagé avec tous les serviteurs sincères des bonnes œuvres comme, il est inévitable, que soient partagées les valeurs de la coopération. Adélaïde connaît sa condition de collaboratrice loyale et ne désire pas de lauriers qui ne lui appartiendraient absolument pas. Elle attend, à peine, que les compagnons de lutte transfèrent au Christ le patrimoine de la reconnaissance, et supplie simplement l'affection, la sympathie et la compréhension de ses besoins dans sa nouvelle vie. Libérons-la en lui offrant des pensées de paix et de joie, en partageant ses espoirs dans la sphère supérieure.

Peu après, l'orienteuse en vint à conclure, elle prononça une prière émouvante et supplia pour nous tous la bénédiction divine du Père tout puissant et bon.

Divers auditeurs ne s'attardèrent pas dans l'enceinte et retournèrent à leur environnement ordinaire sous la protection d'amis vigilants. Quelques femmes, néanmoins, s'approchèrent de l'oratrice, et lui adressèrent des paroles de joie et de gratitude.

Quelques minutes encore, et l'assemblée se dispersait calmement. Finalement, sœur Zénobie et les autres compagnons prirent également congé.

À son retour à la matière, Adélaïde respirait, rayonnante. Toutefois, vu la souveraine allégresse qu'elle avait ressentie en cette heure, son corps périsprital avait gagné une grande dose d'énergie, de ce fait, son retour aux cellules de la chair fut compliqué et douloureux. Brusquement, elle fut prise d'un malaise lorsqu'elle entra en contact avec ses centres physiques affaiblis.

Elle les reprenait et les abandonnait, successivement, comme un oiseau qui se sent à l'étroit dans son nid.

Surprise, elle se tourna vers Jérôme qui lui donna l'explication nécessaire.

– Après l'allocution éclairée de Zénobie – lui dit gentiment le mentor –, les courants mentaux de rétention maintenus par l'union fraternelle de la communauté reconnaissante ont cessé d'être. Ton corps charnel fut privé du secours magnétique permanent qui s'alimentait de cet afflux d'énergie, ce qui diminua tes résistances et précipita la chute de ton tonus vital. De plus, la satisfaction éprouvée en cette heure a excessivement renforcé les centres de ton périsprit. De sorte qu'il était impossible d'éviter la sensation angoissante ressentie au contact des organes malades.

Puis avec une expression bienveillante dans le regard, il caressa affectueusement la patiente en lui disant après un court intervalle :

– Ne t'inquiète pas, mon amie ! Le cocon a rétréci, mais tes ailes ont grandi… Pense, à présent, au vol à venir.

Adélaïde s'efforça de paraître satisfaite, mais elle se sentait à nouveau abattue et demanda timidement qu'on lui accordât la faveur d'essayer, d'elle-même, toute seule, le détachement des liens les plus forts dans un effort personnel spontané.

Satisfait, Jérôme lui donna son accord.

Nous sommes alors passés dans une pièce voisine, et bien que restant vigilants, nous l'avons laissée livrée à elle-même pendant les longues heures qu'elle consacra à ce travail complexe et persistant.

Je ne savais pas que quelqu'un pouvait effectuer une telle tâche sans le concours d'autrui, mais Jérôme vint au secours de ma perplexité en m'expliquant :

– La coopération de notre plan est indispensable au moment final de la libération ; toutefois, la tâche préliminaire de la désincarnation au niveau du plexus solaire et même du cœur peut, dans plusieurs cas, être réalisée par l'intéressé lui-même quand celui-ci a acquis pendant l'expérience terrestre la formation appropriée sur un plan spirituel plus élevé. Il n'y a donc pas de raison d'être surpris. Tout dépend d'une préparation adéquate pour y arriver.

Ses explications étaient pleines de bon sens. Effectivement, ce ne fut qu'au dernier moment que Jérôme intervint pour couper le cordon d'argent.

L'agonisante était enfin libre !...

La maison fut ouverte à la visite.

Évangélisés par le verbe édifiant de Zénobie, bien qu'ils n'en eussent pas gardé le moindre souvenir, les coopérateurs incarnés avaient conservé une attitude discrète de respect, de sérénité et de résignation.

À présent dénouée et libérée, la combattante refusa poliment l'invitation de partir immédiatement. Elle attendit l'inhumation de sa dépouille, consola des amis et reçut des consolations.

Là où son corps épuisé allait finalement reposer, elle pria avec ferveur, le remercia de son précieux concours pendant toutes ces années bénies de permanence sur la croûte terrestre. Puis, sereine et en confiance, entourée de nombreux amis, Adélaïde partit en notre compagnie vers le Foyer transitoire, point de référence affectif de notre grande caravane...

20
Action de grâce

Alors que nous étions tous réunis dans l'institution secouriste de Fabian, nous étions heureux, car nous nous préparions à prendre le chemin du retour.

En effet, les nostalgies de notre vie harmonieuse et belle sur les plans plus élevés dominaient nos cœurs. Les tâches dans les régions inférieures nous fournissaient, il est vrai, l'expérience et la sagesse, augmentaient notre équilibre et enrichissaient le cadre de nos acquisitions éternelles. Toutefois, même si nous reconnaissions de telles valeurs, cela ne nous empêchait pas d'avoir soif de cette paix qui nous attendait au loin dans le foyer tiède et doux de plus pures affinités.

La joie découlant de la tâche réalisée de manière exemplaire était prépondérante en nous tous ; même Jérôme ne cachait pas sa satisfaction dans l'expression de calme et de bonne humeur qui illuminait son visage heureux.

À l'effort sincère succédait la satisfaction du devoir accompli.

Lors de la dernière réunion au Foyer transitoire, les nouveaux désincarnés étaient entourés de nombreux amis qui leur apportaient des nouvelles joyeuses et venaient leur souhaiter la bienvenue pour les réconforter. Rénovés en esprit, Dimas et Cavalcante ne savaient comment exprimer la reconnaissance qui vibrait dans leur âme, tandis qu'Adélaïde et Fabien, plus évolués sur le sentier de la lumière divine, faisaient des commentaires étonnants et beaux concernant les problèmes transcendants de la destinée et de l'être recueillis à travers leurs vastes expériences individuelles. À chacun de leurs échanges, de leurs projets et de leurs souvenirs, il transparaissait des notes de joie et d'optimisme.

Sœur Zénobie nous demanda d'attendre dans la salle consacrée à la prière où elle voulait nous faire de chaleureux adieux.

À présent réunis, nous partagions un sentiment de franche allégresse, alors que nous attendions la directrice pour lui manifester notre amitié fraternelle.

Peu après, suivie d'un grand nombre d'assistants, Zénobie pénétrait dans le salon et, comme toujours, elle vint à nous avec sur le visage une expression de bonté et de bienveillance.

Elle estimait beaucoup l'expédition et s'était consacrée aux récents désincarnés de tout cœur. Pour cette raison, ce fut personnellement et directement qu'elle nous entoura de son attention pour nous faire de merveilleux adieux.

En tant que directrice des travaux, ce fut avec émotion qu'elle nous exhorta à accomplir fidèlement la volonté divine. Elle commenta la beauté qu'il y a dans les devoirs de fraternité qui s'entrelacent et renforcent la grandeur de la vie dans l'univers. Finalement, elle salua individuellement les nouveaux désincarnés, et demanda à Adélaïde de prononcer la prière de grâces qui serait accompagnée de l'hymne de reconnaissance qu'elle, Zénobie, nous offrirait pour nous témoigner toute l'affection de son estime.

Adélaïde se leva, alors que le silence régnait, et pria avec ferveur et sensibilité :

– À toi, Seigneur, nos remerciements pour cette heure imprégnée d'une indicible paix et d'une infinie lumière. À présent que l'occasion qui nous a été offerte d'accomplir notre tâche dans les cercles de la chair a cessé, nous te remercions des nombreuses grâces reçues, des acquis réalisés, des tâches menées à bien… Plus que jamais, nous reconnaissons aujourd'hui ton infinie magnanimité qui a utilisé notre instrument déficient dans la concrétisation de sublimes desseins ! Vacillants et fragiles, comme les oiseaux qui s'essaient à leur premier vol loin de leur nid, heureux et confiants, nous nous tenons devant tes dévoués émissaires qui nous ont soutenus jusqu'au bout !… Comment pouvons-nous te remercier de l'inestimable trésor de bénédictions célestes que tu nous as offert ? Ton affection sanctifiante nous a suivis, pas à pas, à chaque instant alors que nous séjournions dans la vallée des ombres et, insatisfait, ton inépuisable amour suit toujours notre retrait de la vieille Babylone de nos passions amères et millénaires.

Presque étouffée d'émotion, la missionnaire fit une courte pause pour retenir ses larmes et continua :

– Nous n'avons rien fait pour mériter la bénédiction de ton assistance. Nous n'avons aucun mérite, si ce n'est notre bonne volonté constructive. Combien de fois avons-nous hésité laissant place aux caprices empoisonnés qui obscurcissaient notre conscience ; souvent, nous nous sommes trompés en cédant à d'indignes suggestions. Pourtant, Jésus tant aimé, tu as converti notre humble travail en source de bonheur qui alimente notre cœur et nous élève vers les plus hautes sphères. Excuse-nous, Maître, l'imperfection d'apprentis qui est le trait prédominant de notre personnalité libérée. Nous n'avons rien à t'offrir, ô Bienfaiteur divin, si ce n'est notre cœur sincère et humble, vide maintenant des préoccupations bénies qui le nourrissaient sur la croûte terrestre… Reçois-le, Maître, en démonstration de la confiance de tes modestes disciples, et remplis-le à nouveau de ta volonté sacrée ! Reconnaissants que nous sommes de ton inépuisable miséricorde, nous remercions la tendresse de tes bénédictions, mais si tu nous as donné ta protection et ton réconfort tu ne nous as pas retiré le travail et l'occasion de servir. Guide-nous vers tes « autres bercails » et renouvelle en nous, par compassion, la bénédiction d'être utile à ta cause. Remplis d'allégresse, nous bénissons les précieuses sueurs que tu nous as fait supporter dans la sphère de la chair purificatrice où, sous l'influence de ta bienveillance nous avons rectifié de vieilles erreurs qui gisaient dans nos cœurs… Nous bénissons le dur chemin qui nous a enseigné à découvrir tes dons occultes, nous baisons la croix de la souffrance, du témoignage et de la mort d'où nous avons pu contempler la grandeur et l'étendue de tes bénédictions éternelles !

Adélaïde fit une nouvelle pause pour sécher ses larmes d'émotion alors que, tout aussi émus, nous suivions son exemple, puis elle poursuivit sa prière :

– Maintenant, Seigneur, nous souhaitons sincèrement remercier tes émissaires qui nous ont tendu leurs mains amicales dans les dernières difficultés supportées par nos maux épurateurs. Laisse-nous aussi supplier ton secours aimant pour tous ceux qui, moins heureux que nous, gémissent et souffrent encore sur les sentiers étroits de l'incompréhension. Inspire tes disciples illuminés pour qu'ils représentent ton esprit sublime auprès des ignorants, des criminels, des égarés, des pervers. Que le sentiment de charité fraternelle de tes fidèles disciples ne cesse de révéler les bienfaits et la lumière de ta loi ! Pour conclure cet acte de sincère gratitude, nous envoyons nos pensées de joie et de louanges à tous les compagnons de lutte dans les endroits les plus divers de la vie planétaire et nous les invitons, en esprit, à glorifier ton nom, tes desseins et tes œuvres pour toujours. Ainsi soit-il !

Une fois cette émouvante prière terminée, sœur Zénobie étreignit Adélaïde, extrêmement émue et, peu après, alors qu'elle reprit sa place, elle demanda aux assistants de l'accompagner à chanter le beau cantique de remerciement à cette terre que les frères libérés venaient de quitter. Nous fûmes alors enveloppés d'un déluge de vibrations aimantes qui nous arrachaient des larmes d'une douce émotion, Zénobie, entama donc cet hymne d'une grande beauté :

Ô Terre – mère dévouée,
À toi, notre hommage éternel
De gratitude et de respect
Dans la vie spirituelle !
Que le Père de grâce infinie
Que ta grandeur, il sanctifie
Et que la nature soit bénie
De ton sein maternel !

Alors que nous errions dans la douleur
De l'abîme des ombres denses,
Tu as réformé notre croyance
En ce jour rénovateur.
Tu nous as étreints avec bonté,
Dans tes fluides hospitaliers,
Une tâche, tu nous as réservée
Dans la divine loi d'amour sacré.

Sans plainte, tu as supporté
Notre mépris irréfléchi,
Dans le sublime apostolat
Du bien infini et délicat.

En réponse à nos crimes,
Tu as ouvert notre destinée.
Depuis les ténèbres du sol dur et froid
Jusqu'aux temples lumineux de l'au-delà.

Au sein de ton œuvre,
Au cours de mille vies,
Nous avons soigné nos tristes blessures,
Que de belles leçons nous avons reçues !
Dans tes courants sacrés
D'amour et de renaissance,
Notre pensée angoissée
S'est habillée de magnificence.

Nous te remercions pour la bénédiction
De la vie dont nous sommes gratifiés ;
Tes rivières et tes forêts,
Tes horizons d'azur,
Pour tes arbres augustes,
Tes villes palpitantes,
Pour tes fleurs innocentes
Dans les champs printaniers !...

Nous te remercions des adversités
Généreusement accordées,
Vers notre céleste pérégrination
Sur la montagne de l'ascension.
Pour les larmes bouleversantes,
Pour les épines poignantes,
Pour les pierres en chemin,
Voici notre amour et notre gratitude !

En échange des souffrances,
Des cauchemars et des angoisses,
Nous recevons ton attachement
De mère des incrédules et des croyants.
Sois bénie éternellement
Pour tes plaies et tes tourments !
Car les afflictions que tu causes !
Dans les cieux ne sont que joies.

Ô Terre – mère dévouée,
À toi, notre hommage éternel
De gratitude et de respect,
Dans la vie spirituelle !
Que le Père de grâce infinie
Que ta grandeur, il sanctifie
Et que la nature soit bénie
De ton sein maternel !

Lorsque retentit la dernière note de l'hymne porté par un mystérieux enchantement, les yeux voilés de larmes, fraternellement, nous fîmes nos adieux à Zénobie.

Entourés d'amis qui nous suivaient, nous autres, ceux de l'expédition secouriste nous prîmes les nouveaux désincarnés par la main pour leur donner des forces dans la montée fabuleuse, joyeux et heureux, en route vers les régions plus élevées.

En nous vibrait une allégresse étrange et indéfinissable, nous étions portés par un vigoureux sentiment d'espoir. Après avoir traversé les zones de bas niveau vibratoire où se trouvait l'institution de Fabian, nous atteignîmes une région brillante et belle qu'un ciel étincelant d'étoiles recouvrait !... Nous saluant au loin, l'astre de la nuit apparut. Une merveilleuse pleine lune émettait des rayons d'une clarté douce et évanescente qui, après avoir illuminé notre chemin d'une beauté de rêve, descendaient rapidement vers la croûte terrestre pour transmettre aux hommes l'invitation silencieuse de la méditation sur l'œuvre glorieuse de Dieu.

Comité Éditorial :
Jorge Godinho Barreto Nery – Président
Geraldo Campetti Sobrinho – Coord. Éditorial
Cirne Ferreira de Araújo
Evandro Noleto Bezerra
Maria de Lourdes Pereira de Oliveira
Marta Antunes de Oliveira de Moura
Miriam Lúcia Herrera Masotti Dusi

Production Éditoriale :
Fernando César Quaglia

Traduction :
Irène Audi

Couverture :
Evelyn Yuri Furuta

Projet graphique :
Ingrid Saori Furuta

Photo de la couverture :
http://www.dreamstime.com/da-kuk
http://www.istock.com/Harlanow

Normalisation technique :
Biblioteca de Obras Raras e Documentos Patrimoniais do Livro

Made in the USA
Monee, IL
24 December 2025

40240011R00194